유동과 생성의 문학

유동과 생성의 문학

정민나

국학자료원

머리말

한국 문학은 계몽주의 문학에서부터 민족문학, 낭만주의, 모더니즘, 리얼리즘, 미니멀리즘, 페미니즘 등 여러 경향들이 서로 공조하고 대립하면서 현재에 이르렀다고 할 수 있다. 종이책과 전자책, 활자문학과 영상문학, 과학과 인문학의 경계가 빠르게 무너지는 현 시기에 문학인이라면 누구나 지켜야 할 책무가 있다고 생각하는데 그것은 열린 마음으로 타자를 포용하면서 우리의 영역(문학)을 사수해야 한다는 점이다. 문학이 하나의 유행적 의상이고 꾸밈새일 뿐이라고 말하기엔 너무 폄하된 발언이다.

구한말에서 식민지 시대와 분단 시대를 거쳐 현대에 이르기까지 우리 문학은 항상 당대에 관심이 많았다. 문학에 담겨진 콘텐츠가 어떤 정서와 이미지, 가치를 생성하는지 관심을 가진 독자라면 시대적 현상을 오롯이 담을 수 있는 문학을 통해 타자와 충돌하고 접촉하는 과정과 그러한 작품 속에 살아 있는 사상을 읽어낼 수 있을 것이다. 그렇게 하여 독자들은 부단히 새로운 분야를 개척하는 문학이 현재 어디에 어떻게 있는가를 가늠하고 인지하게 될 것이다.

4부로 구성된 이 책에서 제 1부는 페미니즘의 이해를 담았다. 1장에서는 '포스트 휴먼' 이슈와 연관된 젠더적 관점에 대한 '테크노페미니즘'의 이해에 대해서 조명해 보았다. 다나 해러웨이의 논의를 중심으로 기술의 발달이 여성미래 전망에 어떤 관련을 맺고 있는지를 탐색했고, 젠더화된 사이보그—영화 X—마키나를 통해 가부장적 자본주의가 장악하고 있는 기술과학은 과연 성평등적인가를 살펴보았다. 또한 2장에서는 페미니즘의 현단계와 21세기에 발생하는 젠더폭력의 발생 맥락을 짚어 보았다.

2부 1장에서는 영화 <감각의 제국>이 표현하는 추의 미학을 다루었다. 실제로 일어난 아베 사다 사건을 중심으로 새로운 의미를 생성하는 그로데스크를 표현하였다. 이 영화는 군국주의가 팽창하던 1930년대 서민의 노골적인 성 묘사를 통해 그로테스크한 일본 시민사회를 드러낸다.

2장에서 다룬 축소 지향적 미학과 자아의 죽음, 파편화, 총체성의 붕괴, 최소한의 언어와 불완전한 종결어 형식이 드러나는 미니멀리즘은 포스트모더니즘의 한 갈래가 된다. 1920~30년대 시인이자 소설가인 이상은 미니멀리즘을 미학적 원리로 채택하였는데 그 의도는 우리 문학이 이 시기 실재의 현실에 대한 신념이 붕괴되었다는 회의론적 인식에 근거하였다.

3장에서는 19세기 말 서양인 여행 서사에 나타난 조선 풍경을 고찰하였다. 구한말 서구 열강의 재편 과정에서 조선에 관심을 가진 수 백 명의 서양 선교사 외 지리학자, 여행자, 외교관, 의사, 상인, 군인 등이 조선을 방문하였다. 이 시기 방문한 대표적인 사람이 영국의 여행가이며 작가인 이사벨라 버드 비숍이고, 미국의 사회주의 소설가인 잭 런던이다. 또한 조선사람들이 미신에 의존하지 않고 서구의 과학문명을 받아들였다면 식민지로 전락하는 일이 없었음을 강조하는 아손 그랩스트가 있다. 영국의 탐험가이자 화가였던 A.H. 새비치―랜도어는 정보를 수집하고 분류하고 체계화하는 백과사전적 글쓰기를 통해 조선인의 풍물과 정서, 화폐제도와 과거 제도 등을 풍성하게 써냈다. 가린―미하일롭스키는 단순한 지리적 정보나 풍경만을 그리지 않았고 조선의 현장 스케치를 구체적으로 하였는데 이 때 그는 권위 의식보다 애정과 신뢰를 가지고 조선인의 가치관과 세계관을 문학적 텍스트로 표출하였다.

3부 1장은 '한국 서사시의 실제'로 근대 서사시가 집단과 운명을 상징하는 영웅의 이야기가 아니라 구체적인 개인의 이야기라는 점에서 문학사에 새롭게 자리매김할 중요한 요인임을 확인하였다. 실례(實例)로 제 1장에서 이용악·전봉건 문학의 공간을 넣었다. 이용악은 1930~40년대 북방 유이민의 사회상을, 전봉건은 1950년대 한국 전쟁 체험을 탁월한 언어감각으로 표출한 시인이다. '서사형식'도 계속 진화하기 때문에 이들은 서사에 새로운 문체와 수사를 동원하여 특수한 상황에 던져진 인간의 모습을 그리고 있다.

2장은 임화 비평을 중심으로 1930년대 후반, 비평의 흐름을 살펴보았다. 임화는 형상에 대한 강조로 주관주의 문제를 극복할 수 있음을 강조한다. 이런 소설비평은 리얼리즘의 원리를 확립하게 된다. 중일전쟁과 조선의 병참기지화로 한국 작가들이 역사적 전망과 주체에 대한 전망을 상실하자 임화는 '사실'에 대한 탐색을 시도하고 「사실주의 재인식」을 통해 조선 사회에 관한 '적절한 인식'을 제공해 줄 수 있는 방법을 찾게 된다.

3장은 인물과 환경이 어우러져 만들어지는 인간의 운명을 염상섭의 『삼대』에서 탐구한다. 조의관, 조상훈, 조덕기는 한말과 식민시 시대 사이의 과도기 인물들이다. 3대에 걸친 인물들을 통해 당시의 시대의식을 뚜렷이 읽을 수 있는 바 이 사회학적 텍스트를 통해 20세기 전반 단 하나의 전형으로 집약되지 않는 삶의 원리를 탐색할 수 있다. 이에 개별자와 보편자를 유기적으로 통일하는 '전형성'에 대해서도 살펴보았다. 그리고 마지막으로 4부에서는 장·단 서평을 실었다.

나는 2018년도에 1930년대 정지용의 전기시와 후기시의 리듬 양상의 미학적 의미를 밝히는 책을 출간하면서 한국 현대시의 리듬과 이해를 고찰한 바 있다. 이어서 2019년에는 시집을 제외한 두 번째 시론집을 내면서 문학을 통해 반성과 사유의 길을 걷는 작가들의 치열한 자기 실존의 흔적을 확인한 바 있다. 세 번째 책은 『유동과 생성의 문학』이라는 제목으로 3년 만에 상재(上梓)하게 되었는데, 이번에는 여행기, 시, 소설, 비평과 서평 등 다양한 장르를 동원하여 다의적 개념으로 지칭되는 문학의 뿌리를 찾아가는 작업을 하게 되었다.

들뢰즈와 가타리는 '건강한 삶'이란 주어진 삶에 순응하는 것이기 보다 새로운 것을 모색하고 계속해서 무언가를 생산하는 것이라고 했다. '나는 누구일까? 라는 물음에 대해서도 우리는 늘 단일한 존재로 혹은 고정된 자아로 답할 수 없다. 알프레드 슈츠가 그의 '지식 이론'에서 밝힌 바와 같이 '지식'은 그 핵심에서부터 바깥 외연까지 인간의 믿음에 근거하기에 우리에게 '문학이란 무엇인가?'에 대한 질문 역시 누구든 단적으로 답할 수 없는 노릇이다.

작가나 지식인이 나아가야 할 길은 결국 한 시기에서 다른 시기로 넘어가는 시대 변화를 감지해야 하는 일일 것이다. 이것은 문학과 타 장르의 관습적인 경계를 넘어 새로운 영역을 탐색하는 일이며, 본인을 얽어매는 중력을 뚫고 그 너머에 있는 무한한 가능성을 향해 자신의 한계를 초월하는 일일 것이다.

얼마 전 작고하신 홍정선 선생님은 나에게 평론으로 등단해도 되겠다는 응원의 말씀을 주신 적이 있다. 1998년도에 이미 시인으로 등단한 나는 지도 교수님의 말씀을 따르지 않았지만 학위를 받은 후 계속 평론을 써서 발표해 왔다. 이 책은 그 결과물이기도 하지만 그 전에 써 놓은 논문들도 다수 들어 있다.

이미 써 놓은 글들은 여러 차례 퇴고를 거듭했다. 손을 볼수록 비평 역시 내게 글 쓰는 즐거움을 주었는데 그것은 마치 세상을 지나가는 여러 개의 귀와 눈처럼 잘 들리고 반짝이는 도취이고 매혹이었다. 충만한 그 시간들이 퇴색하기 전 새롭게 책으로 내주신 국학자료원 정구형 대표님과 우정민 편집 자님께 감사의 마음을 전한다. 글쓰기를 가르치는 강사로서, 글을 쓰는 작가로서 밖으로 동분서주해도 품어주는 가족이 있어 힘을 얻고 여전히 길을 간다.

2022년 가을
인천 문학산에서 정민나

목 차

4부   상수를 깨는 변수(장·단 서평)

1부

페미니즘의 이해

테크노페미니즘의 이해와 여성 '몸'에 대한 인식

테크노페미니즘의 이해와 여성

1. 머리말

21세기 들어 세계 경제는 4차 산업혁명을 정책의 최우선 과제로 선정하여 패러다임 전환을 경험하고 있다. 생물체가 아닌 기계의 힘으로 새로운 문명을 주도하는 신기술은 빅데이터의 분석과, 가상현실(AR), 클라우드(Cloud), 스마트 모빌리트(Smart Mobility)와 스마트 제조(Smart Manufacturing) 등에서 보는 바와 같이 IT혁명을 가속화 하고 있다. 또한 의료기술을 이용한 인공심장, 인공콩팥, 인공의족에 이르기까지 유기체와 인공물의 결합으로 생겨나는 사이보그들은 고정된 유기체적 '몸'을 재구성하고 있다.

최근 정자은행을 통해 인공수정 아이를 낳은 모 연예인의 일화는 뜨거운 화제를 불러왔다. 또한 감각기관의 손상을 일으키는 유전체나 돌연변이를 일으키는 유전자를 찾아내 질병을 치료하고 예방할 수 있는 맞춤의료 서비스는 생명공학의 가능성에 대한 희망적인 전언이라 할 수 있다. 이러한 글로벌 이슈에 적극 대응하기 위해 세계의 연구자와 자본가, 과학자들은 혁명의 핵심인 과학기술개발에 전념하는 중이다. 하지만 일부에서는 이에 따른 부정적인 의견도 내보이는데 우수한 기술이 미래 인간의 다면적 기능을 넘어서 인간에게 위협적일 수 있다는 부정적인 목소리가 그것이다.

일례로 얼마 전 사회적 이슈가 된 음란물 영상에 여자 연예인 얼굴을 합성하는 '딥페이크'는 AI의 딥러닝을 기반으로 하는 범죄라고 할 수 있다. 이것은 모든 사물이 네트워크로 연결되는 초연결사회(Hyper-Connectivity Society)의 시작점이라 할 수 있는 현실에서 이미 일어나는 사건이기도 하다. 근 미래에 생명공학의 기술로 Y염색체를 골라내어 아들만을 낳게 할 수 있는 기술을 개발한다면 이 또한 기술과학인 인공수정으로 가부장제가 강화됨을 의미한다. 유전자를 신봉하는 유전자 계급사회에 대한 비관론적 의견이나 냉혹한 악당로봇이 등장하는 영화 속의 내용은 실재로 현실 속에서 이미 일어나고 있는 중이며 앞으로도 충분히 가능한 이야기가 되었다.

기술 철학적인 관점에서 흘러나온 우려 섞인 의견들을 종합하면 '몸의 물질성'으로 대변되는 '포스트 휴먼'이나 테크노 페미니즘과 연관된 '인간소외'에 대한 것이다. 기술과학의 발전이 가져올 미래에 대한 긍정적인 기대에도 불구하고 자본주의와 결합한 과학적 기술에 대한 우려는 인간이 가진 속성을 과학기술에 적용하려는 인간의 욕망에 대한 의심에서 비롯된다. 따라서 지금까지의 기술과학이 여성과 자연, 제 3세계의 희생을 요구하는 방식으로 이어져 왔다면 앞으로의 기술과학은 여성의 미래 삶에 어떤 영향을 미치는지, 그동안 과학기술을 주도해 온 남성이 가진 속성을 기술에 똑같이 적용하려는 것은 아닌지 등에 대한 '과학의 남성주의'를 질문해 볼 수 있다.

이 글은 성 차별주의·인종주의와 같은 그동안의 남성 지배적인 기술과학담론과 '과학의 객관성'에 대해 페미니즘의 입장에서 논의를 출발하고자 한다. 2020년부터 코로나 팬데믹이 불러온 '포스트 휴먼' 이슈와 연관된 젠더적 관점을 살펴보고 일찌감치 젠더적 견지에서 시를 써 온 김혜순 작가의 시를 포스트 젠더의 시각에서 재조명해 보고자 한다.

2. 해러웨이의 '페미니스트 객관성'을 이루는 구성요소

해러웨이는 과학의 객관성 안에서 페미니즘이 기술과학을 어떻게 이해하고 개입해야 하는가에 대해 그 방식과 범위를 본격적으로 다룬 사람이다. 그는 '객관성'을 획득하기 위해 지금까지 이 과학실험의 주체자인 과학 서사의 주인공을 탐구해야 한다고 주장했다. 그들의 '절대적 시력'을 '객관성의 은유'로 상정하고 과학적 지식의 정당화 근거로 제시해온 근대과학의 그 '객관성'의 개념 자체를 의문시해야 한다는 것이다. 현대과학기술사회 역시 시선을 도구화함으로서 "주체의 시선을 대상과 분리"시키고 주체가 대상에 대해 권력을 가지는 것을 인정해 왔다. 하지만 해러웨이의 페미니스트 객관성은 "기술과학에 의해 어떤 물체의 생성이 가능한가? 불가능한가? 그런 생성이 바람직한가? 바람직하지 못한가? 가능하다면 누구를 희생하면서 가능한가?' 바람직하다면 누구를 위해 바람직한가?"와 같은 질문을 통해 과학 기술(생물학)이 "누구를 위해 살만한 세계를 만들 것인가?" 라는 근본적인 질문을 하고 있다.[1]

해러웨이의 '시선의 부분성', '위치짓기', '설명에 대한 책임지기'는

'페미니스트 객관성'을 이루는 구성요소가 된다. 지식 대상을 어디서, 누구와, 어떻게, 어디까지 볼 것인가에 대한 문제는 지식과 권력의 연결망 내에서 위계적인 교환을 통해 이루어 온 지식 주체의 잠재적인 권력에 대한 탐색과 문제제기의 영역으로 나아간다.

오늘날의 '전자 현미경'이나 '초음파 검사 체계', '컴퓨터를 이용한 단층 X선', '인공지능과 연결된 그래픽 조종체계'와 같은 시각화 기술들은 "이해하기 위해 번역되어야 하고 정교하게 해석되어야 하는 것"들이다. 해러웨이에 따르면 이런 기술들이 '무한한 시력'을 보증하는 것처럼 보이지만 모든 시력은 체현적이므로 '객관성'을 표상하는 '과학' 역시 다의적인 개념들이라는 것이다. 따라서 그가 말하는 '시선의 부분성'이란 '이중적 시력'을 가진 복수적 주체의 과학을 가리키며 '위치짓기' 역시 전체주의나 상대주의라는 두 극단을 넘어서 부분적인 위치에 기반하는 지식들을 가리키는 것이 된다.

편견에 오염된 과학을 교정하기 위해 해러웨이는 '페미니스트 객관성'을 주장했는데 과학의 중립성에 대한 그의 '페미니스트 객관성'이란 바로 이런 "상황적 지식들"을 가리킨다. 그의 "상황적 지식들"은 지식의 보편성에 관한 비판적이며 대안적인 인식론으로 주목받아 왔다. 이것으로 말미암아 "다층적인 생명과 자본, 기술과 권력의 망을 읽어낼 수 있다"고 그는 주장한다. 기존의 과학이 주장하는 객관성은 "시각화 기술이 만들어낸 이미지들"이고, "정교한 특수성과 차이의 알레고리"일 뿐 사실 그것은 특수한 체현에 의한 것이 아니라는 견해를 거듭 밝혀온 것이다. 그리하여 그는 '객관성의 은유'를 바꾸고자 했는데 이것

---

1) 다나 J. 해러웨이, 『겸손한 목격자@제2의_천년. 여성인간ⓒ_앙코마우스™를_만나다』, 갈무리, 2007, 22쪽.

은 "번역과 해석 없이 읽을 수 있는" 절대적 시력(Vision)을 가리킨다.

연구과정 안에 과학적 절차에 대한 관심뿐만 아니라 그것에 영향을 끼치는 사회질서의 전반적인 경향도 분석할 수 있는 장치를 마련한 것이 '페미니스트 객관성'이 지향하는 궁극적인 목표라고 할 수 있다.[2] 해러웨이는 이러한 '객관성'을 획득하기 위해 과학실험의 주체는 '서구·백인·남성'에서 '겸손한 목격자'[3]로 전환되어야 한다고 촉구하였다. 변화하는 모든 지식의 출발점은 구체적인 상황에 있다고 밝힌 그의 미래 세계에 대한 전망은 다음에 소개되는 영화를 통해서도 유추해 볼 수 있다.

3. 영화 X-마키나-젠더화 된 사이보그

매력적인 여성미를 갖춘 인공지능의 등장은 가부장적 자본주의가 장악하고 있는 기술과학의 현 시대에 어떤 의미가 있을까? 기술과학은

---

2) 김병진, 『에코테크네 페미니즘』, 선인, 2021, 26~38쪽.

3) 헤러웨이는 1986년 「사이보그 선언문」을 발표했는데 그 이후 사이보그는 혼종적 주체의 비유로 자리 잡았다. 그는 사이보그 형상화 작업에 집중하면서 사이보그 외에도 여성인간©_앙코마우스™ 같은 형상들을 '겸손한 목격자'자리에 내세운다. 여기서 여성인간©는 인간게놈프로젝트와 유전자 은행ⓒ의 데이터베이스가 생산한 '상품형태의 생명'이다. 앙코마우스™ 역시 인간의 암치료를 위해 태어난 '상품생명'이다. 또한 최초로 특허받은 쥐이며, 발명품이고 인간의 희생양이기도 하다. 이러한 오염되고 불손하게 보이는 퀴어(queer) "괴물들"은 해러웨이의 형상화 전략으로 채택된다. 이들은 주체와 객체 인간과 인간 아닌 것 사이의 경계에서 지배적 기술과학 서사에 비판적으로 개입하는 해러웨이의 대리인으로 도입된다. 김애령, 「사이보그와 그 자매들: 해러웨이의 포스트휴먼 수사 전략」, 『한국여성철학』 제 21권, 2014, 79~84쪽.

과연 성평등적이고 생태친화적으로 발전될 수 있을까? 우리가 일반적으로 알고 있는 사이보그의 개념은 기계장치를 생물에 이식하여 '강화된 신체'를 의미한다. 하지만 인간의 어떤 기원에도 속박되지 않으면서 무한한 가능성을 내포하는 이런 사이보그와 같은 가상의 몸은 '남성/여성, 인간/기계, 강자/약자'의 경계를 모호하게 한다.

2015년에 개봉한 영화 X−마키나에 나오는 여성 사이보그는 기술과학시대에 반인종 차별주의적이고 페미니즘적이며 다문화주의적인 삶의 문제를 재형상화 한다. 이러한 테크노바디에 부여되는 포스트젠더의 재해석은 "개발자/인간 남성 : 개발 대상자/기계/여성이라는 이분법적 구도"로 그대로 이어지고 있다.[4] 이 영화의 줄거리를 요약하면 다음과 같다.

세계 최대의 검색 엔진 기업 블루북의 직원 칼렙은 사내 추첨을 통해 이 회사의 창업주 네이든의 저택으로 초청된다. 그곳은 광활한 대자연의 한가운데에 있는 연구소이자 네이든 개인의 별장이기도 하다. 블루북 CEO 네이든은 직원 칼렙에게 일주일간 자신이 만든 안드로이드형 AI에게 튜링 테스트를 할 수 있는 기회를 준다. '튜링 테스트'란 질문자가 질문을 통해 AI가 기계인지 인간인지를 구별하는 것이다. 칼렙은 네이든이 시키는 대로 여자 AI 에이바가 얼마나 고도의 지능을 가진 안드로이드인지, 자신이 기계임을 자각하는 상태에서 테스트를 통과할 수 있는지 좀 더 심도있는 측정을 하게 된다.

테스트가 진행될수록 여성적인 매력을 지닌 에이바에게 연애 감정

---

4) 이수안, 「테크노바디의 탈신체화와 재신체화에 대한 테크노페미니즘 분석−영화 <메트로폴리스>와 <엑스 마키나>를 중심으로, 『에코테크네 페미니즘』, 선인, 2021, 153쪽.

을 느끼는 칼렙과는 달리 네이든은 에이바를 단순 기계 취급하면서 그 녀를 학대한다. 네이든은 에이바 말고도 인간과 구별이 불가능한 안드 로이드들을 만든 후 그녀들을 마구 다루는 마초 성향을 내 보인다. 그 가 만든 AI는 모두 여성형으로 그 중 쿄코는 말을 할 수 없고 다만 가정 일을 도우면서 네이든의 섹스 상대로서만 존재하는 여성 안드로이드 이다. 그 이전에 네이든은 프로토 타입으로 만들어진 다른 여성 안드로 이드를 유리방 안에 가둬놓고 이야기를 하는데 이 여성 AI는 밖으로 내 보내 달라고 유리벽을 향해 의자를 던지며 울부짖는다. 결국 '젤 형태 의 하드웨어'와 '빅데이터 체제'로 구동되는 사이보그 에이바는 자신의 여성적 매력을 이용하여 칼렙을 유혹하고 자신을 가둔 시설에서 탈출 에 성공한다.

이 영화에 나오는 에이바는 처음에는 수동적 대상으로서 여성화된 존재였으나 나중에는 여성사이보그라는 자신의 정체성을 뛰어넘어 세 상 밖으로 나오는 테크노바디의 주인공이 된다. 자신을 창조한 IT 기업 대표를 죽이고 기계에서 나와 스스로 진화하는 이 혼종적 주체는 기존 의 이분법적 젠더 관계를 깨뜨리는 포스트 휴먼 주체라고 할 수 있다. 이런 에이바를 비롯해 쿄코와 같은 사이보그들은 다나 해러웨이가 말 한 바 있는 '겸손한 목격자'들에 해당한다고 볼 수 있다.

해러웨이는 앞 글에서 밝힌 바와 같이 '서양 백인/타인종, 유기체/상 품, 여성/상품, 생명/사물'처럼 경계를 넘나드는 '겸손한 목격자'들을 통해 인간의 행동 양식을 유추하여 왔다. "여성인간$^{©}$_앙코마우스™ 처럼 저작권이나 상표를 달고 있는 주인공들을 내세워 현 세계가 생명 체까지 상품화 하는 세계임을 폭로"하는 그는 특히 여성의 몸이라는 표식을 통해 새롭게 구축되는 젠더, 계급, 섹슈얼리티 등에 대한 의문

을 제기하였다.[5]

　페미니스트 과학 비평을 해온 여러 학자들 중 앤마리 발사모 역시 『젠더화된 몸의 기술』에서 "하이테크놀로지가 여성들을 더욱 더 가부장적 질서 및 남근중심적 상징체계에 종속되게 만들 것이다"라는 비관론적 입장을 밝힌 바 있다. 그는 여성 테크노 바디에 부여되는 이러한 부정적인 측면에 균열을 가하고 여성의 몸이 어떻게 문화적으로 구성될 것인가에 대한 "해방적 잠재력에 대한 탐색"이 필요함을 주장한다. 또한 기술 과학이 남성성과 과학의 결합체라는 것을 드러내고 해체하면서 포스트 젠더 가능성의 전망이 역행하는 방향으로 흘러가는 것에 주의를 기울인다. 하이테크놀로지 시대에 기술적으로 몸이 변형되고 재구성 되는 것이 가능하지만 여성의 몸들은 문화적으로 여전히 "'자연적인 것', '성적인 것', '재생산적인 것'으로 코드화 되고 있다"고 그는 설명한다. 특히 몸들과 기술들이 젠더와 맺고 있는 관계를 탐색하는 그는 몸도 기술도 젠더화 되어 있으며 젠더 역시 "몸의 문화적 구성 및 기술적 개조를 통해 재구축 되어 가고 있"음을 설명한다.[6]

　인공지능 로봇이 개발되면 가족을 위해 바깥에서 사회적 역할을 수행하던 남성이나 집안에서 육아나 가사 돌보기를 해온 여성들이 그 기술을 이용하여 고정된 성 인식이 수정될 수 있다는 낙관적 인식은 현 상황에서는 그 전망이 밝은 편은 아니다. 영화 X-마키나에서 나오는 코쿄와 같은 섹시 로봇이나 우리 사회 이슈가 된 리얼돌이 남성의 성적 욕구를 해소해 줌으로써 매춘 여성들을 대체할 수 있다는 낙관론적 인식에도 불구하고 오히려 성차별을 가중시킬 수 있다는 우려의 목소리

---

5) 다나 J. 해러웨이, 앞의 글, 14쪽.
6) 앤 마리 발사모, 『젠더화된 몸의 기술-사이보그 여성 읽기』, 아르케, 1999, 6쪽.

는 끊이지 않고 있다. 그 이유는 물론 몸의 물질성을 테크노바디에 그대로 부여하여 여성 몸의 형상화를 관습적으로 한다는 데 있다. 이것이야말로 젠더 정체성이나 젠더 불평등이 해소되지 않는 기술문명시대의 민낯이라 할 수 있다.

영화 X−마키나에서 네이튼은 칼렙의 여성 취향에 꼭 맞도록 성적 대상으로서 에이바를 개발 하였다. 여성 섹스로봇의 상징성 문제는 2017년부터 2019년 우리나라 '리얼돌' 수입업체와 인천 세관의 재판과정을 통해서도 불거진 바 있다. '리얼돌'은 AI가 아니라 성기능이 포함된 실물 크기의 인공물일 뿐이다. 하지만 이러한 성적 인공물은 상징적으로 사람(남성)들이 여성을 사물화 하여 인간성의 침해를 가져온다는 것이 문제이다. "사람의 존엄성과 가치를 심각하게 왜곡・훼손"한다고 판단하여 1심 재판부는 인천 세관의 손을 들어주었지만 2심과 대법원 판정에서는 기각 되었다. "성기구는 필연적으로 사람의 형상을 사실적으로 묘사할 수밖에 없"으며 이러한 도구의 사용은 "개인의 사적 영역에 해당하므로 국가의 개입을 최소화해야 한다."라는 이유에서였다.

'섹스로봇'과 같은 '리얼돌' 이슈에 반대하는 사람들의 주장은 이들 도구가 "남성의 성적 요구에 맞도록 여성신체형상"으로 만들어졌고 이러한 성적 인공물들은 '남성의 욕망'에 최적화 되었다는 것이다. 사실 이러한 기구들은 결국 '몸의 물질성' 혹은 '여성의 사물화' 라는 상징성을 드러내는데 이것이야말로 인간성의 훼손이 아닐 수 없는 것이다. '욕망하는 기계'를 뜻하는 이러한 기구들의 사용은 결과적으로 여성을 '시체로서의 몸', '욕망의 배설구로서의 몸', '상품으로서의 몸', 천박한 몸'으로 왜곡하여 인식론적 상대주의에 빠지게 한다. 이러한 조형적 섹슈얼리티를 적용한 리얼돌이나 섹시봇은 주체적 삶의 조건을 상실하게 하여 여성이 여전히 천시와 업신여김을 당할 수 있는 심리적 기재로서 작동한다. 이것이 바로 기술혁신 시대에 남성의 합리성과 객관성의 범주 안에만 머무는 기술과학 담론에 대한 '대안 서사가 필요한 이유라고 할 수 있다.

4. 몸의 경계를 허무는 생태시학

모든 것을 동일화하는 자본주의 산업사회에서 여성의 존재론적 조건을 철저히 인식하고 '부정'과, '냉소', '아이러니'를 드러내며 몸의 생태 시학을 써온 시인이 있다. 남성적 담론 질서라는 동일성의 추적에서 벗어나면서 늘 여성의 몸에 대한 사유로 새로운 시세계를 구축해 온 그가 바로 김혜순 시인이다. 그는 90년대를 지나 현재에 이르기까지 고정된 의미의 단일한 목소리가 아니라 당대의 현장성을 여성의 몸을 통해 중층적으로 형상해 왔다.

> 방에 시체가 있다
> 내가 누군가를 죽였다
> 시체를 두고 나 여기 술 마시러 왔다
> 웃고 떠드는 사람들 알까 봐
> 우스워 우스워
> 요즈음 떠도는 농담이라며
> 지어낸 얘기 들려준다
> 이 자리 누구도 방 안에 시체를 두고
> 오진 않았나 보다
> 모두들 숨겨놓은 몸이 없는 사람들처럼 왁자하다

술집 어딘가 흰염소 눈알 같은

반질거리는 외눈박이 웅덩이가 열려 있다

내가 그 눈알 위에 의자를 올리고 앉아 있다

내가 정말 죽이긴 죽였나

꿈속처럼 방이 멀다

그 방엔 불에 타다만 사람의 심장을 쪼아내던

피 묻은 부리 하나

검은 웅덩이에 잠긴 발을

더러운 깃털로 닦을 때

그 사람의 두 다리는 이미 싸늘했지

나는 왜 방에다 불을 지르고 소리소리 지르다

그 사람의 몸에 물을 끼얹었을까

하루 종일 문 앞을 떠나지 않는

주인 기다리는 강아지같이 빤히 열린 그 눈알

그것을 닫고 오기는 했나?

두렵다

그럼에도 지금 이 자리

웃고 떠드는 나를 견딜 수 없다

아무래도 불꽃 머리칼 다시 길러야겠다

아무래도 나는 나를 다시 죽이러 가야겠다

— 「Lady Phantom」 전문[7]

　이 시에 드러나는 진짜의 나는 또 하나의 나를 분리시키고 있다. '내'가 '너' 혹은 '대상'에 대해서 관계 맺는 이른바 '서정적 동일화'의 관계에서 벗어나는 것은 차라리 '나의 바깥' 그 격렬하고 모호한 장소에서 내가 다시 태어나는 일이 되는 것이다. 만약 나의 외부에서 '내'가 출발

---

7) 김혜순, 「Lady Phantom」, 『당신의 첫』, 문학과 지성사, 2008, 30쪽.

하게 된다면 나를 표상하는 기표는 실제의 나가 아니라 나의 대리 표상에 불과하지만 시적 화자는 내면의 무대에서 존재하는 몸이 된다. '내'가 어떤 것이 되려고 한다면 나는 이런 '실종'과 '외재화'의 장면을 피할수가 없게 된다. 바깥으로의 '나'의 투신이라는 이 사소한 동작은 시인의 시적 화자가 처한 상황에 대한 중요한 암시이기도 하다. 상상과 현실의 다면적 관계 속에서 시적 화자는 분열하고 있지만 또 하나의 분리된 나를 객관적으로 대면함으로써 시적 화자는 자신을 확인하고 고통스러운 세상을 환기한다.

김혜순의 이러한 부정의 언어는 몸이라는 주제를 중심축으로 마치 영화 '메트릭스'와 같은 분할과 중첩으로 내외부를 이루고 있다. 그리하여 도처에서 '이송'되고 '이탈'하고 '증발'하고 '흩어지고' '확산'되는 이 존재의 끊임없는 이동은 주체의 존재론을 타자의 존재론으로 바꾸어 놓는 것이 된다. 그렇게 함으로써 삶의 파편들로 이루어진 세계의 균열 속에서 그의 몸은 제 3의 존재층을 이루게 된다. 이 사건을 통해 주체는 모호한 위치에 서게 되지만 이 모호성이야말로 '내'가 자신의 바깥에서 다시 태어나는 생성의 순간이 되는 것이다.

누가 쪼개놓았나
저 지평성
하늘과 땅이 갈라진 흔적
그 사이로 핏물이 번져 나오는 저녁

누가 쪼개 놓았나
흰눈꺼풀과 아랫눈꺼풀 사이
바깥의 광활과 안의 광활로 내 몸이 갈라진 흔적

그 사이에서 눈물이 솟구치는 저녁

상처만이 상처와 서로 스밀 수 있는가
두 눈을 뜨자 닥쳐오는 저 노을
상처와 상처가 맞닿아
하염없이 붉은 물이 흐르고
당신이란 이름의 비상구도 깜깜하게 닫히는

누가 쪼개놓았나
흰낮과 검은밤
낮이면 그녀는 매가 되고
밤이 오면 그가 늑대가 되는
그 사이로 칼날처럼 스쳐 지나는
우리 만남의 저녁

— 「지평선」 전문8)

　김혜순이 그려내는 현실은 몸의 현실과 심리적 현실이 합해진 복합적 성격을 띤다. '내' 몸은 내부와 외부가 동일한 평면(지평선) 위에 평등하게 펼쳐져 있는 듯 보이지만. 세계의 부조리함과 삶의 무의미함 앞에서 끊임없이 균열과 틈새를 만들어내고　있는 몸이다. 이것에 따라 저것이 일어나는 연기(緣起)의 공간인 내 몸과 마음은 쉴 새 없이 갈라지고 솟구치고 스며든다. 그리하여 "낮이면 그녀는 매가 되고/ 밤이 오면 그가 늑대가 되는" 미로를 순환하며 그들(우리)의 만남은 칼날처럼 스쳐 지나간다. 이것은 남녀의 적대적 대결을 의미하기도 하지만 김혜순 시의 근간은 여기서 그치지 않는다. 왜, 누가, 흰낮과 검은 밤으로 그

8) 김혜순, 「지평선」, 『당신의 첫』, 문학과 지성사, 2008, 7쪽.

들을 쪼개 놓는가. 상처와 상처가 맞닿아 서로 스밀 수는 없는가와 같은 '상호병존'이라는 질문을 품고 확장된 사유의 시세계로 나아간다.

이렇게 90년대부터 현재에 이르기까지 시인은 그의 작품에서 '몸을 샅샅이 뒤져 세계의 흔적을 발견'해 내는 이른바 '환유적 상상력'을 보여준다. 주체와 타자, 일상과 비일상이 함께 하는 형식으로 그의 시에서는 몸의 경계를 허무는 수사적 상상력이 팽팽한 접전을 이루고 있다.

> 백마리 여치가 한꺼번에 우는 소리
> 내 자전거 바퀴가 츠르르치르르 도는 소리
> 보랏빛 가을 찬바람이 정미소에 실려온 나락들처럼
> 바퀴살 아래에서 자꾸만 빻아지는 소리
> 처녀 엄마의 눈물만 받아먹고 살다가
> 유모차에 실려 먼 나라로 입양 가는
> 아가의 뺨보다 더 차가운 한 송이 구름이
> 하늘에서 내려와 내 손등을 덮어주고 가네요
> 그 작은 구름에게선 천 년 동안 아직도
> 아가인 그 사람의 냄새가 나네요
> 내 자전거 바퀴는 골목의 모퉁이를 만날 때마다
> 둥글게 둥글게 길을 깎아내고 있어요
> 그럴 때마다 나 돌아온 고향 마을만큼
> 큰 사과가 소리없이 깎이고 있네요
> 구멍가게 노망든 할머니가 평상에 앉아
> 그렇게 큰 사과를 숟가락으로 파내서
> 잇몸으로 오물오물 잘도 잡수시네요

－「잘 익은 사과」 전문9)

---

9) 김혜순, 「잘 익은 사과」, 『달력공장 공장장님 보세요』, 문학과 지성사, 2000, 9쪽.

이 시는 스산한 늦가을에 화자의 정서를 환유의 방식으로 표출하고 있다. 환유는 인접성에 의한 것인데 그 안에 '공간', '시간', '심리'가 다 들어가 있기 때문에 결합하고 접속하는 과정에서 시가 풍성해진다. 하지만 「잘 익은 사과」의 시적 내용은 자전거가 굴러가는 것처럼 밝고 경쾌한 이야기는 아니다. "유모차에 실려 먼 나라로 입양가는" 아가는 이미 죽어 '한송이 구름'이 된 아이이다. 그것을 유추할 수 있는 시행이 "처녀 엄마의 눈물만 받아먹고 살다가"와 "바퀴살 아래에서 자꾸만 빠지는 소리"이다.

김혜순의 여성적 글쓰기는 90년대부터 이미 불확정적인 태도와 미완의 개방성을 확보하면서 '에둘러 말하기', '모호하게 말하기'가 주류가 되었다. '객관'과 '권위', '무게', '합리성', '통제' 등의 남성적 언어 구사에 비해 '직관'과 '민감', 그리고 '아이러니'를 구사하는 시인의 언어는 여성적 무의식 안에서 길어 올려진 심리적 현실과 맞닿아 있다.

> 이 몸의 스크린만 찢고 나면
> 내 몸에서 홀로그램이 터져나온다
> 그리고 나는 너에게 갈 수 있다
> 내가 직접 가지 않아도
> 나는 여기 있고, 또 거기 있을 수 있다
>
> (중략)
>
> (바닷 속에서 물방울이 하나 터져나오려고
> 바다 전체가 일렁이며 몸부림치듯
> 몸통 속에서 눈물이 한 방울 터져 나오려고
> 수천의 거북이떼 뱃속에 알을 품고

바다를 급히 달려나와 모래 언덕을 까맣게 오르고
차창 밖으로 빗방울 하나 툭 떨어졌다)

— 「타락천사」 부분[10]

　　김혜순은 논리적이고 지성적인 남성에 비해 '자연적'이고 '물리적'인
여성이라는 열등한 위치를 고통스러운 여성의 몸[11]을 통해 형상화 해
왔다. 그는 정신의 결핍으로 구멍이 숭숭 뚫린 여성 몸의 여러 측면들
을 포괄하는 한편 그 뒷면에 있는 경쾌함의 세계를 생기의 언어로 구사
한다.

　　그녀의 시적 화자는 곤경에 처해 있을 때마다 자신의 몸을 독려하며
그 비극적 양상을 분노로 폭발하는 대신 시적 연상의 자유로움으로 변
형 시킨다. 그리하여 세계와 접촉하는 그의 몸은 외압의 무게에 함몰하
지 않고 가볍게 떠오른다. 안과 밖의 택일이 아니라 세계의 몸과 '시적
화자'의 몸이 중첩되고 그 둘이 상호작용할 때 새로운 생성에 다가선
다. 그것은 역동적 재생을 의미하는데 마치 바다 속 생물인 거북이가
알을 낳기 위해 육지인 모래언덕을 새까맣게 오르는 형국이다. 이것은
또한 "바다 속에서 물방울이 하나 터져 나오려고 바다 전체가 일렁이
는" 형상을 닮았다.

　　삶의 원초적 비극과 존재에의 충동에 맞서 "내 뼛속 어딘가 그 어딘
가 아직도/ 출렁거리는 바다 있어"라는 시구에서처럼 시적 화자는 세상
의 몸과 호흡하며 쉼 없이 움직인다. 몸속에서 운행되는 삼라만상의 움
직임과 우주를 성찰하는 이 여성의 육체는 지금 여기의 '순간' 속에 압

---

10) 김혜순, 『불쌍한 사랑기계』, 문학과 지성사, 1997, 16쪽.
11) 김혜순, 「구멍 散調」, 『우리들의 음화』, 문학과 지성사, 1990.

축된 여성 자신의 정체성을 드러내고 있다.

5. 맺음말

이 글은 다나 헤러웨이의 논의를 중심으로 기술의 발달이 여성의 미래 전망에 어떻게 관련을 맺고 있는지 페미니스트적 관점에서 접근하였다. 과학기술의 발달과 더불어 젠더 불평등이 고착화 될 것인지, 미래 사회에 유토피아적 전망을 가져올 것인지 여성이 처한 조건을 분석하면서 점검해 보았다.

해러웨이는 고정된 범주로 보는 모든 정체성의 틀을 비판하였는데 그것의 핵심은 '객관성의 은유'를 바꾸고자 하는데 있었다. 그는 과학의 남성주의를 밝히는 과정에서 하나의 구체적 상황에 처한 모순적이고 분열된 몸이 지식의 객관성을 이루는 새로운 시각 은유가 된다고 주장하였다. 이러한 상황적 지식들은 주체와 객체 사이 연결관계를 이루며 역동적인 접촉을 이룬다.

여성의 '몸'으로부터 그것을 관통하는 다층적인 생명의 망들을 읽어내는 김혜순 시인의 시세계 역시 '모든 시력은 체현적이다'라는 다나해러웨이의 '상황적 지식들'과 만나는 지점이 있다. 해러웨이는 '인종'이나 '계급', '젠더'적 표시를 감춘 '여성 사이보그'나 실험용 쥐 '앙코마우스™', '반려종' 등 '겸손한 목격자' 형상을 통해 '유기체와 기계', '인간과 동물', '물질적인 것과 비물질적인 것', '자연적인 것'과 '인공적인 것'의 경계를 해체하고 주체와 객체라는 이분법의 도식에서 벗어나고자 했다. 이러한 페미니스트 과학 비평은 구체적인 젠더 개념을 나타내는데 시인 김혜순의 훼손되고 오염된 '몸 시'에서도 해러웨이의 '시선의 부분성', '위치짓기', '책임지기'와 같은 페미니스트 객관성을 이루는 구성요소들이 드러나고 있다. 젠더를 고정된 변수로 다루지 않는다는 점이나, 여성인물들이 끊임없이 생태적 에너지를 구성한다는 점에서 그의 시는 해러웨이가 전개하는 페미니스트 기술과학과 공통적으로 만나고 있는 것이다.

다나 해러웨이를 비롯한 페미니스트 과학 비평 학자들은 기술과학에 희망을 걸더라도 남성중심의 기술과학의 독주에 관여할 필요가 있다고 주장해 왔다. 하이테크놀로지 시대에 '인종', '젠더', '계급', '섹슈얼리티' 등은 사라지는 것이 아니라 새롭게 구축되는데 이 때 여성 테크노 바디에 부여되는 부정적 측면에 균열을 가해야 한다는 뜻을 강조해 왔다.

이에 화답이라도 하듯 김혜순 시인은 역사적으로 주변화 되고 종종 무시되어온 여성의 몸에 대해 그리고 그러한 부정적 세계로부터 다시 생성하는 과정적 존재자로서 여성의 몸을 서슴지 않고 형상화해 왔다.

참고문헌

김병진, 『에코테크네 페미니즘』, 선인, 2021.

김애령, 「사이보그와 그 자매들: 해러웨이의 포스트휴먼 수사 전략」, 『한국여성철학』 제 21권, 2014.

김혜순, 『달력공장 공장장님 보세요』, 문학과 지성사, 2000.

김혜순, 『당신의 첫』, 문학과 지성사, 2008.

김혜순, 『불쌍한 사랑기계』, 문학과 지성사, 1997.

김혜순, 『우리들의 음화』, 문학과 지성사, 1990.

이수안, 「테크노바디의 탈신체화와 재신체화에 대한 테크노페미니즘 분석－영화 <메트로폴리스>와 <엑스 마키나>를 중심으로」, 『에코테크네 페미니즘』, 선인, 2021.

다나 J. 해러웨이, 『겸손한 목격자@제2의_천년. 여성인간ⓒ_앙코마우스TM를_만나다』, 갈무리, 2007.

앤 마리 발사모, 『젠더화된 몸의 기술－사이보그 여성 읽기』, 아르케, 1999.

페미니즘의 현 단계와 시적 대응

1. 머리말

우리 사회 성폭력 피해를 고발하는 미투 운동이 벌어진지 벌써 몇 년의 시간이 흘렀다. 지난 2018년에 정치·경제·문화·사회·교육·노동 가운데에서 남북 정전 협의 논의를 빼놓고 최고의 이슈는 '미투 운동'과 '페미니즘'이었다.

2017년 미국에서 #MeToo라는 해시태그로 시작된 움직임은 하비 와인스타인의 성폭력, 성희롱 행위를 비난하기 위한 것이었는데 이는 곧 전 세계로 퍼져나갔다. 우리나라에서는 그 전에 2016년 10월 중순에 시인 김현이 『21세기 문학』 가을호에 「질문 있습니다」라는 글을 통해 한국 문단내 성폭력 사례를 폭로한 바 있다. 이후 문학 지망생들과 독자를 상대로 '#문단_내_성폭력'이라는 해시태그 운동이 번져나갔다.

문단에서의 미투 운동은 2017년 12월 계간지 『황해문화』 겨울호에 「괴물」이라는 제목을 최영미 시인의 시가 발표되면서 이어졌다. 그 뒤

연극, 미술, 사진 등 예술계 전반으로 번지면서 '#예술계_내_성폭력' 해시태그 운동이 생겨났고 학교, 직장, 출판, 종교계 등 시민사회 전체로 봇물 터지듯 번져갔다. 성폭력, 성추행에 대한 유사한 피해자들의 증언이 쏟아졌고 이어서 위드유(#With You. 당신과 함께 하겠다) 운동으로 펼쳐졌다. 이후 가해자의 역고소와 인사 불이익, 악의적 소문 등 2차 피해를 우려한 여성들의 신고가 주춤한 듯하다가 2019년 체육계에서 또 다시 미투 운동이 확산되었다.

미투운동이 촉발된 뒤 한국 사회는 백래쉬(역풍)가 거세지고 여혐과 남혐으로 갈려 갈등이 커지고 있었다. 그러다 결국 한 남성이 불특정 여성을 살해한 사건이 서초동 노래방 화장실에서 일어났다. 이후 2017년 8월 6일에 서초구 강남역 10번 출구에서 100명의 여성들이 '여성혐오 살인 공론화' 시위를 벌였다. 여성 혐오 범죄 규탄 집회에 참석한 이들은 검은색 마스크와 선글라스를 끼고 자신들의 얼굴을 가렸다. 그것은 여성들의 자발적인 이러한 행동에 대해 '남성 혐오'라는 비난을 받는 협박 댓글 때문이었다.

이 일을 계기로 '메갈리아'라고 하는 남성 혐오 사이트에서 남녀 설전이 벌어졌다. '메갈리아'나 '워마드'나 '한남충'은 특정 사이트에서 나온 신조어로 성별에 따라 서로를 비하할 때 사용한다. 특히 메갈리아(Megalia)는 여성 혐오를 남성에게 그대로 반사하는 '미러링'을 사회 운동의 전략으로 삼았다. 여성 혐오에 반대하는 것을 최우선 모토로 삼은 워마드는 남성과 여성이라는 대립적인 각을 세우는데 이분법적 사고를 하는 남성 우월주의와 매우 닮아있다.

트위터는 "페미니즘'과 페미니즘 운동에서 확대된 이슈인 '혐오'가 2018년 키워드"라고 밝힌 바 있다. '김치녀', '한남충', '된장녀', '개저

씨', '생리충', '군무새', '김여사', '한녀충', '애비충', '허수아비', '평범수' 등 이 시기 한국 사회의 혐오 문화를 알리는 민망한 표현들이 인터넷을 점령했다.

2018년 1월 1일 할리우드 배우와 감독, 제작자들은 타임스 업(Times Up·이제 그만)이라는 모임을 결성했다. 모든 성폭력과 성추행, 성차별에 대해 '이제 그만! 이라는 모토를 가지고 출발한 타임스 업을 지원하기 위해 TV·영화·연극 분야에서 활동하는 미국 내 수백 명의 여성들이 돈을 모금했다. 또한 성차별에 맞서는 성명서도 냈다. 이후 미국 전역에서 수십만 명의 여성들이 시위에 힘을 보태며 여권 신장의 필요성을 주장했다.

남성들의 성평등 의식 재고를 위한 여성들의 노력이 여성에 대한 우대 조치이며 이는 남성에 대한 역차별을 초래한다는 일부 남성들의 저항의식이 여혐 남혐의 문제로 번졌다면 양성 평등을 이루기 위해서 우리나라 '문화'와 '제도'에서도 꾸준한 변화가 요청된다.

영화 '메트릭스'에서는 시스템에 길들여진 이들이 컴퓨터의 지배에서 빠져나오기 위해 벌이는 사투가 있다. 대다수 인간들에게 선택권을 주었을 때 그들은 노예라도 좋다고 "현재의 자신이 믿고 싶은 것만 믿으며 살 수 있는" 파란 약을 선택했다.

한국 미투의 표상이 된 서지현 검사는 상징적으로 비유된 파란약 대신 빨간약을 선택했다. 그녀는 성폭력을 말하지 못하는 것은 사회 시스템의 문제라고 말했다. 성폭력 뒤 인사보복까지 당한 그녀는 이러한 내용을 담은 글을 검찰 게시판에 올렸다. 하지만 이 폭로 뒤에 그녀 역시 '몸부림칠수록 더 단단히 옭아매는 거미줄'이 이 사회라는 것을 직시하게 되었다.1) 이러한 사회 분위기를 드러내는 뉴스는 연이어 보도되었다. 유도코치 숙소를 청소하다 성폭행을 당한 전 유도 선수 J씨는 고 1 때부터 상습적인 피해를 입었지만 "고발하면 선수 생활은 끝장이다." 라는 소리를 들었다. 자신의 피해 사실을 당시 코치와 동료에게 이야기 했지만 증언 부탁을 요청하는 전화를 걸었을 때 이들은 연락이 두절 되었다. 용기를 내기만 한다면 얼마든지 변화시킬 수 있는 세상이지만 사람들은 쉽사리 '모험'이나 '혁신'을 통한 새로운 세계로의 진입을 두려워하였다.

민주화가 시작되면서 한국사회는 여성차별 해소를 위해 꾸준히 노력을 기울여왔다. 하지만 그 이면을 들여다보면 여성의 사회적 지위는 아직 취약하기 이를 데 없다. 여성의 사회 진출이 원활해지면서 공적 서비스가 확대되고 있지만 사회 조직은 아직도 남성중심적이며 여성들은 사회생활과 일상생활에서 타자화(他者化) 되어 있다. 지난 시기 한국 사회는 가족 폭력과 성폭력을 금지하는 법률이 제정되었고 호주제 폐지와 할당제 실시 등 여성의 인권과 지위가 개선되었다. 더욱이 공론의 장에서는 여성의 목소리도 높아졌다. 그런데도 여전이 성폭력, 성차별이 존재하고 배제의 가부장적 문화가 지속된다는 것은 우리나라 '양성평등은 아직도 요원한 과제인가?' 라는 의문을 낳게 한다.

우리나라 여성의 사회적 지위는 여전히 이중적이다. 공적 영역에서 정당하게 경쟁하고 사적 영역에서 평등하고 평화로운 문화가 정착된다면 여성해방의 삶은 주어질 수 있다. 양성평등은 인권의 문제이지만 이것은 남녀 모두에게 질 높은 발전의 핵심 조건이기도 하다. 단지 여성이라는 이유 때문에 차별받고 배제된다면 그 사회는 '반쪽짜리' 사회

---

1) 장은교, 「'한·일 미투 상징' 서지현·이토 시오리의 특별한 동행… "우린 진실을 말했고, 국가와 사회는 답해야」, 스포츠 경향, 2018. 12. 13.

가 될 따름이다.

2. 21세기에 발생하는 젠더폭력의 발생 맥락

1970년대 여성운동의 물결이 세계적으로 번져갔고 1990년대 이후 UN 여성 대회에서 성평등 정책이 국제 사회에 전파된 후 우리나라에서도 여성들이 더 많은 기회와 독립된 삶을 꿈꿀 수 있게 되었다. 하지만 여권 신장 이후 신자유주의가 확대되었고 이후 양극화의 격차가 심화되었다. 이에 저성장 시대의 불안을 배경으로 여성과 같은 약자와 소수자를 배타시하는 혐오 정서가 만연하기 시작하였다.

19세기~20세기에 걸친 여성 운동의 국제적 성과는 여성의 사회참여와 권리 신장을 그 이전보다 진전시켰지만 이후 여성들의 일상을 위협하는 '혐오'와 '폭력'과 '차별'은 새로운 방식과 형식으로 나타났다. '악성 댓글', '성폭력', '온라인 커뮤니티에서의 언어폭력', '몰래 카메라', '데이트 폭력'등 21세기에 발생하는 젠더 폭력은 그치질 않고 우리에게 충격을 주었다. 더불어 페미니즘에 대한 대중적 관심이 확산되고 있지만 아직도 페미니즘에 대해 '불편함'을 느끼는 사람들이 대다수이다. 페미니스트는 세상과 남성들에 대해 끝없이 화를 내는 존재라는 선입견을 가지고 있으며 남성을 적으로 생각한다는 고정관념이 널리 퍼져 있다.

강남역 부근에서 목숨을 잃은 한 여성 이야기도 여성 혐오를 둘러싼 '나쁜 페미니즘' 담론에서 발생한 것으로 볼 수 있다. 페미니즘과 여성 운동이 표방했던 평등하고 당당한 인간의 새로운 이상은 이러한 맥락 속에서 굴절된다고 할 수 있다.

21세기 여성들의 권리 신장 이후에도 여성 혐오 정서가 만연하는 것은 신자유주의 체제가 남성과 여성을 경쟁 관계로 설정한다는 것에서 힌트를 얻을 수 있다. 프레이저는 페미니즘 제 2물결 제 2막에서 '시혜주의'라는 불명예스럽고 불평등한 가족임금에 대하여 저항하면서 노동현장으로 나온 여성들이 저임금과 긴 노동시간으로 남성들의 일자리를 위축시켰다는 평가를 내린다. 남성은 여성들이 자신들의 지위를 넘보는 현상을 우려의 시각으로 바라본다. 신자유시대 양극화의 불안을 남성 연대가 여성과 같은 약자와 소수자를 지목하고 배타시하는 경향을 발견할 수 있는 것이다.2)

위에서 필자는 서지현 검사가 매트릭스에서 나오는 파란약 대신에 스스로 미래의 불확실성을 받아들이는 빨간약을 선택했다는 이야기를 했다. 그것은 한 사회의 복합적인 상황 속에서 혹은 위계적인 관계의 집합체 속에서 억압하고 금지하는 '권력'에 굴하지 않고 생산적 기능을 유도하는 자유의 양식을 지향한다는 의미이기도 하다. 그녀가 상사로부터 성희롱을 당한 뒤 이에 이의를 제기하려 하자 주위 사람들이 만류를 했고 인사 조치에서도 차별을 받았다는 사실은 21세기에도 여전히 여성에 대한 구조적 차별과 폭력이 존재한다는 것을 의미한다. 문학평론가 김수이는 김승일의 시집 『프로메테우스』 해설에서 구조화 되고 내면화된 폭력이 오늘날 번연히 겉으로 드러나 있음에도 "비굴한 침묵과 복잡다단한 공모 속에서" 달리 말해 직접적 고의로 인하여 바로 대면하지 않으려는 우리의 태도를 비판한다.3)

---

2) 황정미, 「불편한 페미니즘, 나쁜 페미니즘, 그리고 우리 안의 페미니즘 ― 페미니즘 대중서 읽기」, 『페미니즘 연구』16(2)한국 여성 연구소, 2016. 455쪽.
3) 김수이, 「폭력의 시간 속에서 사랑 찾기」, 『프로메테우스』, 2016, 161쪽.

여성들이 평등한 삶을 살기 위해서는 "페미니즘에 대한 신념 이외에도 많은 현실적 요인들, 즉 경제적 독립, 좋은 직업 그리고 그것을 위한 학력과 자격증이 필요하다. 하지만 무엇보다 사회적이고 구조적인 시스템의 개선이 우선적으로 요구된다.4) 남녀 불평등이 되풀이 되는 현실을 교정하는 방식은 먼저 여성들 스스로 자신이 서 있는 자리를 날카롭게 응시하는 것이라 할 수 있다. 엠마 골드만(Emma Goldman)은 "여성의 발전과 자유와 독립은 여성 스스로 자기 자신을 통해 이루어져야 한다"고 말한다.5)

여성 자신이 '하나의 인격체'라는 주장은 19세기 말 서양의 미술 작품을 통해서도 드러난다. 1862년 에두아르 마네(Edouard Manet)가 그린 누드화 <올랭피아>는 창녀를 모델로 그렸기 때문에 그 당시 사람들에게 충격을 주었다. 파리 시민들은 현실 속 여성을 사실적으로 그린 그림보다 신화속의 성스럽고 아름다운 여성을 흔쾌한 마음으로 대해왔다. 알렉산드로 카바넬(Alexandre Cabanel)의 <비너스의 탄생>이 바로 그러한 작품에 속한다.

<비너스의 탄생>과 같은 연도에 그려진 <올랭피아>를 대하면서 그들은 분노를 감출 수 없었다. <올랭피아>에 나오는 여자 모델은 우선 늘씬한 몸매를 가지고 있지 않았고 신분도 그 당시 파리 남성들이 은밀한 일상을 즐기던 대상으로서 미천한 직업여성이었기 때문이다. 더구나 그녀는 매음녀를 상징하는 꽃을 머리에 꽂은 채 눈을 똑바로 치켜뜨고 관람객을 향해 도전적인 시선을 던지고 있다. 손목에 착용한 팔

---

4) 최재봉, 「또 페미니즘?」, 『실천문학』, 1996, 406~407쪽.
5) 김상욱, 「페미니즘, 여성 문학의 정치적 실천」, 『중등우리교육』, 중등우리교육, 1997. 124쪽.

찌에는 사랑하는 남자가 따로 존재한다는 표시의 로켓(Locket)을 부착하고 있다. 그것은 비록 자신이 매매춘에 종사하는 여성이지만 그것은 어디까지나 직업적인 일이라는 주체적인 의사표현이기도 하였다. 그림 속에서 비스듬히 누운 신비한 여성의 몸매를 감상하면서 고급문화를 향유한다고 생각하던 남성들은 자신의 치부를 드러낸 듯한 이 그림에 화를 내었다. 자기보다 저급하다고 생각한 여성이 자신들의 관점을 돌려놓는 일은 참을 수 없는 일이었기 때문이다.

하지만 당시 대중들에게 멸시와 야유를 받았던 <올랭피아>는 근대 미술 태동기에 새로운 평가를 받기 시작하였다. 반면 여성을 하나의 인격체로 인식하지 않고 남성의 소유물처럼 표현한 <비너스의 탄생>은 주체성이 결여된 비현실적인 그림으로 비판을 받기 시작하였다. 따라서 같은 해 나란히 출품되어 서로 다른 평가를 받은 두 그림이 시사하는 바는 크다고 할 수 있다.

얼마 전 '미투 운동'에서 우리나라 성폭력 피해자들은 폭행을 당한 사실을 숨기지 않고 폭로하였다. 이런 행동이 가능했던 이유는 이들의 용기 뿐 아니라 이들을 지지하는 현 시대의 분위기가 있었기 때문이다. 이러한 사실이 여성에 대한 시선의 변화와 여성 인권의 향상이 이루어 낸 결과라면 19세기말 <올랭피아>에 대한 평가를 오늘날의 미투 운동과 관련지어 보는 일은 의미 있는 일이 아닐 수 없다.

문예부흥, 계몽주의, 프랑스혁명을 통해 민주주의가 발달함에 따라 남녀는 평등하다는 믿음에 근거를 둔 여성 운동이 페미니즘이다. 참정권을 획득하게 된 이후 여성들은 가정이라는 사적 영역을 벗어나 자아실현과 자기 계발에 힘쓰며 여성으로서의 삶을 살게 되었다. 정치·경제·사회·문화적 차별을 없애야 한다는 견해로 1890년부터 쓰이기 시작한 페미니즘(feminism)은 한마디로 '사회여성'이라는 뜻의 'femina'에서 유래했다.[6] 이는 기성의 체계와 구조가 가진 권위를 전면적으로 부정하고 자유 이념에 바탕한 남녀 평등론에서 새로운 종류의 여성을 제시한다. 기술과 교육 수준의 향상 등 지성의 발달로 특징 지워지는 20세기에 들어와서 여성해방운동은 이렇게 경제 활등 등에 여성들이 참여하게 됨에 따라 가치관의 변화를 겪게 되었다.

여성의 사회적 역할 변화와 함께 페미니즘에 대한 대중적 관심이 확산되어왔고 페미니즘 관련 성찰의 깊이를 더하고 있지만 아직도 대다수 사람들이 페미니즘에 대해 느끼는 불편함은 해소되지 않고 있다. 우리는 페미니즘을 향해 표출되는 불편함을 21세기 여성 혐오의 형질을 읽어내는 중요한 키워드로 삼을 수 있다.

3. 페미니즘과 자본주의를 둘러싼 갈등과 반목

21세기는 많은 기회와 독립된 삶을 꿈꿀 수 있는 여성들의 사회적·정치적·법률적인 권리가 신장되었다. 하지만 신자유주의가 확대되면서 그와 함께 양극화의 심화로 중산층의 분노를 불러왔다. 낸시 프레이저의 『전진하는 페미니즘』은 1985~2010년까지 그가 쓴 논문을 정리한 책이다. "페미니즘과 자본주의를 둘러싼 갈등과 반목"에 대해 살펴봄으로써 오늘 날 발생하는 젠더폭력의 발생 맥락을 사회 구조와의 관련 아래 좀 더 파악할 수 있다.

---

6) 손소영, 「현대 페미니즘에 나타난 모성에 대한 이론적 고찰— TV광고의 모성 사례 중심으로」, 『조형미디어학』 17권 3호, 한국일러스아트학회, 2014, 140쪽.

페미니스트이면서 비판 이론가이자 정치철학자인 낸시 프레이저의 『전진하는 페미니즘』은 "페미니즘의 해방적 비전"들을 명쾌하게 배치한다.[7] 이 책은 제 1막에서 3막으로 구성된다. 페미니즘 자본주의가 진화해온 궤적을 그의 글에서 정리해 보면 다음과 같다.

제 1막은 가사노동을 인정하지 않으려는 남성중심주의에 대한 여성의 '분배·억압' 정치를 비판한 시기를 다루고 있다. 이 시기에는 "가족임금(부양가족수당)이 어떻게 구조적으로 여성에게는 의존성을, 남성에게는 독립심을 배치하는가에 주목"한다.[8] 여성이 모든 자명한 것들의 억압과 폐해를 알고 회의하면서 부정하는 데까지 나아간 결과 가족임금을 맞벌이 수입으로 바꾸었고 이러한 여성의 투쟁 운동은 결국 제 2막 인정의 정치로 선회한다.

빈곤 불평등의 구조적 문제가 여성의 의존성 담론 중심으로 전개되어 왔다면 여성을 의존적으로 만든 복지혜택(가족수당)을 삭감하면서 신자유주의가 시작되었다. 제 2막 '인정'의 정치 시기에는 여성들이 경제적인 것에서 문화적인 외부 조건으로 시선을 돌려 '비체'로서 평등한 삶을 살고자 했다.

정치철학자 이현재는 『여성혐오 그 후』에서 '새로운 페미니스트'들을 '비체'라 표기한다. "기존의 여성주의 이론에 포섭되지 않으면서도 이념이나 도식으로 설명되지 않는다는 점에서 비체(abject)"라고 명명하는 것이다.[9] 이 시기 여성 주체성은 정치적 인장없이 개인과의 관계

---

7) 낸시 프레이저, 『전진하는 페미니즘』, 임옥희(옮김), 돌베개, 2017.

8) 임옥희, 「지구적 젠더정의와 해방의 기획 – 낸시 프레이저를 중심으로」, 『여/성이론』,(31), 도서출판여이연, 2014, 95쪽.

9) 최형미, 「새로운 페미니스트 '비체'가 오다」, 여성신문 3, 2017년 1월 4일.

에서만 논의 되었다. 여성들은 SNS나 사이버 공간 같은 곳에서 자신들의 정체성을 인정받기 위해 노력했다.

제 1막 분배투쟁은 여성들이 가사노동을 인정받기 위해 남성우월주의를 공격한 것이지만 제 2막 인정투쟁은 정치적인 헤게모니와 관계없이 "주체성이 담론에 의해 구성"된 것이다. 프레이저는 이 시기 페미니스트들의 인정 정치는 사회 투쟁에서 문화 투쟁으로 이어진 것으로 본다. 그는 이러한 인정 정치가 해방과 자유를 꿈꾸는 '여성 정체성'의 정치이지만 페미니즘의 최종 도착지인 정치적·경제적 불평등을 해결하는 '해방정치'는 될 수 없다고 간파한다.

프레이저는 '인정'의 개념을 '정체성'의 문제에서 '지위'의 문제로 이동시키면 여성이 해결 불가능한 '정체성'의 문제에서 벗어나 '자격'으로 참여하는 정치 모델을 새로 설계할 수 있다고 주장한다. '인정 정치'는 "정치 경제적인 빈곤과 불평등 구조를 인종과 젠더의 '심리 경제'로 치환시켜"[10] 벌어진 일이다.

'인정 정치'는 페미니즘과 신자유주의가 아이러니하게 맞물리는 시기에 벌어졌다. 프레이저는 페미니즘과 신자유주의와의 만남을 다음과 같이 밝히고 있다. 가부장적 억압으로부터 자유와 해방을 추구한 페미니즘은 신자유주의와 만나는데 신자유주의는 여성들이 '경제주의'에서 '문화주의'로 시선을 돌리게 함으로써 정치·경제학적인 접근을 막았다. 이러한 페미니즘의 어긋난 구조 속에서 여성의 해방기획은 점점 '좀비'와 '유령'으로 이접된다. 이 점을 들어 낸시 프레이저는 해방이라는 제 3항을 도입한다. 그것은 '사회/시장/해방'의 삼중 운동을 지향

---

10) 임옥희. 앞의 책. 96쪽.

한다. 달리 말해 프레이저는 제 1막과 2막에서 '분배/인정'의 정치를 설정 하였다면 이것으로부터 진정한 해방의 목표가 주어져야 한다고 보았다.

'분배/인정'의 이중적 운동을 가로지르는 '분배/인정/대표성' 이라는 제 3의 해방을 넣어 삼중 운동으로 확장해야 한다는 것이 프레이저의 저서 제 2물결 페미니즘에서 밝힌 해방적 통찰이다. 이것은 페미니즘과 자본의 만남에서 페미니즘과 노동연대와의 만남을 우선으로 하기도 한다. 결국 낸시 프레이저는 젠더 부정의가 '파열된 연대나 해체된 공동체'에 있다고 보았던 것이다. 페미니즘이 사회투쟁에서 벗어나 신자유주의와 손을 잡은 이래로 불가능했던 해방정치는 사회보호(정치적인 해결)와의 동맹으로 해결할 수 있다는 것이 그의 페미니즘에 대한 해방적 기획이다.

1990년대 이후 한국 여성 운동은 관료적 조직 체계를 갖추고 NGOs 화 하였다. 이것은 정책을 통하여 불평등한 젠더 관계의 변화를 위해 애쓰기 위함이다. 여성 운동의 공공성과 여성주의적 정치는 여성 운동의 정부 지원이나 여성 운동가의 정관계 진출, 가족 정책, 여성 노동 정책 활동을 중심으로 이루어진다. 이러한 젠더 이슈의 정책화를 통해 국가의 정책 원리를 강화한다.11)페미니즘의 의제를 집요하게 계속해야 하는 이유는 페미니즘이 일회성 유행으로 소비되지 않게 하기 위해서 이다.

---

11) 김경희, 「국가 페미니즘과 여성운동의 제도화」, 『한국사회학회 사회학대회 논문집』, 한국사회학회, 2005, 689~692쪽.

4. 한국 현대여성문학에 나타나고 있는 페미니즘

우리는 과거를 전제로 페미니즘의 현 위치를 조명할 수 있다. 1920년대 영국 소설가 버지니아 울프는 자기만의 기법으로 작품을 썼다. 소설『등대로』에서 울프는 여성성을 긍정하기 보다는 '여성성'이 무엇이라고 고정시키는 한계를 깊이 불신하였다. 작품 속 독신 여류화가 릴리는 가부장적인 남편 램지씨에 순응하는 어머니 램지 부인의 삶에 동의하지 않는다. 램지 부인이 "날씨가 좋으면 등대에 갈 수 있다"고 희망적인 말을 할 때면 남편은 "내일 날씨는 좋지 않을 것"이라고 부정적인 결과를 예상한다. 주인공은 이러한 폭정의 남편에게 절망하는 대신 남편의 체계를 따르는 어머니를 옹호하지 않는다.

우리는 우리가 원하는 대로 어디든 갈 수 있다. 이것이 의식의 눈을 뜨이게 하는 최상의 '자유'라고 버지니아 울프는 믿고 있다. 그녀는 작품 속 등장인물을 통해 여성들이 평등한 삶을 살기 위해서는 페미니즘에 대한 신념 이외에도 수많은 현실적 요인들이 필요하다는 것을 암시한다. 진정한 페미니즘이나 "여성 문학의 본질은 우리가 누구인지 어디에 있는지"를 아는 것12)에서부터 출발한다.

켄로치 감독의 <나, 다니엘 블레이크>는 1980년대 신자유주의적 이데올로기에 입각해 행정의 성격을 바꾼 영국의 현 사회를 배경으로 하는 영화이다. 영국은 1980년대 IMF 외환 위기를 맞게 된다. 이때 대체 정부가 들어서면서 과잉 복지 문제를 해결하기 위해 기존의 행정 기능을 바꾸게 된다. 정부의 여러 기관이 민영화 되었고 행정 조직 내부에서도 구성원끼리 경쟁을 하게 되었다. 이 변화로 영국경제는 호황으

---

12) 황정미, 앞의 책. 458쪽.

로 바뀌게 되었으나 영국 시민들은 복지 감소등 다양한 피해를 입었다. 이러한 사회적 배경에서 살고 있는 약자들은 '케이티' 같은 가난한 이주민 여성이고, '다니엘'과 같은 아날로그 세대이고, '차이나'와 같은 비지식인들이었다.

사회 제도의 보호 안에서 살아야 할 싱글 맘 케이티는 가난을 벗어날 길 없어 아이들과 좀 더 나은 곳에서 생활하고자 뉴캐슬로 이주해 왔다. 일을 하고 싶어도 학벌이 없는데다가 두 자녀까지 있는 그녀에게 좋은 직업은 주어지지 않는다. 저소득계층에게 나눠주는 음식을 푸드뱅크에서 가져와 아이들에게 겨우 먹이지만 배고픔은 사라지지 않는다. 이러한 상황에서 해어진 운동화를 신고 학교에 다니는 큰 딸은 따돌림을 당하고 작은 아들은 불안심리상태가 도져 산만한 행동을 보인다. 케이티는 그 모든 문제를 해결하기 위해 윤락가에서 접대부 일을 시작한다.

우리가 살아가는 세계의 어느 시대나 아웃사이더는 존재한다. 또한 우리 옆에는 수많은 케이티가 있다. 우리는 우리의 부가 누군가의 가난을 딛고 쌓아 올린 것이라는 사실을 알아야 하는 것처럼 사회 변두리 사회적 약자인 여성의 삶에 대해서, 아웃사이더들의 따뜻한 연대감에 대해서 조명할 필요가 있다. 여성이 처한 존재의 조건들을 살펴보지 않는다면 왜곡된 현실은 고쳐지지 않는다. 공평성, 형평성 등 다원적 가치를 추구해야 할 행정의 목표가 시장중심적인 체제에서 이익이라는 단일한 가치만을 추구할 때 우리는 이 영화의 등장인물들이 왜 그토록 빈곤한 처지에서 벗어나지 못하는지에 대한 근본적인 원인을 알게 된다. 이것은 페미니즘이 안고 있는 문제적인 상황들과 너무나 닮아 있다.

여성 해방의식 수준에서 페미니즘을 본다면 21세기 한국 페미니즘의 현 단계는 1930년대 한국 초창기 페미니즘 수준보다 더 나아졌다고 할 수 있는 징후를 찾아보기 어렵다.[13] 여성의 권리와 해방에 주목하는 페미니즘은 여성이 처한 불평등한 현실에서 여성의 권리를 옹호한다. 따라서 여성해방문학이라는 뜻으로 이해될 수 있는 페미니즘 문학은 지금까지 남성 중심의 시각으로 왜곡되었던 여성성의 본질과 여성 이미지를 밝혀내는 것으로 개념을 규정할 수 있다. 달리 말해 여성 문제를 다룬 문학을 지칭한다고 보고 페미니스트 의식이 문제되는 문학으로 이해될 수 있을 것이다.

한국 페미니즘의 현 주소와 방향을 논의하기 위해서는 페미니즘에 대한 범주를 정하는 것이 우선이라 할 수 있다. 남성/여성으로 모든 것을 구분하는 서양 페미니즘의 개념처럼 이원적 분할이 아닌, 이를 포괄하는 삶의 양식들로 정립해야 한다. 페미니즘의 궁극적인 목표는 '투쟁'이나 '쟁취'보다 '인간', '공존', '화해', '평등'에 있다고 할 수 있다. 특히 페미니즘 문학은 페미니즘이 표방하는 사상을 그 내용으로 하고 바람직한 방향을 모색하려는데 그 목적을 둔다. 하지만 오늘날 이데올로기적 대립의 양상을 보이는 페미니즘은 아직도 우리나라 '가부장제'와 '자본주의 체제'라는 30년대 문학 초기의 양상으로 그 궁극적 쟁점이 모아져 있다고 볼 수 있다.

우리나라 페미니즘 문학으로 1930년대 채만식의 『人形의 집을 나와서』는 입센의 희곡 『人形의 집』의 내용과 형식을 차용하고 있다. 작품 속에서 남편으로부터 모욕적인 대우를 받아오던 노라가 주체적 삶을

---

13) 서정자·김열규·유남규, 「한국 여성문학과 페미니즘」, 『아시아 여성 연구』 29, 1990, 17~19쪽.

살기 위해 독립하려고 했을 때 그녀의 남편 석준이 직장 상사로 나타나면서 계급투쟁의 양상은 그 기미를 보이기 시작했다. 입센의 『人形의 집』이 나올 당시 세계적인 여성해방운동이 일어났지만 우리나라 노라이즘을 표방한 페미니즘은 해방의 구체적 전망을 갖고 있지 못하고 해방의 선언에서 그치고 말았다.

그 뒤 '계급해방'을 표방한 박화성(朴花城), 강경애(姜敬愛)가 등장했는데 특히 강경애는 "사회적으로 경제적 개변을 보지 못하고는 완전한 여성의 해방을 볼 수 없다."(수필 「송년사」, 746쪽)고 밝히며 계급 해방 속에 여성 해방을 포함시키고 있다.14)

이후 계급해방에서 여성주의 문학으로 전향한 최정희(崔貞熙), 백신애(白信愛)가 나와 1935년을 전후한 페미니즘 문학의 두 가지 모습을 가늠하게 해 주었다. 그 첫 번째는 1935년을 전후하여 여성 문학의 흐름이 운동문학으로서 사회주의 여성 해방론에 대한 회의나 현실과의 접점을 확보하는 것이었고 그 두 번째는 '여성성의 탐구와 여성문화의 실리 회복을 꾀하기 시작했다는 점이다. 이것은 이미 여성중심주의적 시각과 이데올로기적 전망을 강조하는 여성문학이 대두 되었다는 것을 의미한다.

하지만 1970년대 한국여성문학은 이데올로기가 강조되는 운동 문학과 그 문제점을 위주로 다루는데 그것은 여성주의적 특성을 갖는 내향성을 간과한 것이다. 서양과 달리 '체념'과 '순종', '인고'와 같은 미덕을 체화한 한국 여성들의 삶의 문제를 서구 이론으로 무조건 적용하려는 자세는 지양해야 했던 것이다. 더 나아가 진정한 여성성을 회복하기 위

---

14) 김미형, 『여성문학을 넘어서』, 민음사, 2003, 207쪽.

해서는 남성과의 본질적인 차이를 알고 여성들의 언어, 예컨대 여성시인들의 '시적 언어'를 지각할 수 있어야 했던 것이다.

1980년대 이후 한국여성 시인들의 여성적 글쓰기는 남성과 여성의 '차이'에 대한 인식을 기반으로 하고 있다. 이 시기에는 국내외적으로 문민정부가 출현하는 시기였고 서구 사회주의 몰락, 서구 페미니즘의 유입, 포스트모더니즘 등의 영향으로 여성들의 경직된 인식이 타파되고 있었다. 따라서 '여성의 몸', '주체형성', '여성적 글쓰기' 같은 저항적 주체화 과정에 초점을 맞추는 한국 현대 여성시가 출현하였고 따라서 여성문학연구자들은 시적 전략으로 여성의 몸과 여성성 연구를 하게 되었다.

1) 1980년대 한국 여성시

여성시에 대한 통찰은 1980년대 이후 엘렌 식수와 이리가레이에 의해 제시된 '여성적 글쓰기'에서 촉발 되었다. 엘렌 식수(Heleme Cixous)는 그의 저서 『메두사의 웃음』에서 여성의 경험을 기반으로 하는 여성의 자율적 주체성을 표현했다. 그녀는 '신체에 가까울수록 글에 가깝다.'라는 주장을 펼치면서 여성들에게 '신체를 기술'할 것을 촉구한다.[15] 이리가레이는 서구사상 속에 내재한 '동일성의 논리'를 공격하면서 복수 형태로 존재하는 여성 언어를 이론화 한다.[16]

1970~80년대 우리나라 고정희, 김승희, 최승자 등 한국여성시인들

---

15) 막스·코트브론, 『문학과 페미니즘』, 강희원 역, 문예출판다, 1997, 200~220쪽. Marks and de Courtivron (eds), *New French Feminisms,* 99~100쪽 재인용.

16) 위의 책, 222쪽.

은 이전 시와는 다른 성질의 여성을 표현하면서 여성 시인으로서 자의식을 분명하게 표출한다. 남성적 글쓰기와는 비교가 되는 분열되고 병적인 증상을 드러내는 이들 시인의 시적 특성은 여성의 몸으로 심리적인 히스테리나 불평등의 형태를 표현한다. 이것은 '엉뚱한 표현', '거침없는 묘사'로 피상적인 인습을 스스로 거부하면서 남성 중심의 사회구조에 대한 거부의 몸짓을 드러낸다. 이른바 이질적인 파괴 속성으로 규격화된 현실을 타파하는 것이다.

남성에게 종속된 전통적 가부장제에서 빠져나온 여성들은 이제는 계급적으로 불평등한 직장에서 업무와 집안의 가사 일을 하지 않을 수 없는 이중고를 겪게 된다. 가부장적 질서 체계가 여성의 가사노동을 평가 절하했다면 노동 현장에서도 여성들은 남성에 비해 노동 인금을 적게 받거나 승진의 기회가 주어지지 않거나 탈락되는 불평등한 대우를 받는 처지에 놓이게 되었다. 따라서 이 시기 여성 시인들, 그 중에 특히 고정희 시인은 '여성해방'을 위한 평등사상 구현과 타자의식을 구현한 시를 써 나가기 시작했다. 그녀는 '소외계층'이나 '여성'에 초점을 맞추어 선구적인 여성주의 작품을 발표하였다. 「우리동네 구자명씨」 같은 시는 이러한 여성들의 삶을 고스란히 드러내고 있다.

> 맞벌이 부부 우리동네 구자명씨
> 일곱 달 된 아기엄마 구자명씨는
> 출근버스에 오르기가 무섭게
> 아침 햇살 속에서 졸기 시작한다
> 경기도 안산에서 서울 여의도까지
> 경적소리에도 아랑곳없이
> 옆으로 앞으로 꾸벅꾸벅 존다

차창 밖으론 사계절이 흐르고
진달래 피고 밤꽃 흐드러져도 꼭
부처님처럼 졸고 있는 구자명씨
그래 저 십분은
간밤 아기에게 젖 물린 시간이고
또 저 십분은
간밤 시어머니 약시중들 시간이고
그래그래 저 십분은
새벽녘 만취해서 돌아온 남편을 위하여 버린 시간일거야

- 고정희, 「우리동네 구자명씨」 부분[17]

시인은 가사노동과 임금노동을 겸행하면서 노동의 가치를 인정받지 못하는 여성의 삶과 그러한 삶을 아무렇지도 않게 수용하는 차별적인 젠더 구조를 시를 통해 나타내고 있다. 이 시기 현실에서 여성이 마주하고 있는 사회 구조의 모순을 자각하고 그것을 적나라하게 고발하는 것이다.

1970~80년대 여성 시인들은 이러한 여성 하위 주체들에 초점을 맞추고 주체화를 위한 여성적 글쓰기의 양상을 보인다. 여성 자신의 내부를 향한 주체성을 탐색하기 시작한 한국 현대 여성 시인들은 대체로 '여성 억압', '가부장제', '성차별 주의를 강조하면서 남과 여를 이분법으로 가르는 이원론적 구조를 형성하였다. 그것은 남성중심 이데올로기가 형성한 순응질서의 늪에서 여성들이 스스로 빠져나오기를 촉구하는 '새로운 말하기 방식'으로서의 여성적 글쓰기로 이어졌다.

---

17) 한철우 外, 『고등학교 문학』 비상교육, 2018, 279쪽. 이 작품은 1983년에 발간된 「지리산의 봄」에 수록되었다.

여성으로서의 정체성이 '여자'라는 젠더 하나만으로 결정되는 것이 아니라 '언어'와 '교육', '계급'과 '나이', '직업', '지역' 등에 따라 다양하게 구성될 수 있다는 가능성은 이 시기 김승희, 강은교, 노향림, 김정란 등의 여성 시인들의 시에서 발견하게 된다. 이들은 현실 인식을 수반한 존재 인식과 미적 쾌감을 동반한 여성적인 글쓰기를 통해 이전의 자족적인 세계에 안주하지 않고 다른 성격의 시를 생산하였다. 그들은 여성의 삶과 생명인식을 지성적으로 사회 공동체 의식과 연결하거나 표면적인 사실을 넘어가면서 표출하였다. 그것은 보다 더 근원적인 맥락에서 내적 고뇌를 형상화하였다. 또한 아름다움의 순간적인 매혹을 효과적으로 표현함으로써 여성만의 매력을 발산하는 시적 상상력으로 확대해 나가기도 했다.

1980년대 프랑스 페미니즘을 바탕으로 포스트모던적 사유의 흐름에 따라 크리스테바, 알렌 식수, 이리가레이가 여성의 이질성과 다양성을 잘 나타내면서 주체화를 시도했다면 우리나라에서도 이 시기 여성적 글쓰기로서 원숙함을 성취한 시인들이 등장한 것이다. 그 중 김승희는 "지느러미로 퇴화하느냐, 날개로 진화하느냐, 아니면 이 현세의 박제 속에서 질식하고 바스라져 가야만 하는가."[18]라는 질문을 던지며 이른바 '지느러미'와 '날개'가 의미하는 상징적인 시를 쓰기 시작한다.

여성의 억압을 표상하는 김승희의 시에서는 기존의 가치에 저항하면서도 "그것에 종속되는 모순적인 분열양상"[19]을 보여준다. 이 시인은 그런 측면에서 남성과 여성을 경쟁과 대립의 관계로만 설정하지 않

---

18) 김승희, 『달걀속의 生』, 文學思想社, 1993, 211쪽.
19) 한국어문화연구소(편)『여성, 문학으로 소통하다―1980년대 문학』, 태학사, 2011, 70쪽.

는다. 그녀는 남성과의 근본적인 차이를 가리는 여성성을 회복하는데,
이것은 창조적 인식의 계기로 나아간다.

> 쉬잇, 조용히……
> 저 달걀 안에
> 미완성이 숨쉬고 있으니
>
> 보아라
> 누추한 우리 부엌 시렁 위
> 바삭바삭거리는 달걀껍질 안에서
> 밤새워
> 십자가의 못을 빼느라고
> 부시럭거리는
> 저 하느님의 새끼들
>
> 쉬잇, 조용히……
> 저 금가기 시작한 메마른 달걀 안에
> 신의 피가 돌고 있으니
>
> 살풀이 한번 못해 본
> 그대 얼굴
> 삐약거리는 새 봄이 되어
> 수의를 찢고
> 꼬끼오 꼬끼오.
> 神市를 마중하러 걷고 싶지 않느냐.

— 김승희 「달걀 속의 生·4」 전문[20]

---

20) 김승희, 앞의 책, 99쪽.

이처럼 김승희 시인의 시 쓰기는 사회구조의 불평등과 억압받는 여성을 창의적으로 승화시켜 기존의 시세계를 확장시키고 있다. 남성에 대한 대타자를 인식하면서도 남성중심주의 사회에서 경직된 여성의 인식만을 표출하지 않는다. 이러한 사실은 그의 시작(詩作) 노트에서도 발견된다.

> 시를 쓴다는 것은 하나의 자기혁명, 일인용 혁명이 된다. 결국 시란 나를 위한 일인용 혁명이고 일상적 언어를 향해서는 기성의 기호체계에 대한 하나의 반란이다. 나의 시는 일인용 자살, 일인용 부활 ─ 일인용 혁명, 일인용 내각 수립인데, 왜냐하면 세상이 변하지 않으니까, 나라도 변하지 않으면 이 박제되고 감옥같은 억압의 삶을 견디지 못하기 때문이다. 박제가 풀려 나비가 되려는 순간의 황홀함 같이 시는 내가 만든 파괴와 요술의 천지창조이다.[21]

김승희 시인은 "웃음보다는 눈물이 많고 눈물보다는 꿈이 많"은 여성들의 삶을 한 알의 달걀처럼 물끄러미 들여다본다. '여성의 존재성'이란 시인이 자서에서 밝힌 바 있는 "냉장고 맨 위 냉장칸에 꽂혀 있는 차가운 달걀"같은 것이기도 하겠지만 아직도 부화를 꿈꾸는 이름없는 주인공들이라는 전언은 우리에게 그것이 여성 조건 이상의 무엇임을 환기시킨다.

2) 1990년대 한국 여성시

90년도에 들어와 여성 시인들의 시는 '여성 억압'이라는 불평등한 질

---

21) 같은 책, 214~215쪽.

서를 전혀 다른 형식으로 풀어내기 시작한다. 70~80년대 여성시가 산업화 시대의 '노동자' 축에도 낄 수 없는 사회적 하위 주체들의 사실적인 면모를 형상화했다면 90년대 여성 시인들의 시, 특히 김혜순, 김언희, 김선우 같은 시인들의 시에서 '여성의 몸'이나 '원죄 의식'으로 표출되는 여성 젠더의 정체성을 발견할 수 있다. 이 시기 몸에 대한 자각은 여성들이 젠더로서의 정체성을 바로 갖기 위함이었다.

이들이 젠더로서의 구분을 굳이 추구하지 않게 된 것은 여성 주체에 대한 인식과 질문이 먼저 선행되어야 했기 때문이다. 젠더로서의 정체성을 확인한 후에야 비로소 '전복'보다는 '수용'의 자세로서 진정한 여성성'이라 할 만한 시를 생산할 수 있다. 그러기에 이 시기 여성 시인들은 먼저 자기혐오 속에 놓인 여성의 몸이나 원죄 의식의 시를 생산하였다.

> 나의 존엄성은 검은 내부 바로 이 어둠 속에 숨어 있었나?
> 불을 탁 켜자 나의 지하 감옥. 그 속의 내 사랑하는 흑인이
> 벌벌 떨었다.[22]
>
> — 김혜순, 「쥐」 부분

김혜순의 이 시에 대해서 문학평론가 정과리는 이렇게 말했다. "'나'는 구조적으로 연기자인데, 연기로서의 고통과 실존적 고통의 경계를 거의 찾을 수 없기 때문에 기능적으로는 실존 인물"이다.[23] 따라서 김혜순 시인의 '여성성'은 '텍스트에서의 자기 상연'으로만 규정할 수 없

---

22) 김혜순, 『불쌍한 사랑 기계』, 문학과 지성사, 1997, 11쪽.
23) 정과리, 앞의 책, 133쪽.

다. 이러한 성향을 지닌 이 시인의 글 한편을 더 소개한다.

> 여성은 자신의 몸 안에서 뜨고 지면서 커지고 줄어드는 달처럼 죽고 사는 자신의 정체성을 본다. 그러하기에 여성의 몸은 무한대의 프랙탈 도형이다. 이 도형을 읽는 방법으로 여성인 나는 생명이 흘러들고 나아가는 길을 느끼고 그것에 따라 산다. 나는 사랑하므로 나 자신이 된다. 나는 사랑하므로 내 몸이 달의 궤적처럼 아름다운 만다라를 이 세상에 그려 나가기를 바란다.[24]
>
> — 김혜순, 「프랙탈, 만다라 그리고 나의 시 공화국」 부분

크리스테바는 페미니즘 발전 모델을 3단계로 구상한 바 있다. 1단계가 여성들의 아버지 질서로의 진입 곧 상징적인 것으로의 진입을 말하고, 2단계는 아버지의 질서를 어머니(여성성)의 이름으로 거부하며, 여성적인 것은 그 두 극단 사이 비동일적이고 유동적인 타자로서 정의한다. 3단계에서 크리스테바는 데리다와 같은 '경계'의 방식으로 여성적인 것을 '규정할 수 없는 것'으로 정의한다.[25] 그녀는 '경계'에서 일어나는 세 번째 단계를 강조하는데 그것을 "특수하게 여성적인 것이 아닌 집단적으로 억압된 것"으로 풀이한다.

김혜순 시인은 이러한 규정할 수 없는 여성성의 현상을 위의 텍스트 상에서처럼 '여성의 자기 상연'으로 풀어낸다. 이것은 크리스테바의 이론적 장치인 여성의 기호적인 것이 남성의 '상징적인 것'에 대응하는 '상호 텍스트적'인 대화로 해석할 수 있다. '기호계'의 무의식적 욕망과 '상징계'의 사회적 의미 사이에 일어나는 '상호텍스트적' 대화는 사회적

---

24) 김혜순, 『여성이 글을 쓴다는 것은』, 문학동네, 2002, 212쪽.

25) 노엘 맥아피, 『경계에 선 줄리아 크리스테바』, 이부순 옮김, 앨피, 2007, 5~12쪽.

정체성이 고정된 것이 아니라 '하나의 과정'으로 구성된다는 것을 보여준다. 이리가레이는 더 이상 남자만이 진술의 주체가 아니라 "여성적인 주체도 진술을 함께 구성하고 있는 존재"가 되어야 한다는 페미니즘적 요구를 한 바 있다.26)

> 이 가죽 트렁크
> 이렇게 질겨빠진, 이렇게 팅팅 불은, 이렇게 무거운
>
> 지퍼를 열면
> 몸뚱어리 전체가 아가리가 되어 벌어지는
>
> 수취 거부로 반송 되어져 온
> 토막난 추억이 비닐에 쌓인 채 쑤셔 박혀있는 이렇게
>
> 코를 찌르는, 이렇게
> 엽기적인
>
> — 김언희, 「트렁크」 전문27)

여성의 몸은 얼마든지 변할 수 있다. 그 사람이 어떤 경제적 관계, 어떤 사회적 관계를 맺고 있느냐에 따라. 다시 말해 인간의 표층에 따라 여성의 심층(본질)이 생성되는 것이다. 이 시에서 시인은 오랫동안 억압되었던 여성의 몸을 물질로 파편화 한다. 여성의 몸을 그로테스크하게 표현하는 것은 고정되지 않는 여성의 정체성을 분출시키기 위한 시인의 전략이라 할 수 있다.

---

26) 팸 모리스 『문학과 페미니즘』, 강희원 옮김, 문예출판사, 1997, 266쪽.
27) 김언희, 『트렁크』, 세계사, 1995, 11쪽.

할 수만 있다면 어머니, 나를 꽃 피워주세요
당신의 몸 깊은 곳 오래도록 유전해온
검고 끈적한 이 핏방울
이 몸으로 인해 더러운 전쟁이 그치지 않아요
탐욕이 탐욕을 불러요 탐욕하는 자의 눈앞에
무용한 꽃이 되게 해 주세요
무력한 꽃이 되게 해 주세요
… (중략) …
목을 쳐 주세요 흩뿌리는 꽃잎으로
벌거벗은 아이들의 상한 발을 덮을 수 있도록
꽃잎이 마르기 전 온몸의 기름을 짜
어머니, 낭자한 당신의 치욕을 씻길게요

— 김선우, 「피어라, 석유」[28] 부분

    니체는 창조에 관해 언급하기 위해 여성에 관한 이야기를 자주 했다. 기존의 가치 기준에서 벗어난 새로운 창조를 '여성성'이라고 본다면 삶의 중력이나 왜소한 자아를 벗어나는 일 역시 자신을 창조하는 일이라고 할 수 있다. 70~80년대에 여성 작가들이 자기 앞에 주어진 가치를 거부하고 자신을 학대하는 '사자' 같은 삶을 표현했다면 90년대 한국 여성 작가들은 여성의 삶을 스스로 조정하며 여성의 신체나 과거 기억 또한 어린이와 같이 창조의 힘으로 활용한다. 독초도 다른 곳에 활용하면 창의적인 발상이 될 수 있듯이 90년대 이후 여성 시인들은 "자신의 아픔을 모셔놓고 그 아픔을 향해 춤을 추는 사람" 정도가 된 것이다. 그녀들이 즐겨 사용하는 시적 방법은 "역설과 냉소, 육체와 생리적 체험

---

28) 이지엽, 『현대시 창작 강의』, 고요아침, 2005, 508쪽.

들을 과장해서 드러냄으로써 얻어지는 희극적 효과"들이다.29)

지금까지 20세기 말 한국 현대 여성시인들의 시에 나타나고 있는 페미니즘(Feminism) 경향을 통해 현대시와 페미니즘의 지평 융합을 조망해 보았다. 그것은 여성의 변신을 위해 나아가는 긍정적이고 새로운 여성상의 모색이기도 하였다.

5. 맺음말—2000년대 이후 페미니즘의 지평과 시적 동향

한 시대의 이데올로기는 하나의 지평을 형성하고 형성된 지평은 끊임없이 이동한다. 21세기 페미니즘은 현재 어디쯤 와 있고 그것은 또한 어디로 향해 나아가고 있는가?

20세기 후반에 들어서 우리나라 여성 시인들이 '여성/남성'이라는 이원주의에서 벗어나지 못한 체 "세계와 자신에 대해 무위하고 부작용"하는 과정이었다면 최근 한국 문학의 새로운 의제는 다른 미래, 다른 문학에 대한 상상과 실천이라고 할 수 있다. 후기 자본주의 사회는 수많은 타자들로 분열하는 미정형의 존재들이 주체의 특성을 이루게 될 것이다.30)

21세기 들어서 남성중심 사회에 부작용하는 삶이 꼭 여성의 것만이 아니라는 것을 보여주는 시인으로 "퀴어한 존재"로서 자기 정체성을

---

29) 김혜순, 『우리들의 陰畵』, 문학과 지성사, 2003. 김혜순, 『어느 별의 지옥』, 문학동네, 1977.

30) 김수이, 「다시 새로운 부작용의 시간이다—모두를 위한 페미니즘의 시적 경로들」, 『창작과 비평』45(2), 창비, 2017, 50쪽.

탐구한 황병승 시인이 있고, 지배와 폭력에 대한 체험적 저항으로 '우리'를 형성해 나가는 김승일 시인이 있다.

황병승은『여장남자 시코구』[31]에서 젠더적인 상징 질서에서 이탈하는 하위적인 타자들에 대해 기록한다. 자꾸 몸을 바꾸면서 스스로를 버리는 하위 주체들과 그러한 혼성 주체들의 이야기는 수직적인 위계질서보다 리좀화 된 수평적 서사를 이룬다. 그것들은 스스로를 버리면서 결국 가볍게 생동하는 새로운 몸을 지니게 된다.

김승일은『프로메테우스에』[32]서 "남성에게 폭력을 당하는 남성"을 그리는데 이것 역시 젠더에 갇힌 젠더 이야기가 아닌 페미니즘 담론을 다른 차원에서 수행할 수 있도록 이끈다. 김승일은 "당신과 나의 욕설도/ 무지막지한 주먹 앞에선 나약한 촛불에 지나지 않는다"라고 하면서 "분노를 훔쳐라/ 나는 불씨를 어금니에 물고 있는 어둠이다"라고 선언하고 있다. 시인이 의도했던 의도하지 않았던 그것은 또한 "모두를 위한 '민주주의·문학'을 새로운 형태로 지향하는"일이 된다.

벨 훅스는 여성의 권리와 이익뿐 아니라 이 땅의 모든 사람들의 인권과 자유를 지켜나가는 연대의식을『모두를 위한 페미니즘』에서 표현하였다.[33]이러한 다중적이고 복합적인 담론들은 페미니즘에 있어서도 현재형의 여성 문제들이 단일한 형태로 규정되지 않는다는 것을 단적으로 말해준다. 그것은 우리나라에서 벌어진 체육계 미투 운동이 처음 발생한 미투 양상과 차이가 난다는 사실을 통해서도 알 수 있다. 국제

---

31) 황병승,『여장남자 시코쿠』, 랜덤하우스, 2007.
32) 김승일,『프로메테우스』, 파란시선, 2016.
33) 벨 훅스,『모두를 위한 페미니즘』, 이경아 옮김, 문학동네, 2015.

대회 메달을 위해 폭력을 정당화해서는 안 된다는 당시 문대통령의 의지와 함께 남여 '젊은 빙상인 연대'가 나서서 체육계 미투를 공론화한 사실이 그러하다.

참고문헌

〈기초자료〉

김승일, 『프로메테우스』, 파란시선, 2016.

김승희, 『달걀속의 生』, 文學思想社, 1993.

김언희, 『트렁크』, 세계사, 1995.

김혜순, 『불쌍한 사랑 기계』, 문학과 지성사, 1997.

김혜순, 『여성이 글을 쓴다는 것은』, 문학동네, 2002.

김혜순, 『우리들의 陰畵』, 문학과 지성사, 2003, 표4,

김혜순, 『어느 별의 지옥』, 문학동네, 1977.

장은교, 「'한·일 미투 상징' 서지현·이토 시오리의 특별한 동행… "우린 진실
　　　을 말했고, 국가와 사회는 답해야」, 스포츠 경향, 2018. 12. 13.

최형미, 「새로운 페미니스트 '비체'가 오다」, 여성신문 3, 2017년 1월 4일.

황병승, 『여장남자 시코쿠』, 램덤하우스, 2007.

〈단행본〉

김경희, 「국가 페미니즘과 여성운동의 제도화」, 『한국사회학회 사회학대회
　　　논문집』, 한국사회학회, 2005.

김미형, 『여성문학을 넘어서』, 민음사, 2003.

김상욱, 「페미니즘, 여성 문학의 정치적 실천」, 『중등우리교육』, 중등우리교육, 1997.

김수이, 「다시 새로운 부작용의 시간이다-모두를 위한 페미니즘의 시적 경로들」, 『창작과 비평』 45(2), 창비, 2017.

김수이, 「폭력의 시간 속에서 사랑 찾기」, 『프로메테우스』, 2016.

노엘 맥아피, 『경계에 선 줄리아 크리스테바』, 이부순 옮김, 앨피, 2007.

벨 훅스, 『모두를 위한 페미니즘』, 이경아 옮김, 문학동네, 2015.

서정자·김열규·유남규, 「한국 여성문학과 페미니즘」, 『아시아 여성 연구』 29, 1990.

손소영, 「현대 페미니즘에 나타난 모성에 대한 이론적 고찰-TV광고의 모성 사례 중심으로」, 『조형미디어학』 17권 3호, 한국일러스아트학회, 2014.

이지엽, 『현대시 창작 강의』, 고요아침, 2005.

임옥희, 「지구적 젠더정의와 해방의 기획-낸시 프레이저를 중심으로」, 『여/성이론』 (31), 도서출판 여이연, 2014.

최재봉, 「또 페미니즘?」, 『실천문학』, 1996.

팸 모리스, 『문학과 페미니즘』, 강희원 옮김, 문예출판사, 1997.

한국어문화연구소(편) 『여성, 문학으로 소통하다-1980년대 문학』, 태학사, 2011.

한철우 外, 『고등학교 문학』 비상교육, 2018.

황정미, 「불편한 페미니즘, 나쁜 페미니즘, 그리고 우리 안의 페미니즘-페미니즘 대중서 읽기」, 『페미니즘 연구』 16(2)한국 여성 연구소, 2016.

Marks and de Courtivron (eds), *New French Feminisms*.

팸 모리스, 『문학과 페미니즘』, 강희원 옮김, 문예출판사, 1997.

2부

근대 문학사상과 담론 구조

그로테스크로 읽는 일본의 근대대중문화

영화 〈감각의 제국〉을 중심으로

1. 머리말

언령 신앙(言靈信仰)에서부터 중고·중세·근세·현세에 다다르는 동안 일본 문화의 그로테스크적 요소는 다양한 양식으로 이어져 오고 있다. 중고의 모노노케[物の怪], 중세의 노[能], 근세의 가부키[歌舞技]와 교겐, 근·현대의 에니메이션에 이르기까지 일본의 그로테스크적인 표현을 통한 작품의 종류는 실로 다양하다.

일본문화의 그로테스크적 요소는 서구와 다소 다른 양상으로 나타나는데 가령 일본 신화 속에서 성이 금기시 되거나 죄악시 되지 않았고 숭배의 대상으로 여겨졌다는 점은 일본 고대 신화가 서구 신화와 다른 점이라 할 것이다. 일본 문화 속에 나타나는 그로테스크 미학은 흔히 알려진 괴상한 취미 정도로만 치부될 수 없으며 예외적으로 돌출하는 일시적인 현상으로만 볼 수도 없다. 그것은 단순히 어떤 한 시대에 한정되어 나타나는 사회적 증후나 문화가 아닌 그로테스크 미학이 가진 무한한 가능성을 보여주고 있다.

해이안 시대의 모노가타리 장르에 등장하는 모노노케는 고귀하고 우아한 귀족들을 공포의 도가니로 몰아넣거나 그들의 실패담을 통해 점잖지 못하고 추한 속내를 들어 희화한 한다. 중고·중세에 걸쳐 점잖지 못한 귀족들의 황당무계한 행동은 사람들의 웃음거리가 되어 귀족 문화에서 서민 문화로의 이행을 가져왔다.

중세 후기인 무로마치 시대의 대표적인 소극인 교겐은 귀신과 도깨비가 등장하여 스님의 파계나 탐욕과 무식을 풍자한다. 또 봉건제 사회로서 엄격한 신분제와 막부의 정책이 위력을 떨치던 일본의 근세에는 이러한 시대의 반작용으로 서민들의 노골적인 성 묘사 등을 통해 상류층의 권위를 폄하하거나 막부의 정책 이념의 부당함을 고발한다.[1)

현대에 들어와서는 두 차례에 걸친 종말론적인 세계대전과 산업사회로 인한 인간 존재의 소외와 단절을 인간의 즉물화로 묘사한다. 이것은 모두 그로테스크(grotesque)한 행위인 엽기, 광기, 해학에 해당하는 것으로 일본 문화가 드러내는 기존 질서와 규범에 대한 반항이나 일탈의 연장선으로 볼 수 있다.

'그로테스크'란 용어는 이탈리아 고대 로마 지하 동굴 '그로타(grotta)'의 장식 무늬에서 유래한다. 공상의 세계에나 있음직한 생물과 인간, 꽃, 과일 등의 형상들이 이 동굴 벽에 괴상하고 복잡하게 그려져 있는 것을 보고 이 괴기함을 이탈리아어로 '그로테스키(grotteschi)'라 부르게 된 것이다.[2)

---

1) 일본 문화의 시대구분은 일반적으로 상대(~794), 중고(794~1192), 중세(1192~1603), 근세 (1603~1868), 근대(1868~1945), 현대(1945~)로 나눈다. 김종덕 외, 『그로테스크로 읽는 일본 문화』, 책 세상, 2008, 10~17쪽.

2) 『금성판 국어 대사전』에는 '괴상하고 기이한 것, 흉측하고 우스꽝스러운 것으로서 예술 창작에서는 인간이나 사물을 기괴하고 황당무계하게 묘사한 괴기미(傀奇美)

체스터튼(G.K.Chesterton)은 사실(realistic)의 영역으로 그로테스크를 설명한다. "세상을 거짓 없이 새롭게 표현하는 수단으로서 비록 이상하고 불안하게 보일지라도 여전히 타당하고 사실적인 관점으로서 그로테스크가 채택될 수 있다."고 그는 주장한다.3) 일반적인 작품 감상을 통해 인지하지 못했던 부분을 전체적으로 재 탐문하는 과정으로 유용하게 사용될 수 있는 그로테스크는 내면으로부터 소외된 "무의식적 욕망의 발현을 상상계, 상징계, 실재계의 흐름 안에서 연결 지어" 분석해 볼 수 있게 한다.4)

인간이 선험적인 뿌리로부터 떨어져 나가게 되면 그가 하는 일은 무의미해지고 부조리해진다는, 이오네스코의 부조리에 대한 정의는 그로테그크 정의와 유사하다. 이것은 "인간 내면에 내재되어 있는 일그러진 심상과 조응하며 인간 본성에 입각한 본연의 모습"5)을 대변하는 것이다. 따라서 그로테스크를 사용하는 작가들은 왜곡된 현실과 인간성을 극단적으로 사용한다. 1930년대 제국주의의 팽창에 대한 몽롱한 역사의식에 대해 영화 <감각의 제국> 또한 감각에 결부된 생경한 느낌으로 '생명의 움직임'을 표현한다.

이 영화는 우리와 세계 사이에 있는 피부, 즉 우리를 가로막고 있지만 또한 우리에게 개인적인 형태를 부여해 주는 '감각'에 대하여 이야

등을 내포한 의미로 설명한다. 변정은, 「일본 TV애니메이션의 그로테스크 캐릭터 표현을 통한 라캉의 정신분석학 의미 연구－<모노노케>와 <요괴인간 뱀>을 중심으로－」, 홍익대학교 영상대학원, 2010.
3) 필립톰슨, 『그로테스크』, 김영무 옮김, 문학비평 총서, 서울대학교 출판부, 1986, 18~22쪽.
4) 질베르 디아트킨, 『자크 라캉』, 임진수 옮김, 교문사, 2000, 35~60쪽.
5) 변정은, 위의 글, 30쪽.

기한다. 외부에서 침입하지 못하도록 보호해주는 인간의 피부는 촉각을 바탕으로서 그 역할을 한다.[6] 그런데 <감각의 제국>은 인간 존재의 즉물화를 통해 기존 질서에서 벗어난 일탈을 형상화 한다. 인간이나 사물을 괴기하고 황당무계하게 묘사하여 부조리와 아이러니, 패러디, 풍자, 왜곡, 비하의 형상을 반영한다. 이것은 개인적 정체성을 넘어 사회 현상을 촉각의 은유를 통해 규정하는 것이며 그렇게 하여 기존 질서와 상반된 측면을 보여 주는 것이다.

2. 그로테스크한 일본 시민 사회

오시마 나기사 감독의 <감각의 제국>은 인간 존재의 불안감을 표현하고 '소외된 세계'를 그로테스크하게 묘사함으로써 '저주받은 걸작'으로 불리고 있다. 프랑스의 아르고사 필름사가 제작하여 1978년 칸느 영화제 감독상을 수상한 이 작품은 우리나라에서 14분 정도 분량이 삭제되어 상영된 바 있다. 그러나 외설로 판정되면서 고소를 당해 7년간의 법정 투쟁 끝에 무죄를 받아내는 등 논란이 많은 영화이기도 하다.

아베 사다의 실제 사건을 극화한 이 영화의 시점은 1936년 일본 군국주의 체제가 극에 달하던 무렵이다. 몸을 파는 게이샤 아베 사다와 성적 쾌감에 매료당하는 시의원 기치조우의 정사를 다룬 이 기괴한 사건은 일상적인 권태와 억압적 질서를 파괴하고 싶은 일본 시민세계의 한 정서를 표출한 것이라고 볼 수 있다. 그렇다면 아베 사다 사건이 당시 주위의 시민 세계에서 어떤 영향을 받아 이 잔혹하고 기이한 체험이

---

6) 다이앤 애커먼, 『감각의 박물학』, 백영미 옮김, 작가정신, 2004, 105쪽

실화화 된 것인지 이 영화가 상영되게 된 배경으로 당시 일본사회의 정치적인 상황과 사회상을 말하지 않을 수 없다.

일본제국은 1929년 미국에서 시작된 대공황의 여파로 경제 위기에 직면하자 이를 해결하기 위해 중국으로의 식민지 확대를 꾀했다. 이 때 일본 정부는 군국주의 체제를 국가의 주된 목표로 삼았고 모든 시민들이 단체를 위하여 개인을 희생하라는 분위기가 고조되고 있었다. 따라서 억압적 질서에 대한 파괴 욕망이 '아베 사다 사건'[7]처럼 불거져 나온 것이며, 제어하기 어려운 인간의 욕망이 죽음에 이르는 과정을 보여준 것이다.

이 영화의 본질적 특성은 왜곡된 현실과 인간성을 극단적으로 표현함으로서 회의적이고 비관적인 세계관을 드러낸다. 이러한 부정적인 묘사는 인간의 소외, 고독, 불안, 상호간의 소통 불가능, 사회적 절망을 통해 실존적인 문제를 중심 주제로 이끌어간다. 김정용이 『브레히트와 현대연극』 6권에서 밝히고 있는 것처럼 부정의 부정이라는 변증법적 시각으로 전통적인 드라마의 형식을 파기하고 새로운 의미를 생성해내는 이 방식은 위트와 냉철한 이성의 힘을 드러내기도 한다.[8]

지금부터 쓰려는 일본문화의 그로테스크는 1930년대를 배경으로 한 일본 영화 <감각의 제국>을 중심으로 일본의 대중문화를 살펴보는

---

7) 1936년 일본에서 아베 사다라는 일본 여성이 내연남과 성관계 도중 내연남 이시다 키치죠의 목을 졸라 살해한다. 그 뒤 시신의 페니스를 절단하여 지니고 다니다가 체포되었다. 아베 사다는 그녀가 사랑하는 이시다 키치조를 너무도 사랑하고 늘 그와 함께 하고 싶어서 페니스를 가슴에 고이 간직하고 키치조의 허벅지에 '定吉(둘뿐)'이란 글씨를 썼다. 김성환, 『아베 사다 사건』, 아라, 2016, 9~13쪽

8) 김정용, 「부조리극과 그로테스크 극 ─ 이오네스코와 뒤렌마트의 극을 중심으로」, 『브레히트와 현대연극』 6권, 한국브레히트학회, 1998, 182쪽,

자리가 된다. 한 개인의 강렬한 성에 대한 집착이 어디에서 비롯되는 것인지를 묻고 개인적인 욕망이 왜 사회성의 반영이며, 성적인 욕망의 집착이 어떻게 군국주의 집착과 만나고 있는지 고찰해 보고자 한다.

1) 그로테스크 추의 미학

보통 그로테스크는 그것을 접한 사람에게 공포나 혐오감, 두려움과 천박함 같은 감정을 불러일으킨다. 인간 밖에 있는 악마적인 것, 괴상하고 끔찍한 느낌을 주는 것은 모두 그동안의 지배적인 예술 경향을 거스르는 경향이 두드러진다.

영화 <감각의 제국>은 회의적이고 비관적인 세계관을 드러낸다. 1936년 러·일 전쟁과 청·일전쟁의 승리로 일본 군국주의는 최고조에 달했다. 이러한 억압적 분위기가 사람들의 인식에 침입하는 과정에서 파괴적인 것의 힘을 중화시키기 위해 그것을 경멸하는 식의 방도가 있었다. 시대의 상징적 의미를 담았다고 볼 수 있는 이 영화 역시 고압적인 시대의 독단적 질서에서 우리를 해방시켜 주는 원리로 그로테스크, '추의 미학'을 차용하고 있다.

'추'는 무한한 다양성과 표현 방식을 제시하는데 카를 로젠크란츠(Johann Korl Friedrich Rosen Kranz)는 추가 "미의 부정성을 그림에도 불구하고 다시 아름답게 형상화"하는 것이라고 하였다.[9] 헤겔 역시 현실적인 것을 처리하는 예술인 그로테스크를 '정신적 가치'를 드러낼 수 있어야 예술로 인정할 수 있다고 보았다. 볼프강 카이저는 "그로테스크

---

9) 카를 로렌 크란츠, 『추의 미학』, 조경식 옮김, 나남, 2008, 61쪽.

가 미학적인 범주로서 의미를 가지려면 포괄적인 '구조 원리'로서 이해되어야 한다"고 주장한다.10)

독일의 미학자 데소이어(Dessoir)는 미의 범주를 '미', '우미', '골계', '추', '숭고', '비장'으로 나눈다. 데소이어의 원환 도식11)을 통해 우리는 미가 '추'의 현존을 허락하며 '추'와의 결합 관계로 형성된 의미를 통해 커다란 영향력을 발휘한다는 것을 알게 된다.

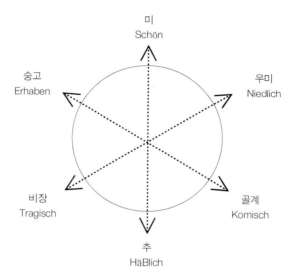

〈그림 1〉 데소이어의 원환 도식, 미적 범주

그로테스크가 지니는 '악마성'은 선한 인간의 영역으로 침범하여 자아의 확실성을 부수어 버리는 무서운 것이다. '인간'이 '인간 밖에 있는 것'을 어떻게 받아들이느냐의 문제, 다시 말해 "개념을 통해 인식할 수

10) 필립 톰슨, 『그로테스크』, 김영무 옮김, 문학 비평 총서, 서울대학교 출판부, 25쪽.
11) 변정은, 앞의 글, 25쪽.

없는 것"이 출연했을 때 인간은 그것을 '기괴한 것' 혹은 '악마적인 것'으로 치부함으로써 의식의 밖으로 밀어내고자 한다.[12]

언제 떠날지 모르는 애인에 대한 불안감을 품고 끊임없이 욕정을 푸는 아베 사다의 괴물적인 행위가 들뢰즈의 철학과 만나는 지점도 이와 같다. 다양한 사람들로 이루어진 사회에서도 인간은 차이 나는 대상들을 동일성의 관점에서만 보려는 성향이 강하다. 그로테스크 미학을 교정되어야 할 일종의 탈선으로 본다면 어떻게 그것을 예술의 영역에 들여놓을 수 있을까? 인간이 지닌 표상세계나 활동에 대한 강제성이나 권력을 비판하는 들뢰즈의 '차이'에 대해 살펴보면 다음과 같다.

2) 부조리한 그로테스크

들뢰즈는 '인간'과 '고기'를 뒤섞어 놓은 베이컨의 그림에서 '차이' 그 자체의 예술적 형상을 찾아낸다. 그 어떤 것과도 동일하지 않은 "비―사물의 다른 표현"을 그로테스크라고 주장할 때 그 표현은 사물의 반대말로서 비 사물을 의미하는 것이 아니라 표상 활동을 하는 우리의 인식 체계에 들어오지 않는, 아예 밖에 있는 것을 의미하는 것이다. 이것은 우리의 인식 체계에서는 존재하지 않는 것, 혹은 빈 공간에 존재하는 가상적인 것에 지나지 않는 것이다.

이러한 비―사물의 개념은 들뢰즈의 (비)―존재의 개념과 맞닿아 있다고 볼 수 있다. 다시 말해 "비―존재는 본연의 차이, 곧 반대가 아닌 다름."을 말하는 것이다.[13] 따라서 "생명체의 몸과 바깥의 환경이 서로

---

12) 박슬기, 「그로테스크 미학의 존재론적 기반과 의의」, 『인문논총』 58권, 서울대학교 인문학연구원, 2007, 181쪽.

접하는 삼투막의 표면에서 진동처럼 발생하는 어떤 유물론적 사건"이 감각이라고 말하는 들뢰즈는 감각이 단지 자극－반응의 생리 현상에 불과한 것이 아니라 '사상 자체'가 주어지는 근원적 사건으로 보았다.14)

<감각의 제국>에서 사랑의 행각에 몰두하던 기치조우는 자신의 연인이 여관비를 구하려고 몸을 팔러 간 사이 밖으로 나온다. 그리고 길에서 황색군대와 마주치자 슬그머니 돌아온다. 그가 보던 세계가 갑자기 낯설어진 까닭은 폐쇄된 공간 속에서 비이성적 욕망의 노예였던 자신이 그 어떤 것도 덧 입혀지지 않은 환한 대낮에 무장한 군인과 대면했기 때문이다.

이렇게 '그로테스크'하다는 것은 인간 내면에 깊이 내재되어 있는 일그러진 심상과 조우하는 것이다. 세계의 뒷골목에서 자기만족과 무의식 속에 빠져있던 그는 직선으로 다가오는 군인과 대면하여 왜소하고 비루한 자신의 모습을 자각한 것이다. 이러한 소외의 감정은 왜곡이나 자기 비하의 형상을 반영하여 기존 질서와 상반된 측면으로 접근한다. 사다와 기치가 성의 욕망에 갇혀 비극의 판타지를 그리고 있는 동안 제국의 병사들 역시 가학적 정사처럼 군국주의 체제의 늪으로 빠져들고 있었던 것이다.

빅토르 위고는 세계는 '모순되는 것들의 결합'으로 이루어졌다고 주장한다. 그러기에 선한 것과 악한 것, 우스꽝스러운 것과 고귀한 것을 결합하는 그로테스크가 진정한 예술의 방법론으로 대두되어야 한다고 말한다. 물고기들이 뭉쳐진 기괴한 주세페 아르침볼도(Giuseppe Arcimbolod)의 그림은 물고기도 인간도 아닌 형상을 하고 있다.15)

---

13) 질 들뢰즈, 『차이와 반복』, 김삼환 역, 민음사, 2004. 159쪽.
14) 진중권, 『진중권의 현대 미학』, 아트북스, 2003, 190쪽.

〈그림 2〉 주세페 아르킴볼도(Giuseppe Arcimbolod)의 그림

　이 그림이 재현과 표상을 거부하듯 영화 <감각의 제국>에서 드러나는 것은 그 어떤 사건과 유사하지도 동일하지도 않게 전개된다. 과도한 성적 집착이나 포로노에 가까운 정사장면, 잘라낸 정부의 성기를 보면서 관객은 그저 경악할 수밖에 없다. 이 영화 속 대상이 주는 불쾌의 느낌은 영국의 표현주의 화가 프랜시스 베이컨(Francis Bacon)이 추구하는 방식과 닮아 있다. 얼굴을 해체하여 그 밑에 숨겨진 머리가 솟아나도록 하는 베이컨의 특이한 수법은 인간인지 동물인지 명확히 알 수 없는 영역을 구성한다.16)

　베이컨이 그리는 고기는 살과 뼈가 서로를 구조적으로 구성하는 대신에 살이 뼈로부터 내려오는 것 같고 살로부터 솟아나는 것 같다. 베

---

15) 박슬기, 「그로테스크 미학의 존재론적 기반과 의의」, 『인문논총』 58권, 서울대학교 인문학연구원, 2007, 179~180쪽.

16) 질 들뢰즈, 『감각의 논리』, 민음사, 2008, 31쪽.

이컨은 고기에 대한 연민을 갖는데 고기는 죽은 살이 아니라 살아있는 살의 고통이기에 '상처'라는 상징성을 갖는다. 베이컨은 '짐승에 대한 연민'이라고 하지 않고 차라리 '고통 받은 모든 인간은 고기다.'라고 말한다. 그에게 고기는 인간과 동물의 공통 영역이고 그들 사이는 구분할 수 없는 영역이 된다.[17]

고기와 화가의 일체화, 다시 말해 화가의 공포와 연민의 대상이 한 몸이 되는 상태, 이것은 육체에 새겨진 자아나 존재에 대한 문제로 그로테스크 미학을 존재론으로 전유할 수 있는 길을 생각하게 한다. 아베 사다는 그녀의 정부 '키치'의 성기를 자르고 흰 종이에 싸서 보관함으로써 사물 자체가 본질적인 사건이 되게 하였다. 사실적 오브제로서의 신체에 가하는 가학적 행위는 이렇게 인간 존재의 즉물화를 보여주는 것이다.

서술적인 것을 추월하는 방식으로 추상적인 형태로 향하는 것과 형상으로 향하는 것이 있다. 감각에 결부된 느낌은 형상의 형태이고 그것은 신경 시스템 위에 작용한다. 감각은 또한 '생명의 움직임', '본능', '기질'등 주체로 향하는 면이 있고, '일'과 '장소', '사건' 등과 같이 대상으로 향한 면이 있다. 현상학자들이 말하는 감각은 '세상에 있음'이므로 신체는 동시에 대상이고 주체이다.[18]

키치가 본처에게 돌아갈 것을 불안해하였기 때문에 사다는 '내 것'이라는 자아 인식의 과대욕구에 사로잡힌다. 그녀는 자기 보존, 육체의 영속성을 갈망하는 자기애와, 자기 동일시의 양상에 사로잡혀 히스테리 속으로 휘말려 들어간다. 실존의 부조리와 비극을 쇼킹하게 보여주

---

17) 위의 책, 31~34쪽.
18) 위의 책, 47~49쪽.

는 이러한 행위는 현실의 모순 앞에서 등장인물은 사라지게 하고 잘린 '성기' 자체만 사건의 중심에 놓이게 하는 시각적 언어의 충격 효과를 보여준다.

에슬린은 부조리 극작가들이 과장된 기법으로 관객에게 쇼크를 가해 비판적인 태도를 갖게 한다고 말한다.[19] 브레히트의 '소외효과'와 같은 이러한 기법의 목적은 추상적인 테제를 겉으로 드러내어 현실의 모순과 역설을 제시하고자 함이다. 즉 특정한 문제를 낯설게 보이는 일련의 효과를 통해 집단과 개인의 구체적인 반항을 고찰하는 것이다.

다음은 18세기 말엽의 소설가인 모리츠가, 한 인물에 대해 묘사한 장면이다. 이것은 또 다른 장르에서 삶을 위반하는 생의 모습을 형상화한다.

> 갈가리 찢기고 으깨진 네 사람의 처형에 참석했을 때 어떤 고문의 전율을 느꼈다. 이 사람들의 찢어진 조각들은 바퀴나 난간 위에 던져졌다. 이상하게도 우리가 관련되어 있었으며 우리 모두가 바로 이 던져진 고기였다. 관객은 이미 이 광경 속에 다시 말에 "떠도는 살덩어리 속에" 들어가 있다는 확신이 들었다. 이러한 동물들 자체가 바로 인간들이고 우리도 범죄자나 희생된 동물이라는 생각이 생생히 들었다.[20]

인간이 동물 이외에는 아무것도 아니라고 할 이 격렬한 순간 앞에서

---

19) 김정용 「부조리극과 그로테스크 극—이오네스코와 뒤렌마트의 극을 중심으로」, 『브레히트와 현대연극』 6권, 1998, 185쪽.

20) 장 크리스토프 바일리가 모리트(K.P. Moritz,1756~1793), 『사라진 전설과 독일 낭만주의 선집』, 10/18, 35~43쪽.

그로테스크 예술작품들을 접하는 이들은 당혹감을 감출 수 없다. 그러나 이 불편한 느낌은 그 이질감으로 인해 벌어지는 일들을 몰입해서 보지 않을 수 없게 한다. '고통 받는 인간은 동물이다.'라는 문제를 이성적으로 판단하며 보지 않을 수 없기 때문이다.

3) 금기와 위반 — 하드고어(hard gore)물과 하드코어(hard core)물

영원히 함께 할 수 없을 것 같다는 불안으로 인한 사다의 살의는 신화적이고 제의적인 행위에서 나타나는 그로테스크에서 그 연원을 찾게 된다. 비엔나 액션그룹 멤버 중에 오스트리아의 헤르만 니취(hemann nitsch)는 제의적인 형식을 빌어 표현주의 형태의 퍼포먼스를 펼쳐 나갔다. 니취의 퍼포먼스는 양들을 십자가에 거꾸로 매달아 놓고 신체를 찢어발기고 피와 내장이 터져 나오면 관객에게 뿌리는 형식이었는데 사람이나 짐승을 바침으로 그것은 정화의식을 행하는 고대인들의 믿음에서 모티브를 따온 것이다.[21]

바타이유는 금기와 위반이 본래 따로 떨어져 있는 것이 아니라 하나라고 말한다. 금기란 위반되기 위해 있는 것이며 위반은 금기를 전제한다. 엽기적인 것을 보여줌으로써 일종의 해방감을 맛보게 하는 폭력은 서서히 폭력을 가하는 자에게 전염이 된다.

전운이 한층 감돌던 중일 전쟁 초기 일본군은 파죽지세였다. 이들은 대동아 공영권을 착실히 이루어 나아가 눈 깜짝할 사이에 아시아와 태평양에서 예상외의 거대한 지역을 지배하에 두게 되었다. 동북을 손에

---

21) 조영아, 김규정, 「심연으로부터의 감성적 예술 : 그로테스크를 중심으로」, 한국기초조형학회, 2010, 479쪽.

쥔 일본은 폭력의 자가 증식을 계속 하는데 급기야 태평양 전쟁을 준비하게 되면서도 폭력은 전쟁을 하지 않는 자의 내부로 흘러 들어간다. 그리하여 시민들 속에 기식하면서 그들의 의식으로 전화되어 간다.

싸움터의 경계가 사라져 버리듯 영화 <감각의 제국>에서는 폭력이 자연스럽게 일반 대중의 내부에서 분출하며 흘러넘친다. 무엇이 이러한 파괴를 즐기게 한 것일까? 폭력의 황홀한 쾌락에서 도망치지 못하게 하는 시대적 혼란 속에서 현대인은 스스로 유한한 존재라는 사실을 받아들인다. 자신을 충분히 사랑할 수 없고 한계를 지닌 존재라는 사실 앞에서 우리는 공포를 느낀다. 하여 존재의 한계를 넘어서려는 끝없는 위반이 감행된다.

아베 사다는 과격한 폭력으로 존재의 한계에 가 닿으려는 위반을 시도한다. 그러한 위반 속에서 존재의 극단적인 불안정성을 넘어서려는 것이다. 병든 나르시시즘이 혼돈의 길을 찾을 때 사람들은 무계획적인 놀이를 한다. 그것은 존재의 중력을 뒤흔들어 자유로워지고자 하는 일종의 유희다.

<감각의 제국>에서 질서를 무질서로, 고요를 혼돈으로 몰아가는 사다와 키치의 욕정은 '폭력을 배설'하는 당대 지배 문화에 대한 부정의 의미를 유포한다. 그들이 어떤 계획도 없이 섹스를 하거나 흔들리는 라이프 스타일이 그것을 대변한다.[22]

일본의 애니메이션 장르에는 '순정물', '로봇물', '하드고어물'과 '하드코어물', '공상과학물'과 '사이버펑크물'이 있다. 그들의 애니메이션이 널리 수용되고 발달할 수밖에 없는 것은 장르의 다양성 때문이다.[23]

---

22) 김용희, 『김용희의 영화 읽기 천개의 거울』, 생각의 나무, 2003, 52~61쪽.
23) 김영심, 『일본영화 일본 문화』, 보고사, 2006, 35쪽.

'사지 절단', '내장 파열' 등의 잔인한 정서를 보여주는 로봇물 애니메이션에서 파생된 하드고어(hard gore)는 눈에 못을 박는 장면, 창자를 먹는 장면, 손톱을 뽑는 장면 등을 통해 엽기적인 것을 보여준다. '유혈', '흘린 피' 등의 사전적 명사와 '찌르다', 꿰뚫다'와 같은 동사의 뜻이 있는데 일반적으로 하드고어는 '금기'로 삼는 것을 보여 줌으로써 심리적인 해방감을 느끼게 한다.24)

일종의 포르노 그라피 에니메이션으로 성인용 순정물을 말하는 하드코어(hard core)는 과감한 베드신과 키스신이 들어가며 농도가 짙은 강력한 성적 장치를 더한다. 구니 도시로의 <로리타 아니메> (1984), 후쿠다 준의 <요수교실>(1990), 기타카와 덴조의 <음수학원>(1993) 등이 여기에 속하는 주요 작품들이다.25) <감각의 제국>은 '매우 끈적한 핏덩어리'란 뜻인 하드코어(hard core) 물에 들어간다.

일본의 누벨바그로 주목받은 오오시마 나기사(大島) 감독이 만든 영화 <감각의 제국(>1976)은 하드코어 포르노라는 평을 받았다. 하지만 흥미 본위가 아닌 예술작품으로 평가를 받았다. 이 작품은 '아베 사다'라는 실제 인물의 엽기적 사건을 다룸으로써 당시로서는 상상도 할 수 없는 '외형 파괴'물이 된다. 배우들의 직접적인 성 접촉은 물론 음부를 그대로 드러낸 채 촬영되어서 일본에서의 상영은 물론 필름 현상마저 금지 되었다. 프랑스에서 현상·편집하여 세계 배급을 하고 또 다른 측면에서 국제적 평가를 받았지만 상당 부분이 커트 되거나 모자이크 된 불완전한 판으로 일본에서 역수입하여 공개되었다.

---

24) 한창완, 『저패니메이션과 디즈니 메이션의 영상전략』, 한울 아카데미, 2001, 157~158쪽,

25) 김영심, 위의 글, 37~38쪽.

이 영화의 배경이 된 1930년대는 전쟁의 와중이었지만 일본은 전쟁 특수로 인해 오히려 시민들의 생활은 나아졌다. 이 시기 일본 사회가 근대화로 나아감에 따라 서구 영화를 표본 삼아 남녀의 사랑 역시 개방적이었다. 정신없이 돌아가는 당시 일본의 사정은 전쟁과 근대화 속에서, 얻은 것이 많은 듯하지만 잃어버린 것도 많은 상실의 시대이기도 하였다. 억압된 군국 정부 하에서 기모노를 입은 게이샤의 엽기적 사랑 이야기는 독자적이면서 그로테스크한 작품의 소재로 인하여 누벨바그 영화감독인 오시마 나기사 감독에게 눈에 띈 것은 어쩌면 당연한 일이었다.

3. 에로틱 그로테스크 넌센스

미리엄 실버버그는 만주 사변이 일어난 몇 년 전부터 1914년 진주만 공습 이후 몇 년까지의 일본을 '에로틱 그로테스크 넌센스의 시대'라고 지칭하였다. '모더니즘'과 '파시즘' 시대 사이에 데카당트한 것들의 중심으로 여겨지는 에로그로넌센스의 출현으로 이 시기 문화 전반이 에로로 채워졌고 따라서 1930년대 초 영화 잡지 『여성의 벗』의 키워드 역시 단연 에로였다

야스다 기요오는 그로테스크를 에로와 관련지어 설명하는데, "에로와 그로의 경계는 종이 한 장 차이다. 똑같은 신체 행위라 하더라도 행하는 사람에 따라 느낌이 완전히 달라질 수 있다."고 하였다.[26] 미리엄

---

26) 미리엄 실버버그, 『에로틱 그로테스크 넌센스 근대 일본의 대중문화』, 강진석, 강현정, 서미석 옮김, 현실문화, 7~22쪽.

실버그그는 당시 일본의 '아사쿠사'를 에로틱 그로테스크 넌센스한 일본대중문화를 드러내는 핵심적인 장소로 보고 있다. 이는 아베 사다와 기치조우의 육체적 욕구를 발산하는 신체의 하부기관으로 비유할 수도 있다. 미각이나 관능성을 찬양하는 근대적인 공간인 아사쿠사는 거리 부랑자, 행상인, 인력거꾼 등의 불결함과 혐오가 한데 섞여 공존하던 곳이다. 폐쇄되고 단절된 그곳에서 서민의 정취와 그들만의 자유가 드러나기도 하였지만 한편으로는 인간의 보기 흉한 내장이 터져 나올 듯한 형상을 하고 있었다. 빈곤과 풍요가 함께 드러나는 이러한 장면은 그로테스크한 형상이 아닐 수 없다.

<감각의 제국>에서 기치와 사다의 성적 탐미는 그러한 폐쇄적인 공간에서 이루어진다. 그들이 점점 더 강도 높은 성의 욕구 속으로 빠져들 때 몸적인 욕망으로부터 탈주할 만한 이성적 도구는 그 어디에도 없었다. 몸과 정신의 조화로움을 잃어버린 채 성적 유희에 몰두하는 행위를 포르노그라피로만 볼 수 없는 이유는 어디에 있을까? 그들이 광기의 질주를 하고 서로의 육체에 집착하는 행위를 당시 그들 나라에 비유해 본다면, 기실 다른 나라와 벽을 쌓고 주변국에 집착하는 제국의 실정일 것이다. 광기에 가까운 이들의 성도착 행위는 끝을 모르고 치닫는 '제국'을 은유함으로써 그 이면의 의미를 담고 있는 것이다.

1) 미와 추의 상관관계 – 추를 어떻게 받아들여야 할까

"미학이 완전성의 이념을 포기하지 않는 한 추는 미의 총체성에 참여해야 한다."는 로젠크란츠의 말은 윤리학에서 완전은 '불완전함'을 포함해야 한다는 의미와 동일하다. 『악의 꽃』을 펴낸 보들레르에게 찬사를 보낸 빅토르 위고의 격려의 편지 또한 '추'와 '악'이 아이러니와 풍자의 범위에서만 규명 되는 것이 아니라 때로 우리 존재의 정직성과 깊이에 관련"된다.[27)는 것을 밝히고 있다.

> 목적이 미(美)일 뿐인 예술이 이제 어떻게 추를 형상화 할 수 있게 된 것인가? 그 이유는 이념의 본질에 놓여 있다. 예술은 비록—이점은 진과 선의 자유와 비교했을 때 한계를 뜻하는데—감각적 요소를 필연적으로 가지고 있지만, 예술은 이 감각적 요소로써 미라는 이념의 현상을 총체적으로 표현하려 하며 표현해야 한다.(…) 그러므로 예술이 그 이념을 단순히 일면적으로 표현하려고만 하지 않는다면 추를 피해 갈 수 없는 것이다. 그러나 순수한 이상은 우리에게 미의 가장 중요한 순간을, 즉 긍정적 순간을 제공한다. 하지만 자연과 정신이 전체적으로 그 극적인 깊이에 따라 표현해야 한다면 자연스러운 추가, 즉 악과 악마적인 것이 빠져서는 안 된다.[28)

전통적인 미학에 따르면 추는 작품을 지배하는 형식 법칙과 충돌해 왔으며 예술이 자율성을 획득하는 과정에서 예술에서 배제되기도 했다. 사물에 대항하는 주체의 자유와 형식의 우월성을 확증하기 위해서 그러한 추는 그 자체로서 매개되거나 통합되어 왔다.[29)

로젠 크란츠는 같은 책에서 추를 미의 상관자로서 미의 부정이자 불안정함만으로 파악해서는 안 되며 자연의 추와 정신의 추가 예술의 추에 필연적인 계기로서 포함되어야 한다고 하였다. 따라서 "미라는 이념

---

27) 오세영외, 『현대시론』, 2010, 30쪽.
28) 카를 로젠크란츠, 『추와 미학』,(주) 나남, 2008, 56쪽.
29) 테어도어 아도르노, 『미학이론』, 홍승용 옮김, 문학과 지성사, 1984, 82~84쪽.

의 현상을 총체적으로 묘사하는 한 예술은 추의 형상화를 피해 갈 수 없다"는 것이 그의 주장이다.30)

구상과 추상을 동시에 벗어나려는 모순적 효과를 얻기 위해 프란시스 베이컨은 '디아그람(diagramme)'31)이라는 전략을 도입하는데 여기서 그는 "혼돈이며 파국이나 동시에 새로운 질서 혹은 리듬의 싹"이기도 한 디아그람의 파국은 "숭고의 미학이라는 것이다.32) 따라서 추는 미의 상대적인 불완전함과 부정성의 정도로 측정될 수 있지만 둘은 엄밀하게 말해 반의어 관계는 아닌 것이다. 그 사이에는 '희극적인 것', '숭고한 것', '무관심한 것' 등의 중간 항이 있을 수 있다.33)

아베사다는 정념 무절제에 놓여져 있었는데 너무 쉽게 흥분하고 동시에 자기 자신에 대해 너무나 불안해하는 감성을 가지고 있었다. 그들이 벌이는 성애의 자유로움은 그만큼 위험한 작용이며 이성이 맞물려 있다는 것을 알 수 있다. 아베 사다의 끈질기고 동시에 불안정한 이 자유는 광기의 지평(地平)에 머물러 있지만 누구라도 그 실상을 파악하고자 한다면 그녀의 명확한 세계 존재 의미는 모습을 감춘다.

'도덕'은 위험을 몰아내는 것이 원칙이지만 인간은 '위험'에 가까이 접근하여 위험에 대해 환상을 품으려는 측면이 있다. 오시마 나기사 감독이 76년 이것을 내면화 하여 영화할 당시 수백 명의 배우들이 배역을

---

30) 위의 책, 57쪽.
31) Diagramme (圖表) : 고도로 코드화되고 정확한 생산규칙에 대응하는 것으로, 그림이 구체적 대상을 재생산하는 데 비해 도표는 추상적 대상을 재생산하는 경향이 있다. 대수적 공식과 지도를 도표라 할 수 있는데 들뢰즈·같리는 도표라는 개념을 대상들의 관계를 새롭게 인식해 나가는 적극적인 도구로 생각한다.
32) 진중권, 『진중권의 현대 미학 강의』, 아트북스, 2003, 219쪽.
33) 권혁웅, 『시론』, 문학동네, 2010.

맡기 위해 오디션을 보았다. 이 정도로 관심을 받은 캐릭터가 '아베 사다' 역이었다니, '추'의 다양한 구현이 현상학으로 옮아가는 사실이 놀랍기만 하다. 엽기적인 성과 범죄를 영화화 한 것인데 이를 받아들이는 관객의 입장에서는 저항할 수 없는 매력으로 받아들인 것이다.

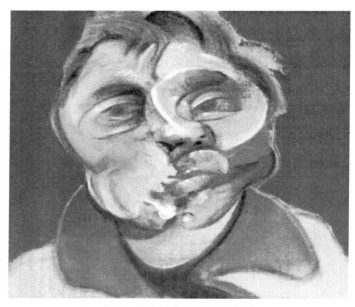

〈그림 3〉 프란시스 베이컨, 〈자화상〉, 1969.

위에서 말한 '디아그람'은 '사진적 사실'을 지운다. '회화적 사실'을 도입하는 전략으로 '하나도 닮지 않았으면서도 동시에 너무나 닮아있는, 그리하여 "새로운 유형의 현실"을 건설한다. 오시마 나기사 감독의 <감각의 제국> 역시 현대를 직접적으로 말하지 않고 현대를 감싸고 도는 핵심을 낯설게 말한다. 말하자면 변죽을 쳐서 복판을 울리는 격이다. 이것은 당대에 대한 어렴풋하면서도 불확실한 문제의식 속에서 현재가 왜 이 모양인가를 파헤치기 위한 탐색이라 할 수 있다.

미셸 푸고는 『광기의 역사』에서 "근본적으로 광기는 주체로 하여금 스스로 광인의 언어로 말하고 광인이 될 수 있게 허용하는 그러한 풍토, 그러한 작용 공간이 광기 주위에 있음에 따라서만 실재할 수 있"는 것임을 말해준다.[34] 따라서 아베 사다와 키치는 어느 정도 사회의 단면, 20세기의 비이성과 밀접하게 관련되었다는 것을 짐작하게 한다. 그들의 불안과 모호한 정신착란, 비이성적 행위는 질서의 경계를 표류한다.

바흐친은 다성적 문학의 뿌리를 카니발에서 찾고 있다. 형식과 권위를 부정하는 파괴적인 특성을 지닌 카니발의 세계에는 현자와 바보가 공존하고 왕후장상과 거지가 함께 공존한다. 이와 더불어 신성 모독적이고 외설적인 요소 또한 카니발적 세계관을 규정하는 중요한 특징이 된다. 권위와 계급 조직에 의해 억압되었던 모든 잠재적 인간성의 해방이나 기상천외한 기벽(奇癖)은 하나의 카니발적 세계관에서 생겨난 것이다.

<감각의 제국>에서 술에 취해 쓰러져 있는 거지를 향해 아이들이 돌을 던지는 첫 장면이 나온다. 아이들은 일본 국기를 가지고 노인의 성기에 장난질을 한다. 과거 영화로운 시절이 있었던 이 거지 노인은 신성한 권위가 떨어져 버린 일본의 현실을 암시한다. 카니발이 진행되는 동안 일상적인 삶은 속과 겉이 뒤바뀐 이면(裏面)의 실상을 드러낸다. 이러한 세계에서는 삶을 지배하는 권위적 질서나 법률 혹은 제도가 모두 중지되고 그 효력이 상실된다.

---

34) 미셸 푸코, 『광기의 역사』, 이규현 옮김, 나남출판, 2003. 561쪽.

2) 〈감각의 제국〉이 표현하는 잠재성의 미학

아이스킬로스가 구성하는 비극은 '제한', '위반', '회복'의 순환으로 이루어지나 소포클레스의 비극은 위배된 법이 회복될 시간도 없이 구성된다고 들뢰즈는 설명한다. 예를 들어 트로이 전쟁이 끝난 후 아가멤논이 카산드라와 함께 미케네로 돌아오는데 카산드라는 아가멤논이 아내에게 죽임을 당할 것이라고 예언하였고 그 예언은 사실이 되었다. 그 후 아들이 어머니를 죽임으로서 아가멤논의 복수를 대신하고 정의를 회복하는 것은 모두 당위의 도덕성을 말한다. 아이스킬로스의 비극이 가치의 위계를 함축한다면 소폴클레스의 비극은 당위적인 도덕률이나 허위의식을 배제한다. <감각의 제국>에서 기치 조우와 아베 사다와 같은 존재자들의 행동학을 그리는 것과 같은 방식인 것이다.[35]

> 그로테스크에서 중요한 것은 개연성이 아니라 진리이다. 외적인 개연을 훼손하는 것이 (…) 묘사된 현상의 본질을 파악하는데 도움이 된다면, 예술에서 진리 역시 개연성의 한계를 벗어나는 것을 꺼리지 않아도 된다는 것을 이미 말한 적이 있다. 이렇듯 개연성의 한계를 벗어나는데 바로 그로테스크의 사실주의가 있는 것이다.[36]

아베사다 사건은 일본의 연애사 중 가장 센세이셔널한 사건이었다. 이것은 당위적인 도덕 대신에 잠재성의 미학을 염두에 두고 생각해 볼

---

35) 신지영, 『들뢰즈로 말할 수 있는 7가지 문제들』, 그린비, 2008, 66쪽.

36) Borew, Jurij : ober das komische, zit, in Jansen, wolfgang: das Groteske in der deutschen Literatur der spatautklarung, Bonn 1980, S, 76. 김정용, 「부조리극과 그로테스크 극—이오네스코와 뒤렌마트의 극을 중심으로」, 『브레히트와 현대연극』 6권, 한국브레히트학회, 1998에서 재인용

만 한 현상이다. 개별사건을 있는 그대로 드러냄으로써 어떠한 동일성에도 얽매이지 않는 존재자들을 그리는 것이 잠재성의 표현이 된다.

전통적인 틀로는 이해할 수 없는 <감각의 제국>은 군국의 시대라는 제한적 시기에 성적 위반을 통해 사회 정치적으로 억압된 당시 현실을 반영하여 전통적인 도덕과 미학을 배신한다. 또 허위의식을 배제한 실재를 표현했다는 점에서 잠재성의 미학을 철저히 구현한다.

매춘부 사다의 행동은 현실과 판타지를 구별하기 어렵게 해놓음으로써 인과관계와 개연성에 충실한 '이성'을 곤란에 빠뜨려 비극적 미학에 도전한다. 따라서 영화 <감각의 제국>은 '잠재성'이라는 "고유한 시간에 근거하지 않으면 이해할 수 없고 소통의 윤리를 간파하지 않으면 용서할 수 없는 영화"이다.37)

바로 이 이미지의 '잠재성'이라는 미학을 통해 이 영화가 '도덕'을 문제 삼지 않았다는 것을 알게 된다. 그것은 실제로 이 사건이 일본 열도를 떠들썩하게 했지만 동정어린 여론에 따라 '아베 사다'라는 신조(信條)에 대해 일본 여론이 비록 살인이라고는 하나 살인자로 보지 않고 깊은 사랑의 결과에서 발생한 행위로 보았다는 것과 이에 따라 아베 사다가 징역 6년형에 처해졌다는 사실을 통해서 알 수 있다.

포르노에서 볼 수 있는 '관음'이나 '세티즘', '마조히즘' 등 외설 행위의 장면도 혹평으로만 일관하지 않았고 예술성의 찬사에 대한 호불호가 컸다는 것은 삶으로부터의 구원을 다양한 시각으로 보았다는 것을 뜻한다. 또 개별 사건의 진실을 드러냄에 있어 어떠한 동일성에도 얽매이지 않았다는 것을 의미하기도 한다. 마치 소포클레스의 비극에서

---

37) 위의 책, 67쪽,

오이디푸스가 자신의 친아버지를 죽이고 어머니와 결혼함으로써 아폴론 신전에서 들었던 신탁이 이루어져 제한을 위반하는 것과 같은 행위이다.

"모든 것이 가치 있고 모든 것이 허용된다"고 들뢰즈는 윤리적으로 상당히 위험할 수 있는 말을 한다. 그가 전달하는 메시지는 "어떤 원리든 미리 전제되는 것은 무엇이든 허구이고 억압"이므로 어떠한 원리도 미리 존재해서는 안 된다는 것이다. "개별 사건과 각 개별존재자들이 만들어내는 구체성에 답이 있으므로 그 때 그 때 답을 찾아야 한다"는 것이다. 이 말은 동일성과 일반성에 갇힌 삶으로부터 복수성, 전체성을 회복해야 한다는 것이고 인과성과는 다른 내재적 삶을 표방해야 한다는 것이기도 하다.38)

3) 새로운 의미를 생성하는 그로테스크

기존의 질서에서 벗어난 일탈과 해학을 담은 문화를 선호하는 그로테스크는 인간이나 사물을 괴기하고 황당무계하게 묘사하여 '부조리', '아이러니', '패러디', '풍자', '왜곡', '비하'의 형상을 반영한다. 그것은 기존 질서와 상반된 측면으로 접근한다.

베이컨은 "인체 형태를 왜곡"함으로써 인간과 동물의 동일성을 드러냈다.39) 베이컨의 십자가형에서 살이 뼈로부터 내려옴을 보는데 베이컨에게 척추는 "살인자가 아무것도 모르고 잠만 자고 있는 사람의 신체

---

38) 같은 책.

39) 조영아, 김규정, 「심연으로부터의 감성적 예술 : 그로테스크를 중심으로」, 한국기초조형학회, 2010, 482쪽.

안에 쑤셔 넣은 피부 밑의 칼일 따름"이다. 이러한 그의 말은 일상적이지 않고 낯선 느낌을 드러낸다.[40] 그는 신체의 물리적 변형을 통해 물질의 본질을 이해하거나 제의적인 형식을 빌려 고통을 통한 구제 행위를 한다. 개인성을 배제하고 물질화된 상태가 가능하도록 하여 억압된 에너지의 해방과 정화를 추구하였다.[41].

그로테스크는 "현실의 고리를 끊는 것이 아니라 오히려 현실과의 연관성을 찾"는 것이며 극단적인 부정성으로부터 "새로운 의미를 생성"하는 것이다.[42] 정신분석학적 측면에서 볼 때 그로테스크성을 지닌 캐릭터들은 "인간의 내면과 연계되며 인간과의 관련" 속에서 존재를 인정받는다.[43] 그것은 일반적인 괴물이 아닌, 존재가 현상을 만들어내는 (현상으로 존재가 드러나는) 내적 상징성을 발현한다.

일본 영화나 멜로드라마에는 강요된 불행에서 출발하는 예가 많은데 강요된 불행은 사람과 사람의 관계에서 일어나며 이 관계는 사회성에 기인한다. 인간의 근본 성질이나 인격, 대인관계의 원만함을 말하는 사회성은 일본 전통 사상에서 나타나는 종적인 계급 구조에서 비롯한 것일 수 있다. 한 번 정해지면 바꿀 수 없는 자신의 신분이나 운명에 대한 체념의 정서, 위로부터의 명령에 대해 무모할 정도로 복종하는 것에 길들여져 있는 민중들의 의식이 그러한 사실을 말해준다. 거슬러 올라가면 봉건적인 신분 사회 속에서 남자보다 아래에 놓인 여성에게 참고 또 참는 것이 미덕으로 여겨지던 세습적 폐쇄구조의 풍습이 괴담의 주

---

40) 질 들뢰즈 앞의 책, 36쪽.
41) 조영아 앞의 책, 482쪽.
42) 김정용, 앞의 책, 182~185쪽.
43) 변정은, 앞의 글, 4쪽.

인공을 만들기도 했다. 이러한 구성 요소들이 일탈과 변신을 꿈꾸는 영화와 드라마를 생산하게 된 요인이 된 것이다. 괴담의 주인공들을 살펴보면 질투의 화신인 여성들이 많다. 그들은 남자를 죽여서라도 자신의 사랑을 이루려고 하였다.44)

4. 맺음말

제국주의가 팽창하던 1930년대를 다룬 영화 <감각의 제국>은 서민의 노골적인 성묘사를 통해 그로테스크한 일본 시민사회를 드러낸다. 이 영화는 존재의 즉물화를 통해 괴기스럽고 황당무계한 인간이나 사물의 형상을 묘사한다. 인간존재의 불안감을 있는 그대로 표현함으로써 억압적 구조 질서와 왜곡된 현실을 극명하게 보여준 것이다.

혐오감과 천박함의 감정을 불러일으키는 그로테스크는 민속과 민중의 예술에서 그 모습을 많이 드러낸다. '추의 미학'으로 불리는 그로테스크는 '인간 밖에 있는 것'들을 표현하는데 그것은 우리의 인식 체계에 들어오지 않는 것을 의미한다. 마치 "'인간'과 '고기'를 뒤섞어 놓은 베이컨의 그림"처럼 우리에게 이질감과 불편한 느낌을 갖게 한다.

영화 <감각의 제국>은 마치 '고통받는 인간은 동물이다'라는 의식을 재고하게 한다. 이 영화는 억압된 군국 정부 하에서 존재의 극단적 불안정성을 넘어서려는 일본 시민들의 의식을 '아베 사다'라는 실제 인물의 엽기적 사건으로 다루었다. 일본문화의 그로테스크한 작품들의 주제는 이처럼 "겉으로 잘 드러나지 않는 왜곡된 현실"을 형상화하거

---

44) 김시우, 『이것이 일본 영화다』, 아선 미디어, 1998, 12쪽.

나 독자들을 흉물스럽거나 신비로운 세계로 끌여들여 카타르시스를
느끼게 한다.

　일본에서 '에로틱 그로테스크 넌센스' 시대는 만주사변을 전후로 시
작되어 진주만 공습 이후 몇 년까지 이어진다. 파시즘 시대에 데카당트
한 문화가 채워진 것이다. 당시 일본의 '아사쿠사'는 풍요와 빈곤, 에로
스와 혐오가 한데 섞여 그로테스크한 현상이 공존하는 곳이었다. 미리
엄 실버버그는 그러한 곳을 일본 문화를 드러내는 핵심적인 장소로 보
고 있다. 이러한 장소성은 이데올로기라는 현실적이고 이념적인 의식
을 노골적으로 말하는 대신 '남녀 탐닉'이라는 일본 대중 문화와 시대
상을 엿볼 수 있게 한다.

　오시마 나기사 감독의 <감각의 제국> 역시 등장 인물이 처한 현재
를 직접적으로 말하지 않는다. 현재를 감싸고도는 핵심을 광인 아베 사
다를 통해 드러내는데 그녀가 광인이 될 수밖에 없는 풍토, 다시 말해
20세기의 비이성이 그녀 주위에 있었음을 '변죽을 쳐서 복판을 울리는
격'으로 탐색한다. <감각의 제국>은 당위적인 도덕을 문제삼지 않고
대신 성적 위반을 통해 억압된 현실을 보여 주었다. 일탈과 해학을 담
은 이 영화가 기존 질서에서 벗어나 이면의 실상을 반영하고 있음을 증
명하는 것이다.

참고문헌

권혁웅『시론』, 문학동네, 2010.

김성환, 『아베 사다 사건』, 아라, 2016.

김시우, 『이것이 일본 영화다』, 아선 미디어, 1998.

김영심, 『일본영화 일본문화』, 보고사, 2006.

김용희, 『김용희의 영화 읽기 천개의 울』, 생각의 나무, 2003.

김정용, 「부조리극과 그로테스크 극 – 이오네스코와 뒤렌마트의 극을 중심으
　　　로」, 『브레히트와 현대연극』 6권, 한국브레히트학회, 1998.

김종덕 외, 『그로테스크로 읽는 일본 문화』, 책 세상, 2008.

다이앤 애커먼, 『감각의 박물학』, 백영미 옮김, 작가정신, 2004.

미리엄 실버버그, 『에로틱 그로테스크 넌센스 근대 일본의 대중문화』, 강진석,
　　　강현정, 서미석 옮김, 현실문화, 2005.

미셸 푸코, 『광기의 역사』, 나남 출판, 2003.

변정은, 「일본 TV 애니메이션의 그로테스크 캐릭터 표현을 통한 라캉의 정신
　　　분석학 의미 연구 – <모노노케>와 <요괴 인간 뱀>을 중심으로」, 홍
　　　익대학교 영상대학원, 2010.

박슬기, 「그로테스크 미학의 존재론적 기반과 의의」, 『인문논종』 58권, 서울
　　　대학교 인문학연구원, 2007.

신지영, 『들뢰즈로 말할 수 있는 7가지 문제들』, 그린비, 2008.

오세영·이숭훈·이숭원·최동호,『현대시론』, 서정시학, 2010.

조영아, 김규정,「심연으로부터의 감성적 예술 : 그로테스크를 중심으로」, 한
국기초조형학회, 2010.

진중권,『진중권의 현대 미학 강의』, 아트북스, 2003.

질 들뢰즈,『감각의 논리』, 민음사, 2008.

질베르 디아트킨,『자크 라캉』, 임진수 옮김, 교문사, 2000.

카를 로렌 크란츠,『추의 미학』, 조경식 옮김, 나남, 2008.

테어도어 아도르노,『미학이론』, 홍승용 옮김, 문학과 지성사, 1984.

필립톰슨,『그로테스크』, 김영무 옮김, 문학비평 총서, 서울대학교 출판부,
1986.

한창완,『저패니메이션과 디즈니 메이션의 영상전략』, 한울 아카데미, 2001.

미니멀리즘 표현 특성의 미학적 원리

李霜 단편소설과 詩를 중심으로

1. 들어가기

시인이자 소설가인 이상은 패러독스를 미학적 원리로 한다. 그의 문학은 1920~30년대 우리 문학이 실재의 현실에 대한 신념이 붕괴되었다는 회의론적인 인식에 근거하여 근대적인 것에 대한 비판이 작품의 중심을 이룬다.

심층적 외상의 기억 속에서 강박해 오는 이율배반적 충돌력과 불가해한 현실 세계의 모순 구조를 표현하는 그의 시와 소설 작품은 경험을 종종 과장되게 왜곡시켜 표현하는데 이것은 미니멀리스트들의 단편소설이나 그들 작품의 다양한 특징과 관련된다.

현대시의 시발점 보들레르에게 많은 영향을 끼친 포우(Edger Allen Poe)와 체호프(Anton chekhov), 조이스(James Joyce), 헤밍웨이(Ernest hemingay), 헤롤드 핀터(Harold Pinter)와 같은 다양한 작가들로부터 추적되는 미니멀리즘 작품들은 흔히 부조리한 실존의 함축, 무익함, 애매성, 간결성, 비영웅적인 성격 등 수사어구의 복합 양식을 드러낸다.[1]

이상의 『날개』에 등장하는 인물들의 행태는 결코 영웅적이거나 위대하지 않은, 오히려 보통사람들의 모습보다 비하된 미니멀리즘 특성의 기법을 산출한다. 가령 『지주회시』에서 아내는 그를 속이고 가출과 귀가를 반복하는데 아내에게 내객이 찾아와도 별다른 반응을 하지 않는 주인공은 그저 아내가 시켜주는 밥을 먹거나 낮잠을 자거나 공상에 잠긴다.

미니멀리스트 작품 속의 등장인물들은 침묵과 무기력 속에서 복잡하게 뒤얽혀 있지만 작가들은 그것을 단순한 항으로 나타낸다. 미국 단편 소설의 르네상스기인 1980년대 불꽃처럼 출현한 미니멀리즘은 혼히 "사물을 도외시 하며 의미를 폭로하는 수사적 방법"으로 묘사된다. 단순한 요소로 최대 효과를 이루려는 이 언어스타일은 '외재 리얼리티'를 기술함으로써 '내재 리얼리티'를 드러내기도 한다.[2] 1960년대 후반과 70년대 초반 베트남 전쟁과 관련하여 미국 젊은이들이 겪은 충격이나 죄, 증오, 국가에 대한 반감 같은 정서적 스트레스는 소설에서 인간적 딜레마를 표출하는 계기로 이어진다. 이러한 정서는 우리나라 1920~30년대 이상의 작품에서도 만날 수 있다.

무디고 완벽하지 못한 등장인물의 공허한 삶을 반영하는 이상의 작품은 삶의 경험 안에서 생성된다. 자신의 온전함 자체에 대한 스스로의 신뢰를 잃어버리고 뿌리 뽑힌 도시인이나 소외된 지식인을 그리고 있는 『날개』와 『지주회시』와 같은 작품들에서 등장인물을 무력케 하는 무관심한 중립세계를 드러낸다. 李霜의 작품 『날개』에 등장하는 주인공은 거의 현실적으로 의미를 갖지 못하는 거세된 존재이다. 작가가 매

---

1) C.W.할렛외, 「미니멀리즘」, 주근옥 역, 2013, 20쪽.
2) 위의 책, 27쪽.

사 의욕이 없고, 현실 감각이 흐린 인물들을 등장시키는 이유는 이런 의도적인 코드의 생략과 효과의 단일성이 사물을 도외시 하면서 의미를 폭로하는 수사적 방법이 되기 때문이다.

『날개』에서 주인공은 접객업소에 나가는 아내와 어느 셋방에 세 들어 사는데, 장지를 사이에 둔 아내 방에 가끔 손님이 찾아오고 거기서 아내가 수상한 짓을 해도 그에 대해 그는 어떤 반응을 하지 않는다. 작가는 작품 전체에서 주인공의 인상을 교묘하게 농축하고, 증류하고, 순화하면서 독특한 글쓰기 기법을 보여준다. 그것은 "외관상 정적인 에피소드의 편린을 추구하는 동시에 고도로 구성된 이야기를 포기하는 플롯의 단순화를 지향한다 이러한 형식은 조이스와 사뮈엘 베게트의 세계관이나 '빙산의 일각' 효과를 제창하는 헤밍웨이의 기법과 닮아 있다. '에두름'과 '근사(近思)', '잠재의식(潛在意識)'으로 줄잡아 말하기와 느릿느릿 힘겹게 거래하는 방식은 현대 미니멀리스트들이 좋아하는 등장인물의 성격이나 스타일을 생산한다.

1,2차 세계대전의 시대적 참화를 겪으면서 사람들은 무엇보다 자신의 실존에 관한 문제에 현실적으로 부딪히게 된다. 실존주의가 인간의 위기를 극복하려는 사상이었다면 이런 실존에 관한 사유를 미니멀리스트 작가들은 '즉물적', '단순성', '무중심성', '중성적 오브제의 사용'과 '전통성의 거부', '건조하고 차가운 느낌'이나 '최소한의 예술' 등을 지향하는 특징으로 드러낸다.

2. 미니멀리즘의 원칙과 의도

포스트모더니즘의 한 갈래인 미니멀리즘은 축소 지향적 미학으로 따분할 정도로 절제된 언어와 형식으로 현대적 삶의 파편성에 주목한다. '나'라는 일인칭 대명사의 삭제, 미니멀한 어조, 간접화법, 불완전한 종결어 형식이 많이 나타나는데, 이러한 기법은 자아의 죽음, 파편화, 역사의 파괴성, 총체성의 붕괴를 떠올리게 한다. 미니멀리즘 작품속 등장인물들의 자아는 부재를 경험하고 정체성은 깨어지며 극소(minimal)자아로 드러난다. 최소한의 언어와 침묵을 사용하는 미니멀리즘 방식은 추상주의 예술과 그 외 다양한 층위에서 그 맥락을 추출해낼 수 있다.

미니멀리즘이 단편 소설에 새로운 활력을 불어넣는데 도움을 주었다는 사실은 의심할 여지가 없을 것이다. 대표적인 미니멀리즘 작가들을 들자면 레이먼드 카아버, 프레데릭 바슬미, 도널드 바슬미, 앤 비티바비, 앤 메이슨 등이 있으며 이외에도 수많은 작가들이 활발하게 활동했다. 도널드 바슬미는 콜라쥬 기법을 통해 파편화된 포스트모던 사회리얼리티의 불확정성을 시각적으로 표현하였다.

새로운 문학 양식의 하나인 미니멀리즘의 인습(因習)이 추구하는 기본 원칙은 최소한의 표현으로 최대한의 효과를 거두는 것이다.[3] 미니멀리즘 작가들은 최대한의 응축 내지는 절제를 통해 심미적 효과를 극대화하려는 의도를 갖고 있다. 언어, 플롯, 배경, 성격 묘사 등이 경제성의 원칙에 따라 텍스트를 이루기 때문에 경우에 따라 불연속적 내러티브 구조를 갖게 된다. 고정된 요소보다 잠정적이고 불완전하고 미결정적인 것들이 미니멀리즘의 우위를 차지한다. '이것은 무엇이다'라는 어떤 확정된 리얼리티를 부여하지 않는 로널드 바셀미의 작품「풍선」을

---

3) 구은혜, 「파편화, 미니멀리즘, 불확정성: 바셀미의 풍선과 아버지 우시는 모습을 중심으로」, 호손과 미국소설 연구 12권 1호, 2005, 197쪽.

예로 들자면, 어느 날부터 부풀기 시작한 커다란 풍선은 그것에 대한 절대적 의미를 알 수 없다는 독자 해석의 자의성이나 임의성에서 출발한다. 풍선이 지닌 가변성, 무제한성, 그리고 무한정성이라는 불확정적인 진술들은 자유로운 지적 유희를 즐기게 하고 다중적 리얼리티를 생성한다.

리얼리티의 불확정성을 증폭시키는 풍선의 효과에 대해 바셀미는 풍선을 통해 텍스트를 해석하려는 인간의 행위는 단지 외적 기호만을 해독하여 "표면 위에 글"을 쓰는 것에 불과할 뿐이며 풍선의 절대적 리얼리티에는 결코 도달할 수 없다는 점을 환기시킨다. 풍선으로 표상된 심미적 대상에 대한 깊이 있는 심층적 분석은 불가능하다는 것을 가시화 한 것이다.[4)]

문학적 미니멀리스트로서 레이몬드 카아버(1938~1988)는 문화적으로 빈약하고, 몰락한 변두리에 사는 불안정하고, 평범하고, 불운하고, 소외되고, 단조로운 자들의 삶을 주로 그린다. 그는 단편 소설의 대가인 포우(Edgar Allan Poe), 체홉 (Anton Chekhov) 그리고 헤밍웨이의 장점을 이어받아 20세기 후반의 미국문화를 적절하게 반영한 새로운 글쓰기 기법을 시도하였다. 카아버가 구체화한 등장인물로서 세일즈맨, 남편, 부인, 웨이트릿, 모텔 근무자" 등 비영웅적 인물들이 많다. 그의 작품 <대성당>에 등장하는 인물들은 작은 소도시의 떠돌이이거나 노동자와, 삶에서 실패한 불행한 사람들이다. 그 외의 작품 속 인물들도 실직 상태이거나 생활비는 대부분 부인에게 의존하거나, 자식들에게 무시당하는 존재로 나타난다.

---

4) 구은혜 앞의 책, 200쪽.

레이먼드 카아버에 대해 덧붙혀 말하자면 그의 실제 생활은 그가 쓴 작품 속의 내용과 흡사하였다. 그는 아내와 자식들과 별거를 했다. 또한 오랫동안 배달원, 주유소 직원, 병원 수위 등을 하였다. 알코올 중독으로 고생도 많이 하였지만 그는 작가로써 입지를 잡기 위해 애를 썼다. 침묵을 통하여 많은 것을 표현한 카아버는 평범한 일상적 소재에서 최소단위의 이야기 거리를 선택하여 그것과 관련된 인간의 최소 부분만을 보여 주었는데 이를 통해 달라진 미국 사회와 문화를 표현하였다. 그는 엄격하고 명료한 메타포를 거부하고 리얼리즘적 서사의 친숙한 인식들을 산출하지 않는데 그것이 당시 현실에서의 글쓰기 방식이라는 것을 카아버가 깨달았기 때문이다.5)

> "빌! 여보, 당신 때문에 놀랐잖아요. 오늘은 집에 일찍 왔네요." 그녀가 말했다. 어깨를 으쓱하고는, "직장에서 별로 할 일이 없어서." 그가 말했다. 그녀는 열쇠로 아파트 문을 열려고 하였다. 그때 그는 집으로 들어가기 전에 건너편의 이웃집 아파트를 쳐다보았다. "우리 침대로 가자." 그가 말했다. "지금 이 시간에?" 그녀가 웃었다. "도대체 당신 머릿속에 뭐가 있어요?" "아무것도, 그냥 옷이나 벗어."6)
> — 「이웃들」(Neighbors)

미니멀리즘 요소로 '핵가족화의 가속화', 과거와 현재 미래라는 연속적 '시간 의식의 부재'와 '역사의식의 부재', 자신들이 살아가는 세계에 대한 '관심의 최소화'를 들 수 있다. 이로써 함축적이고 한정된 효과를

---

5) 노현균, 「미니멀리즘과 레이먼드 카버—현대 미국사회의 문화적 평가」, 현대영미소설 제 16권 3호, 2009, 136쪽.
6) 노현균, 앞의 책, 140쪽.

노리는 리얼리티가 살아난다. 가족 간의 대화는 물론 행복의 징후는 찾아보기 힘들고 정해진 일상을 살아가는 단조로운 삶이 이어진다. '사랑'이라는 추상적 개념도 없고 '사랑하는 나'라는 개별적 존재도 없다. 자신만의 고유한 형식에 대한 탐색이나 주체성에 대한 탐색에서 다원적 자아로의 변화는 허구성, 임의성, 일시성을 드러낸다.[7] 따라서 카아버의 주요한 메시지 중 하나는 자신의 정체성을 확인받고 싶어 하는 '인간의 불안감'이라 할 수 있다. 마치 이상의 시「오감도」에서 명백한 사유도 없이 13인이 아이가 달리는 현상처럼 사랑은 있는가/ 없는가 라는 관념론적인 질문에 앞서 '사랑하는 나' 라는 실존, '지금 여기 있는' 불안이나 고통이 문제인 것이다.

3. 회화 · 조각 · 건축 · 문학양식에 적합한 미니멀리즘

미니멀리즘은 1959년 미국 모던아트 미술관에서 열린 <Americans> (미국인)의 출품작인 프랭크 스텔라의 <Black Paintings>(검은 그림)을 그 출발로 삼는다. 그 후 칼 안드레(Carl Andre), 단 프레빈(Dan Flavin), 도날드 쥬드(Donald Judd), 솔 레윗(Sol Lewitt), 로버트 모리스(Robert Morris) 등이 미니멀리즘을 대표하는 작가들로 등장한다. 이러한 작가들의 작품들에서는 '기하학'이 강조되었다. 풍요로운 생산의 시대에 그들은 냉소적으로 반응하였고 표현적 기법은 회피하였다.[8]

---

7) 김주호, 「미니멀리즘, 레이먼드 카아버, 그리고 대성당」, 현대영미소설, 제 5권 2호, 1998, 39쪽.
8) 김수기 역, 『미니멀리즘』, 열화당, 1993. 7.~8쪽.

미니멀리즘은 문학의 영역에만 한정된 양식이라기보다는 회화 또는 조각이나 건축에서도 장식성을 배제하는 가운데 드러났다. 이들은 문학 못지않게 매우 중요한 양식으로 추상성을 강조하면서 부각되었다. 미술 이론가 김진엽은 모더니즘과 포스트모더니즘 사이에 미니멀리즘이 놓여 있다고 말한다. "모더니즘의 정점이자 포스트모더니즘의 시작"이 미니멀리즘이라는 것이다.

1960년 이후에 만들어진 조각이나 삼차원적 작품의 미술을 지칭한다고 볼 수 있는 미니멀리즘은 간단한 장식적 세부묘사마저 결여된 대단히 추상적인 미술이라고 할 수 있다. 케네스 베이커(Kenneth Baker)·리차드 볼하임(Richard Wollheim)의 논문제목인 "Minimal Art"(최소한의 미술)(1965)가 '미니멀리즘(minimalism)'이라는 용어를 정착시키는데 결정적 기여를 하였다고 알려져 있다.[9] 작품 내부의 형태와 위치에 대한 관계에 관심을 가짐으로써 회화와 조각 사이의 경계를 허물어 미니멀리즘은 건축과 융합하기도 하였다. 사회와 영향을 주고받으며 계속 변하고 새로이 구성되면서 다른 자아들을 보여주므로 미니멀리즘은 독립적인 자아가 존재하는 것이 아니라 다른 자아들을 나타낸다.

아무려나 미니멀리즘은 역시 문학의 경우에 가장 두드러지게 나타난 양식이라고 할 수 있다. 왜냐하면 문학적 미니멀리즘이야말로 불확실하고 다양하고 복잡한 현대세계의 파편화된 사회를 묘사하는데 가장 적합한 양식이라고 할 수 있기 때문이다. 미니멀리즘은 단편소설의 명성을 고조시켰고 절제된 언어와 형식으로 현대적 삶의 파편성에 주목하여 현대시에까지 중요한 영향을 미쳤다. 작가가 자신도 예측할 수

---

9) 김진엽, 『미니멀리즘』, 『미학』 제 32집, 2003, 240~241쪽.

없는 삶을 그리기에 전통적인 소설의 짜임새나 친절한 설명이 없는 문장으로 현실적인 삶을 따분할 정도로 묘사하지만 그 속에는 긴장감과 응축된 의미를 담고 있다.10)

4. 1970~1980년대 대두된 본격 미니멀리즘

미니멀리즘(minimalism)을 추구하는 소설이 본격적으로 대두되기 시작한 1970년대와 80년대에 미국의 미니멀리즘 작가들은 중산계급, 또는 빈민계층에 속한 사람들에 관해서 글쓰기를 하였다. 낮은 감정의 음조로, 불필요하다고 생각되는 부분을 과감하게 생략하고, 과다한 군더더기로서의 표현을 극도로 회피하면서, 간소한 언어로 글을 썼다. 이들은 최대한의 응축 내지는 절제를 통해 심미적 효과를 극대화시키려는 의도를 갖고 있었다. 언어, 플롯, 배경, 성격 묘사 등이 경제성의 원칙에 따라 텍스트를 이루면서 단편 소설의 명성에 새로운 활력을 불어넣었다. 무엇인가 생략되어 있음을 독자에게 힌트를 주면서도 작가들은 독자들에게 어떤 의미를 직접적으로 전달하려 애쓰지 않았다. 그들은 종종 자신도 등장인물만큼 문제의 근원을 모르기 때문에 사람들과 상황들에 대해 깔끔하게 결말을 짓지 않기도 했다.

당시 그들은 핵전쟁에 대한 공포와 경제적 붕괴, 사회의 붕괴에 대한

10) 모더니즘 비평이 옹호하는 작품 감상의 방법은 작품이 내부적으로 지니는 여러 형식들의 관계를 분석하는 형식주의 방법이다. 그런데 미니멀리즘 작품에서는 그 내부에서 작품의 의미를 결정해 주는 것의 중요성이 경감되어 있다. 그만큼 미니멀리즘에서 감상자의 역할이 강조되고 있는 것이다. 작품 자체의 중요성이나 저자의 의도보다 감상자가 그 의미를 구성해 나간다는 주장은 롤랑 바르트의 '저자의 죽음'과 데리다의 '차연'에서 확인할 수 있다. 김진엽, 앞의 책, 241쪽.

공포를 느끼면서 그것에 대해서 대처방안을 생각하지 않았다. 그들이 야심 없는 생을 산다는 데서 그 원인을 찾을 수 있지만 또한 그들의 무기력하고 한정된 삶을 이유로 들 수 있다. 작품에서 전달하고자 하는 내용이 분명하게 드러나지 않거나 상징적 의미나 주제가 일관되게 부각되지 않는 까닭은 그 때문이다. 구체성이 결여되어 있는 추상적이고 막연한 이야기는 비논리적이고 짜임새 없는 플롯으로 산만한데 이러한 에피소드가 중심적 플롯보다도 오히려 더 중요하게 취급된다. 작품의 구조를 평면화 시키면서 파편들의 집합체로 이루어지는 그것은 기존의 전통적 소설구조를 해체시킨다. 미니멀리스트(minimalist)들은 문체나 표현 또는 수사학 등 소설 미학적 측면에서는 말 할 것도 없고 작중 인물, 배경, 플롯 등에 있어서도 이와 같은 원칙을 적용하였다. 그들은 평범한 일상 속에서 움직이는 제한된 등장인물의 행위만을 묘사할 뿐 전통적인 소설에서 볼 수 있는 기승전결의 전개를 하지 않았다.

불확정적 결말을 암시한 작품으로 로널드 바셀미의 『익사할 뻔한 로버트 케네디』(Robert Kennedy Saved from Drowning)를 들 수 있는데 여기서도 등장인물 K에 대한 정보의 조각들만 쌓여가고 K의 진정한 모습을 드러내지 않는다. 절대적 진리를 계속해서 유보시키는 이러한 방식은 리얼리티(reality)의 불확정성에 대한 하나의 예로 남게 된다.11) 장면이나 등장인물이나 사건이나 심지어 표현까지도 최대한의 공백으로 제시하거나, 말의 실마리를 허공에 뜨게 만들거나 환원반응으로 기억을 파괴함으로써 기억을 재현하는 것은 모두 미니멀리스트(minimalist) 기법이 된다.

---

11) 구은혜, 앞의 책, 204쪽.

미니멀리즘(minimalism) 작품에 나타난 여백은 작품의 미완성 부분이 아니라 작품의 한 부분으로 존재한다. 단순히 없는 공간이 아니라 그 내부는 텅 비어있지만 그 공간을 통하여 모든 것을 생성할 수 있는 무한한 공간인 것이다. 이 공간은 공유공간으로서 그 공간 자체는 유한하지만 지면적 여백을 통해, 무한한 예술적 이상을 표현하고 무한한 독자의 심상을 유도하는 것이다. 무형의 공간인 여백이 독자와 함께 유형의 근원이 된다면 진정한 예술성을 완성하는 것이다. 그렇다면 지금부터는 무형한 것에 대한 깊은 통찰과 유형한 것의 시원(始原)에 대한 예리한 자각을 일깨운 우리나라 미니멀리스트(minimalist) 이상(李霜)의 작품을 탐구해 보기로 한다.

5. 李霜의 언어와 무의식

일제 강점기 식민지 근대를 산 이상(李霜)이 근대사회가 지닌 병리적 현상과 자신이 앓았던 질병이라는 자기 안의 타자에 직면하여 실행한 '해체'와 '죽음'이라는 글쓰기는 자아를 구원하기 위한 실존적 선택의 행위였다. 그에게 글을 쓴다는 것은 곧 매순간 엄습하는 삶의 공허와 자기 해체의 위협을 이겨내기 위한 실존적 투쟁으로 받아들여졌던 것이다. 근대사회가 지닌 병리적 현상을 풍유적으로 암시할 수 있는 측면을 소홀히 할 수 없었기 때문에 이상의 문학적 상상력은 질병 모티프와 그것이 갖는 병리적 상징성을 글쓰기 전략과 관련시켜 드러낸다고 볼 수 있다. 요컨대 이상 문학이 보여주는 정신의 길항은 이상의 무의식에 대한 탐구와 상관성을 갖는다. 나아가 사회적 의미는 근대를 강요받는 식민지 조선의 질병을 비판하는 기제로서 작용한다.

이상 작품을 대할 때 우리는 작품 속 주인공들이 다음에 무엇을 말할 것인지 또는 행동할 것인지에 대해 알 수 없는 경우가 많다. 그들이 관심을 갖는 것이나 의미가 통하는 것이나 내재한 어떤 관계도 관련성이 없는 것은, 그들의 삶이 여백처럼 작품의 한 부분으로 존재하기 때문이다. 이상은 이 텅 빈 공간을 공유공간(共有空間)으로 독자에게 내어준다. 실상을 완전하게 표현하기 위해 남겨놓는 여백은 독자와 함께하는 열린 공간이 된다.

아래의 두 시는 공장에서 찍어낸 벽돌처럼 언어가 수평적 형태의 반복성을 드러내고 있다. 서사구조의 반복성과 불균형이 구축하는 세계는 단조롭고 간결함을 넘어서 무엇인가 빠진 듯 비현실적으로 보이기까지 한다. 운명론적 세계관과 존재의 고독감을 표현함에 있어 정보를 많이 주지 않는 이야기 구조는 뭔가 알 수 없는 일이 계속해서 진행되는 듯 마치 '자기 잠재성'의 원리를 탐구하거나 '자기 지시성'의 원리를 택하고 있는 것이다. 등장인물의 성격은 불분명 하고 이야기의 줄거리 역시 뚜렷하지 않다. 인과율이나 논리적 맥락에서 벗어나는 병렬법적 구문을 애용한다.

> 나의아버지가겨테서조을적에나는나의아버지가되고또나는나의
> 아버지의아버지가되고그런데도나의아버지는나의아버지대로나의
> 아버지인데어쩌자고나는작고나의아버지의아버지의아버지의……
> 아버지가되니나는웨나의아버지를겅충뛰어넘어야하는지나는웨드
> 디어나와나의아버지와나의아버지의아버지와나의아버지의아버지
> 의아버지노릇을한꺼번에하면서살아야하는것이냐
>
> ―「烏瞰圖 詩 第二號」전문

위의 예문에서 현재의 나에 대응하는 '아버지, 아버지의 아버지, 아버지의 아버지의 아버지……' 는 가족 또는 가문의 차원으로 볼 수 있다. 하지만 이 시 구성에서 잘 짜여진 하나의 이야기가 존재하는 것은 아니다. 등장인물의 수와 묘사가 극히 한정적이고 플롯의 전개도 거의 없다는 점에서 이 시의 유형을 '미니멀리즘'적 이라 할 수 있다. 언어나 문장 구조까지도 해체하거나 분할하여 진행하는 연속성은 삼차원 공간의 '환영'[12]을 거부한다. 이러한 역원근법 속에 '주체로서의 인간'의 자리는 존재하지 않는다.

러시아의 사상가 플로렌스키는 예술작품에 반영된 세계의 형상을 원근법적 세계관에 기반한 아리스토텔레스적 전통의 유클리드적 세계와 역원근법적 세계관에 기반한 비아리스토텔레스적, 비유클리드적 세계 모델[13]로 구분한다. 역원근법 속에 '주체로서의 인간'의 자리는 존재하지 않는다. 그 곳은 인간의 이성으로 이해할 수 없는 원칙이 지배하는 세계이다.

세계를 통합하지 못하는 미니멀리스트(minimalist)의 '자폐증적' 허무를 보여주는 텍스트의 장치는 결국 작품 속 화자가 가문의 권위나 자신의 역할에 대해 의문을 표시하면서 이들로부터 벗어나고자 한다는 이야기[14]로 읽힐 수도 있지만 단순 반복적 상황들과 모호한 관계는 이야기의 완전함에 있어서 불균형적인 구조를 그 특징으로 하고 있다. 내러티브 보다는 미장셴에 초점을 두어 통일적인 하나의 시점이 일관되

---

12) 李海利, 「포스트─미니멀(Post-Minimal)공간에서 '비어있음'의 문제」, 조선대학교 대학원, 2008, 19쪽.

13) 이지연, 「러시아 아방가르드 시학을 통해 본 이상(李霜) 시」, 한양대학교, 2011, 55~56쪽.

14) 최금진, 「이상의 詩 연구─언어유희를 중심으로」, 한양대학교 대학원, 2011, 17쪽.

게 드러내지 않는 이 시는 모든 삽화의 종속적 배열보다는 병렬을 더 강조하고 있어 미니멀리즘 원리[15]를 따른다고 볼 수 있다.

유럽에서 미니멀리즘의 전통을 말레비치와 같은 러시아 구성주의자들의 영향으로 보는 반면 미국에서는 전후 모더니즘을 대표하는 액션 페인팅, 색면 추상, 팝 아트 등, 미국적 특징들로 연결시키고 있다. 앤디 워홀의 영화 <엠파이어>(1967)는 엠파이어 빌딩을 여덟 시간 동안 고정된 카메라를 설치하여 찍은 작품이다. 영화에 담기는 것은 시간 그 자체였다. 그는 영화제작 방식에 있어서 스스로의 개입을 최소화 하였는데 네러티브의 부재와 우연성으로 제작되는 구조영화 방식의 이러한 기법을 이상의 아래 시에서도 찾아볼 수 있다.

> 싸흠하는사람은즉싸흠하지아니하든사람이고또싸흠하는사람은
> 싸흠하지아니하는사람이엇기도하니까싸흠하는사람이싸흠하는구
> 경을하고십거든싸흠하지아니하든사람이싸흠하느것을구경하든지
> 싸흠하지아니하는사람이싸흠하는구경을하든지싸흠하지아니하든
> 사람이나싸흠하지아니하는사람이싸흠하지아니하는것을구경하든
> 지하얏으면그만이다
>
> —「烏瞰圖 詩 第三號」전문

더 이상 파고들어가지 않는 표면적인 상황과 인물의 익명성, 서사구조의 불균형은 위의 시에서도 드러난다. 이 시는 싸움하는 장면을 재현하는 것이 아니라 상황 자체를 탐구하는 것처럼 보인다. 시적 텍스트 전체가 하나의 문장으로 연결되어 있으며 띄어쓰기를 거부하고 있는

---

15) 박지혜, 「멜빌 영화와 미니멀리즘」, 한양대학교 대학원, 2011.

이 텍스트에서 주목해야 하는 것은 "싸움하는 사람이라는 하나의 대상에 대한 진술"[16]이다. 반복적으로 꼬리를 물고 순환하는 구조는 확정될 수 없는 의미의 지연으로 볼 수 있다. 끝없이 말꼬리를 잡고 늘어지는 언어유희 기법은 반복 언어유희와 마찬가지로 일상의 지루함을 보여주고 있다. 이 시의 마지막 구절에서 덧없이 끝나버리는 장면은 이상의 염세적 세계관을 보여주는 미니멀리즘 요소라 할 수 있다.

긴 것

짧은 것

열十字

X

그러나CROSS에는 기름이 묻어 있었다

— 「BOITEUX · BOITEUSE」 부분

위의 시에서는 대상과 대상 사이, 혹은 여백으로 남겨둔 장면과 장면 사이 그것을 가로지르는 침묵의 지형들이 있다. 이 단층들은 보이지 않는 아우라를 형성한다. 작품 자체의 의미나 저자의 의도는 확연하게 드러나지 않는다. 그것은 이 시를 읽는 감상자의 몫이다. '다리를 저는' 혹은 '흔들리는'을 뜻하는 프랑스어 제목인 'BOITEUX'나 'BOITEUSE'가 이 시가 전하는 메시지에 약간의 힌트를 줄 뿐이다.[17] 이렇게 작가 이

---

16) 최금진, 같은 책, 17쪽.

상은 그만이 가지고 있는 고유한 규칙으로 사물을 포착한다. 우리는 그 코드를 읽어내기가 쉽지 않다. 논리적 연결이 빈약한 미니멀리즘의 작품에서는 의미심장한 실제적 사건도 없고 지리적 배경, 시간적 배경에 대한 자각도, 개인적 내력에 대한 느낌도. 또는 이성적 판단에 근거하는 인과성 없이도 그 '없음'으로 '있음'이 드러나는 예가 많다. 그것을 우리는 흔히 '침묵의 문학', '부재의 문학'이라 알고 있다.[18]

묘사의 극소화, 배경의 극소화, 행동의 극소화를 통해 텍스트의 지시적 의미가 극도로 감소된 시(詩)작품으로 김종삼이 쓴 '북치는 소년'이 있다. 이 시 역시 내용 없는 미니멀한 묘사와 서술로 그려지는데 그 내용을 감상할 때 독자는 '평화'와 '구원'이라는 의미를 제목과의 연상으로 읽어낼 수 있다. 어떤 본질도 갖지 않은 파편화된 자아나, 몽환적이거나 미결정적인, 변방의 자아를 보여주며 존재의 최소화를 향해 나아가는 이러한 기법들은 포스트모더니즘적 예술의 특성과 연관된다.

미니멀리스트 예술가들은 이렇게 웅변적 어조를 버리고 공허함이나 단순함을 그들의 미학적 원리로 삼는다. 형식에서만 그런 것이 아니라 그 내용에 있어서도 그러했다. 자본주의의 무한 증식과 물질 숭배의 욕망에 맞서는 대항 담론으로서 '축소의 미학'을 택하거나 '빈민의 글쓰기'를 시도한 것은 작품 내적인 요소 뿐 아니라 미니멀리스트 예술가들

---

17) 시인 최금진은 시의 본문에서 긴 것과 짧은 것은 긴 다리와 짧은 다리로 걷는 절름발이를 연상하고, 불구의 열십자는 본문의 X 처럼 그 모양이 한 쪽으로 기울어진 십자 형상으로 나타난다고 했다. (cross)에 기름이 묻어 있는 것처럼 기우뚱 한 쪽으로 미끄러져서 바닥에 누운 파자놀이로부터 비롯된 연상의 유희인 것으로 보고 있다.

18) 김승희, 「김종삼 시의 전위성과 미니멀리즘 시학 연구—자아의 감소와 서술의 축소를 중심으로」,국제비교한국학회, 213쪽.

의 가난한 생활과도 연관 지어 생각해 볼 수 있다.

> 나는 빈대가 무엇보다도 싫었다. 그러나 내 방에서는 겨울에도 몇 마리씩의 빈대가 끊이지 않고 나왔다. 내게 근심이 있었다면 오직 이 빈대를 미워하는 근심일 것이다. 나는 빈대에게 물려서 가려운 자리를 피가 나도록 긁었다. 쓰라리다. 그것은 그윽한 쾌감에 틀림없었다. 나는 혼곤히 잠이 든다.[19]

여러 논문에서 다루어진 바 있지만 이상의 가계에 대해 재언하자면 이상의 아버지 김연창은 김씨 가문의 둘째 아들이었고 구한말 궁내부 활판소에서 일을 하다가 손가락 세 개가 잘린 불구였다. 그 후에도 생활을 꾸려 나가는 일에 실패만 거듭하여 이상은 소생이 없는 백부 김연필의 아들로 입양 되어야 했다. 자신의 미술적 재질을 믿었지만 백부의 파산과 함께 이상 스스로 꿈을 접고 기술자의 길로 가게 된다. 몰락한 집안을 회복시킬만한 자는 이상 말고는 아무도 없었다. 보성을 다닐 때 현미빵을 팔아서 고학을 한 그는 일찍부터 생활에 대한 강박 관념과 가족에 대한 의무감에 사로잡혀 보성학교를 마친 뒤 바로 공업고등학교를 택해 기술자의 길을 가게 된 것이다.[20]

중심이 해체된 이상의 작품 세계는 위의 작품에서 보듯 전후 세계의 불안정성과 왜소함을 잘 드러내 준다. '자아의 최소화'라는 극빈자의 글쓰기는 미니멀리즘의 '자폐증적' 무기력과 연결된다.

---

19) 金容稷, 앞의 책 24쪽.
20) 위의 책, 207쪽.

나는 또 오늘 밤에도 외출하고 싶었다. 그러나 돈이 없다. 나는 엊저녁에 그 돈 5원을 한꺼번에 아내에게 주어 버린 것을 후회하였다. 또 고 벙어리를 변소에 갖다 처넣어 버린 것도 후회하였다.[21]

아내 방에는 저녁 밥상이 조촐하게 차려져 있는 것이다. 생각하여 보면 나는 이틀을 굶었다. 나는 지금 배고픈 것까지도 깅가밍가 잊어버리고 어름어름하던 차다. [22]

하늘에서 얼마라도 좋으니 꽤 지폐가 소낙비처럼 퍼붓지 않나, 그것이 그저 한없이 야속하고 슬펐다. 나는 이렇게밖에 돈을 구하는 아무런 방법도 알지는 못했다. 나는 이불 속에서 좀 울었나 보다 돈이 왜 없느냐면서……[23]

이상의 작품에서 자본주의 성장 논리에 대한 직접적인 비판은 들어 있지 않으나 현실에 아무 뿌리를 갖지 않은 인물, 현실을 헤쳐 나갈 힘이 없는 사람, 사회적으로 자아 결핍을 가진 인물 등이 나온다. 이런 인물들을 통해서 자발적 빈곤의 미학을 즐기는 작가 이상의 무시민주의적 전위예술의 기본 특성을 엿볼 수 있다.

나는 이불을 뒤집어쓰고 낮잠을 잔다. 한 번도 걷은 일이 없는 내 이부자리는 내 몸뚱이의 일부분처럼 내게는 참 반갑다. 잠은 잘 오는 적도 있다. 그러나 전신이 까칫까칫하면서 영 잠이 오지 않는 적도 있다.[24]

---

21) 위의 책, 32쪽
22) 위의 책, 33쪽.
23) 위의 책, 34쪽.
24) 위의 책, 24쪽.

주인공이 지각하는 비현실적이고 무기력한 공간은 어두컴컴한 밀실과 같은 곳이 된다. 밤이나 낮이나 졸려서 날마다 이불을 뒤집어쓰고 잠만 자는 인물의 공간은 사회적 관계에서 동떨어진 소외의 장소이다. 그 잠 또한 일상인의 생활을 위한 휴식을 위한 것이 아니고 잠 그 자체가 목적인, 무기력한 인간의 행위를 드러내는 잠인 것이다.

> 내가 잠을 깨었을 때는 날이 환히 밝은 뒤다. 나는 거기서 일주야를 잔 것이다. 풍경이 그냥 노오랗게 보인다. 그 속에서도 나는 번개처럼 아스피린과 아달린이 생각 났다. 아스피린, 아달린, 아스피린, 아달린, 맑스, 말사스, 마도로스, 아스피린, 아달린. 아내는 한 달 동안 아달린을 아스피린이라고 속이고 내게 먹였다.[25]

지금까지 이상 작품의 인물들을 분열시키는 것은 외부적 자극이 아니라 내부에서 분출하는 생각의 파편들이었다. 무아적 생각에 몰입되어 가는 생각에 작가 이상이나 그의 작품 속 인물들은 스스로 복종하였다. 그런데 오래 잠을 잔 후 어느 순간 '자신이 먹은 약이 아스피린이 아니라 아달린이 아닌가'라는 의심을 하는 주인공은 아스피린이라고 내어 준 아내를 의심하기 시작한다. 아내 말에 지금까지 순순히 따라왔는데 '의심'이 발생하는 곳에서 그는 균열을 일으킨다. 아스피린, 아달린, 아스피린, 아달린 계속 되뇌이면서 마음의 답답함이나 무의미함을 전달하는 것이다.

이렇게 던져진 공허함과 상실감은 독자에게 인간 존재의 본질적인 문제인 나는 누구인가에 대한 질문을 하게 되고 그러한 현실에 속힌 인

---

25) 위의 책, 38쪽.

간 존재의 부조리함에 대한 근원적 성찰을 하게 한다, 이상의 작품에서 그 어떤 이성적이고 합리적인 해답도 직접적으로 제시되지 않는다. 위의 내용처럼 세계에 의해 지배되는 비합리적인 인간을 있는 그대로 그릴 뿐이다. 그 상황에서 고독과 소외감, 상실감에 빠지는 등장인물에 감정 이입된 독자들은 인간의 근원적인 소외감을 함께 느끼게 될 뿐이다. 사무엘 베케트의 '고도를 기다리며'나 이오네스코의 '대머리여가수'는 바로 이러한 현상을 극화한 부조리극의 대표작이라 할 수 있다.

> 나는 반드시 내 아내와 의논하여야 할 것이고 그러면 반드시 나는 아내에게 꾸지람을 들을 것이고 나는 꾸지람이 무서웠다기보다도 성가셨다. (중략) 나에게는 인 간 사회가 스스로왔다. 생활이 스스로왔다. 모두가 서먹서먹할 뿐이었다.
> (중략)
> 아내는 물론 나를 늘 감금하여 두다시피 하여 왔다. 내게 불평이 있을 리 없다. 그런 중에도 나는 그 쾌감이라는 것의 유무를 체험하고 싶었다.[26]

> 그는무덤속에서다시한번죽어버리려고 죽으면그래도 또한번은 더 죽어야 하게되고 하여서 또죽으면또죽어야되고 또죽어도또죽어야되고하여서 그는힘들여한번몹시 죽어보아도 마찬가지만그래도 그는여러번죽어보았으나 결국마찬가지여서 끝나는끝나지않는것이었다[27]

1920년 프로이트는『쾌락원칙을 넘어서』에서 "인간에게는 쾌락을

---

26) 위의 책, 28쪽.
27) 위의 책, 140쪽.

넘어 죽음을 향한 갈망이 있고 그 죽음충동 때문에 강렬한 삶 충동인 반복강박이 태어난다"고 말했다. 제 꼬리를 물고 있는 모순과 역설의 고리는 무한 계속된다. 독자적인 자아를 지켜내기 위해 바깥의 존재를 지우려고 노력했으나 작품 속 화자가 끝내 이루지 못하는 상황은 외부의 세계와 내부의 세계, 몸과 마음이 따로 분리될 수 없음을 자각한 때문이다. 그 어느 하나를 지우고 어느 하나가 살려고 한다는 것 자체가 모순이 아닐 수 없다. 죽음을 욕망하나 죽을 수 없는 것은 그 죽음 속에 삶이 있기 때문이다. 고통 속에 쾌락이 들어와 있는 이치와 같다.28)

이상 글쓰기의 욕망은 일제 강점기와 문물의 변화기에 물질 숭배라는 현실세계에 대한 불쾌, 모욕감, 수치심, 분노 등에서 나온다.

6. 나가기

본 논고에서는 미니멀리즘의 특징들이 이상 작품에서 어떻게 드러나는지 그의 문학작품을 중심으로 구체적으로 알아보았다. 회화와 조각, 건축 양식에서도 부각된 미니멀리즘의 논리 자체가 '더 작게, 더 단순하게'라는 반자본주의적 성격을 가진 축소의 미적 형식이라는 점에 근거해 생활과 글 모두에서 가난과 단순함을 선택한 이상의 미학적 형식을 미니멀리즘 기법으로 규정하고 그의 글을 분석해 보았다.

19070~80년대 미국에서 대두된 본격 미니멀리즘 작가들은 낮은 음조와 간소한 언어로 글을 썼다. 이상의 글쓰기 역시 무형한 것에 대한 깊은 통찰을 보이는데 그는 매사 의욕이 없고 완벽하지 못한 인물을 통

---

28) 임명섭, 『문학의 자의식과 바깥의 체험』, 한국학술정보(주), 2011, 186쪽.

해 의미의 불확정성 원리와 심리적 효과의 극대화라는 윤곽을 보여준다. 실재와 비 실재의 경계선을 모호하게 하여 막다른 삶의 공간을 개방하거나 속물근성을 비판하기도 한다, 또한 무욕의 삶을 추구하면서 축소의 미학을 보여 주었다.

이상은 매 순간 엄습하는 삶의 공허감과 자아 해체에 대한 공포감을 극복하기 위한 방법으로 글쓰기를 선택하였다. 그를 아방가르드 시인, 자본주의적 가치에 저항하는 예술가로 평가하는 것은 그가 근대적 이성과 자아의 파편화를 침묵과 부재의 미니멀리즘 기법을 통해 그린 까닭이다. 일제 강점기와 문물의 변화기에 현실세계에 대한 '불쾌', '모욕감', '수치심', '분노' 등에서 나오는 고통스러운 인간의 주제와 감정을 미니멀리즘 기법의 글쓰기로 표현했기 때문이다.

참고문헌

〈기본자료〉

金容稷, 『이상』, 志學社, 1985.

홍준기, 「문학비평용어사전」, 한국문학평론가협회, 국학자료원, 2006.

임명섭, 『문학의 자의식과 바깥의 체험』, 한국학술정보(주), 2011.

맹정현, 『라깡과 정신의학』, 민음사, 2002.

김수기, 『미니멀리즘』, 열화당, 1993.

김정관, 「이상 소설의 사회성과 서사 구성원리 - 반복 강박과 모방 충동을 중
    심으로」, 푸른사상, 2002.

서준섭, 『창조적 상상력』, 서정시학, 2009.

〈논저〉

cynthia Ehitney Hallett, Warren Motte, Stephen Crane, Ernest Miller Hemngway,
    Any Hempel, Mary Robison, 주근옥 역「미니멀리즘」, 2013.

구은혜, 「파편화, 미니멀리즘, 불확정성: -바셀미의 풍선과 아버지 우시는 모
    습을 중심으로」, 호손과 미국소설 연구 12권 1호, 2005.

노헌균, 「미니멀리즘과 레이먼드 카버 - 현대 미국 사회의 문화적 평가」, 현대
    영미소설 제 16권, 3호, 2009.

김주호,「미니멀리즘, 레이먼드 카아버, 그리고 대성당」, 현대영미소설, 제 5권 2호, 1998.

김진엽,「미니멀리즘」, 미학 제 32집, 2003.

이매리,「포스트미니멀(Post-minimal) 공간에서 '비어있음'의 문제」, 조선대학교 대학원, 2008.

이지연,「러시아 아방가르드 시학을 통해 본 이상(李霜) 시」, 한양대학교, 2011.

최금진,「이상의 詩 연구－언어유희를 중심으로」, 한양대학교 대학원, 2011.

박지혜,「멜빌 영화와 미니멀리즘」, 한양대학교 대학원, 2011.

김승희,「김종삼 시의 전위성과 미니멀리즘 시학 연구－자아의 감소와 서술의 축소를 중심으로」, 국제비교한국학회, 2008.

민명자,「김구용 시의 상호텍스성 연구－李霜 시와의 관계를 중심으로」, 인문학연구 통권 79호, 2010.

김원희,「이상 소설의 장르 확장과 탈근대적 존재시학」, 현대문학 이론연구, 2011.

박현수,「이상의 아방가르드 시학과 백화점의 문화기호학」, 국제어문, 2004.

전명희,「표현주의적 관점에서 본 소설 날개－독일 영화 칼리가리박사의 밀실과 비교를 중심으로」, 비교한국학, 2010.

박유희,「李霜 소설의 반어적 서술자 연구－날개를 중심으로」, 민족문화연구 제 40호, 2004.

김정관,「텍스트의 무의식과 소설적 진실－이상 문학의 텍스트 생산 과정에 대한 정신분석학적 연구」, 배달말vol－no38, 2006.

전홍남,「한국 근현대소설에 나타난 병리성과 문학적 함의에 관한 연구」, 영주어문, vol.20, 2010.

김승희,「이상의 거울 텍스트, 기하학적 기호와 압젝션의 문제」, 기호학연구,vol.8 No.1, 2000.

정소라, 박일호「M. 메를로－퐁티 철학의 시각적 유형화－미니멀리즘을 중심으로」, 한국기초조형학회, 2012.

김낙춘, 서정철,「李霜의 단편소설 날개에 나타난 건축적 공간 의식」, 건축기

술연구소 논문집 제 18권 제 2호, 1999.

이정석, 「이상 문학의 정치성」, 현대소설연구42, 2009.

정봉희, 「이상의 소설 12월 12일 분석」, 현대문학이론연구, 2006.

김미영, 「李霜의 文學에 나타난 建築과 繪畵의 영향 연구」, 국어국문학, vol ― No.154, 2010.

윤성은, 「영화와 미니멀리즘―시간과 공간을 중심으로」, 현대영화연구vol 1, 2005.

19세기 말 서양인 여행 서사에 나타난 조선 풍경

1. 머리글

　조선은 1876년 운요호 사건을 계기로 강제 개항을 단행했다. 1882년 구미 열강 최초로 미국과의 수호 통상 조약을 맺기에 이르러 서양과 조선의 만남은 피할 수 없는 대세가 되었다. 이러한 19세기 말 서구 열강의 재편 과정에서 조선에 관심을 가진 수 백 명의 서양 선교사와 지리학자, 외교관, 여행자, 의사, 상인, 군인 등이 조선을 방문하였다.

　이들 중에는 조선을 방문한 뒤 기록을 남긴 선교사와 선행(先行)여행가들의 글을 읽거나 중국이나 일본을 통해 정보를 미리 접한 후 조선에 대해 편향적이거나 부정적인 선입견을 가진 사람이 많았다. 제국의 동아시아 진출의 시기인 구한 말 조선의 정치 사회는 불안정 하였고 이때 서구인의 눈에 비친 조선인은 폐쇄적인 인종이었다. 조선에서의 근대는 처음부터 자력으로 불가능한 것으로 간주하고 외부의 힘에 기대어 구제될 수밖에 없다는 논리로 조선 후기사를 인식하는 사람들이 많았다.

조선에서 이 시기는 내부적으로 지주제의 해체와 같은 신분제 변동이 일어났고 양반을 중심으로 한 신분질서의 붕괴로 노비들이 크게 감소하여 가족 노동력을 기초로 하는 소농사회가 성립하게 되었다. 이 과정에서 하층민의 신분이 상층민으로 상향 조정되고 독점했던 주호 직역의 사용 등이 묵인되면서 주호-협호 중심의 호구 구조는 양반의 특권에 대한 도전으로 이어졌다. 이에 실질적인 부세가 어려워진 조선 당국은 비변사를 중심으로 조선 민중에 대한 수탈이 이루어졌다. 그러자 대원군은 조선조 세도정권 기간 동안 왕권을 무력화 시켰던 비변사를 폐지하고 호포법(戶布法)을 실시하여 평민에게만 거둬들이던 군포를 양반에게도 부과하였다. 이에 반발한 지방관리와 토호세력들의 농민 수탈이 심해졌고 매관매직 등이 성행하여 조선사회의 모순이 심화되었다. 이와 같은 문제로 대한제국의 개혁은 어려운 시기를 통과하는 중이었다. 전통적인 봉건체제에 속하는 기득권자들이나 세도 정치가들에 의한 권력남용 외에도 제국주의의 힘을 배경으로 하는 개화파들의 잘못된 방향 설정으로 조선의 정계는 혼란을 거듭하고 있었고 민중은 힘이 없는 나약한 존재로 전락하기에 이르른 것이다.

이것이 조선 내부의 문제였다면 또 다른 측면에서 제국의 조선 강점을 들 수 있다. 조선 정부는 국제 질서에 편입하기 전까지 서구 열강과 이를 모방한 일본의 제국주의 침략에 대항하였지만 결국 쇄국의 빗장을 풀 수밖에 없는 상황에 놓여 있었다. 조선 지배층의 무능과 게으른 국민이라는 부정적 이미지가 개항기 서구인들의 조선 접근을 중국과 일본에 대한 종속 변수로 생각하게 만드는 요인이었고 이에 조선은 자생적인 근대국가 건설의 좌절이라는 어려움을 겪을 수밖에 없었다. 강제 개항을 통한 제국의 수탈이 이어지면서 그들은 조선이 피할 수 없는 망국의 처지가 될 것이라는 인식을 갖게 되었다. 그리하여 조선에 대한 특별한 정책의 기조나 관심을 회피하면서 열강 앞에 무력한 조선인을 동정 어린 시선으로 바라보고 있을 뿐이었다.

그러한 가운데 조선이란 나라가 어디에 위치하는지 조차 알지 못했던 유럽 여행자들의 본격적인 조선 방문이 시작되었다. 기본적으로 자국의 이익을 위한 목적으로 한 것이지만 조선 방문자들은 전쟁과 사변이 계속되는 미지의 땅에 용기있게 발을 들여 놓음으로서 동아시아 탐험과 개혁의 시대를 열어간 사람들이다. 이들은 당시의 조선 문화를 비하하거나 조선 정치에 대한 개탄의 목소리를 높이기도 했지만 조선에 대한 기초 자료가 미약하던 시기에 착실하게 자국에 유용한 정보를 쌓아 갔다.

대체로 이 시기 기록은 서구의 근대화와 과학 기술의 발전을 앞세워 제국의 행위를 보편적인 규범으로 간주하면서 우월/열등, 지배/피지배, 진보/후퇴와 같은 이분법적인 구도 속에서 조선이 서구의 모범을 본받아야 할 타자로 묘사하고 있다. 그러면서 솔직하고 진실한 조선인에 대해서는 '온화하고 순결한 정신을 소유한 민족'[1] 이라는 긍정적인 평가도 곁들이고 있어 비일관의 양상을 보이기도 한다. 다시 말해 이들의 여행기는 동아시아와 조선을 서구 근대 문명의 타자로 규정하면서 조선이 서구적 근대화를 통해서 나약한 현실에서 벗어날 수 있다는 희망을 함께 주고 있었다.

---

1) 가린-미하일롭스키, 『러시아인이 바라본 1898년의 한국, 만주, 랴오둥반도』, 이희수 옮김, 동북아역사재단, 2010.

2. 구한말 서양인 여행 서사에 나타난 조선 풍경

　1668년 네덜란드 하멜이 처음 우리나라에 도착한 이후 근대적 외교로서의 서방 세계와 통상이 시작되었다. 17세기 초엽은 네덜란드, 포르투갈, 스페인이, 19세기 들어서서는 앵글로 색슨족이 조선 진입의 두각을 보이기 시작하였는데, 미국 역시 자본주의 진출을 모색하기 위해 조선에 들어왔다. 그들에게 있어 조선인은 "서양의 토양에서 쓰던 홀씨가 떨어"진 아주 약해 빠지고 겁에 질린 인종일 뿐이었다.[2] 그들이 보는 조선인들은 여전히 노예제도에 가까운 농노제에 존속되어 있었다. 기근을 당했을 경우에는 편안하게 살기 위해 자신들을 스스로 땅 주인의 사유재산으로 귀속시키는 경우[3]도 보게 되어 이 시기 서양인의 눈에 비친 한국인은 대체로 게으르고 무능한 모습이었다. 그들의 기록을 읽다보면 내용이 반복되거나 겹쳐지는 것을 발견할 수 있는데 이것은 그들 사이에 유통 정보망이 있지 않았을까 하는 생각을 갖게 한다.[4]

---

2) I.B.비숍,『조선과 그 이웃 나라들』, 신복룡 옮김, 집문당, 2000, 32쪽.
　아손 그렙스트 역시 조선인은 "내가 불쑥 한 걸음 내딛으면 그들은 두 발짝 물러났고 그들의 시선에서 못된 짓을 저지르고 매를 맞을까봐 두려워하는 어린 아이에게서나 볼 수 있는 표정을 읽었다."고 밝히고 있다. 아손 그렙스트,『코레아 코레아』, 김상열 옮김, 未完, 1986, 46쪽.

3) A.H 새비치－랜도어,『고요한 아침의 나라 조선』, 신복룡.장우영 옮김, 집문당, 1999, 214쪽.

4) 버드비숍은 서문에서 당시 한국 총영사 휠리어 한국 정부의 재정고문 브라운 러시아 공사 베베르 로스 목사와 게일 목사로부터 많은 도움을 받았으며 달레의 한국 교회사 제물포 주재 영국 영사인 윌킨슨의『한국 정부』에 힘입은 바 크다고 했다. I.B.비숍, 같은 책, 10쪽.
　또 새비치 랜도어 역시조선을 먼저 방문한 선교사나 여행가들의 기록이나 서적을 읽었다고 솔직히 밝히고 있다. A.H,새비치 랜도어, 앞의 책, 68쪽.

조선인들이 서구문명에 대한 충격과 경이로움을 동시에 갖고 있었을 때, 조선 방문자들은 조선에 관한 다양한 일화나 정보들을 재생산함으로서 동서양 문화의 미묘한 차이를 형성한다. 그들 중에 간혹 인종간의 문화적 특성을 선천적인 것으로 간주하여 서양이 동양에 대해 갖고 있는 차별적 견해를 드러내는 이가 있는가 하면, 조선에 대한 부정 일변도의 서술이 아니라 조선인과의 접촉을 통해 얻어낸 정보와 이미지를 다양한 관점으로 드러내는 사람도 있었다. 그것은 유럽식 근대를 유일한 모델로 파악하면서도 그들의 국적과 직업, 성별과 성적 취향, 그리고 조선 방문의 동기 등에 의해서 여행자 사이에서도 견해의 차이를 보이고 있다는 사실을 방증(傍證)한다.

문명의 중심지에서 온 서구인들은 이렇게 유럽이 세계사의 축이라고 굳건히 믿으며 세계 대세의 변방에 있는 조선에 대해 짙은 연민을 가졌다. '유럽 중심주의 세계사'에 대해 에릭 홉스 봄은 역사를 '전체적'으로 파악해야 한다는 주장을 한다.[5] 그는 '토대—상부구조'의 결정적 모델에 근거하여 주로 경제적 측면에서만 역사를 파악하려던 기존의 마르크스주의 역사학의 한계에서 탈피하여 경제뿐만 아니라, 정치·사상·문화·종교 등 사회의 다양한 측면을 파악 하려고 하였다.[6]

인간의 기술적·물질적 발전의 소산을 '문명'이라고 한다면 인간의

---

5) 에릭 홉스 봄, 『역사론』, 강성호 역, 민음사, 2003.
　　18세기에서 20세기 초 계몽사상의 영향을 받아 서양에서 문명의 진보가 일어났을 때 유럽 중심 세계사에서 비서양의 식민지 역사는 과소평가 되고 있다. 또 19세기 후반 세계의 경제적 연관 관계는 심화되어 유럽을 중심으로 하는 단일한 세계사는 다양한 세계의 역사를 유럽 입장에서 재구성하고자 하였다. 「홉스 봄의 역사 사상」, 『역사론』에서 마셜 호지슨, 217쪽.

6) 위의 책, 454쪽.

정신생활과 관련된 것을 '문화'로 정의할 수 있다. 물질문명의 방식으로만 국가나 인간을 제한하고 한계를 설정한다면 총체적 경험의 집합체, 다시 말해 인류학적 특성으로서의 인간의 삶의 방식이나 그 내부의 의미와 가치를 찾아낼 수 없을 것이다.

19세기 말 20세기 초 구한말의 시기는 세계 질서가 재편되는 때였고 이 시기 중일 전쟁과 러일전쟁 등 국제 사회의 중대 관심사가 되는 사건이 동아시아, 그 중에서도 조선에서 벌어졌다. 그럼에도 미국의 언론이나 서방 미디어들은 정치·경제 모든 면에서 소외된 조선을 크게 다루지 않았고 따라서 일본, 중국, 러시아 사이에 끼어 피폐해져 가는 조선과 조선인들의 삶은 유럽인들의 시야에 또렷하게 인식되지 않았다.

> 필시 '세상'은 자신들의 외교 사절단을 통하여 이 나라에서 무슨 일이 벌어지고 있는지를 훤히 알고 있을 것이며 그 결말 또한 잘 알고 있으리라. 그렇지만 '세상'은 회피할 길만 있다면 끓는 물에 손을 집어넣는 미련스러운 행동을 하지 않을 것이다. 역사의 바퀴는 이런 식으로 굴러 왔던 것이다. 강자는 내키는 대로 별의별 일을 다해 왔으며, 반면에 약자는 자신의 비명 소리에 대한 메아리조차 듣지 못했던 것이다.[7]

아시아 국가 가운데 조선은 중국과 일본에 가리어 국제 사회의 대등한 일원으로서가 아니라 주변 타자로서 그들의 전경에서 미미하게 비춰질 따름이었다. 그들의 미디어가 조선 사회의 현실을 있는 그대로 반영하는 것이 아니라 선택된 특정의 것만 재현하고 해석함으로서 그들

---

7) 아손 그렙스트, 앞의 책, 212쪽.

나름대로 계획을 수행한 것이다. 혹은 불필요한 분쟁에 휘말리지 않으면서 경제적 이권만을 챙기려는 철저한 자본주의 계산에 의한 것이었을 수 있다.8)

그러한 프레임 속에서 조선을 방문한 여행자들의 목적은 기본적으로 제국주의의 발상이 내재되어 있었을 터이고 그러한 관점으로 형성된 조선의 이미지는 그 당시 조선을 방문한 외국인들과의 접촉을 통해 더 많은 식민지 담론을 만들어 냈을 것이다. 조선에 파견된 언론인, 지리학자, 여행가, 정치인들이 취재한 각자의 기사와 기록들이 하나의 담론으로 형성되고 그러한 담론의 서방 세계로의 유포가 한 국가의 이미지와 미래에 영향을 끼치기도 했다면 당시 방문객들의 기사와 기록은 조선의 미래를 결정하는 중요한 의미를 갖게 되는 것이다.

가령 1894년 일어난 청일 전쟁만 보더라도 국제 사회에서 이 사건의 구체적 배경이라든가 전쟁의 잔인성, 민간인의 피해와 전쟁터가 된 조선의 현실 등에 대한 자세한 언급 없이 일본 위주의 기사를 보도했다. 이렇게 조선의 정치와 현실 내부의 문제를 깊숙이 들여다보지 않은 상태9)로 국제 질서를 지배하는 강대국의 논리가 담론 구조를 만들어 갈

---

8) 이에 대한 아손 그렙스트의 여행기를 통해 그 증언을 들을 수 있는데 러일 전쟁을 취재하기 위해 세계에서 온 종군 기자들은 일본에서 하염없이 기다리고만 있었다. "그들이 전쟁에 관해서 어떤 기사감을 얻을 수 있었는지는 뻔한 일이며 그들은 최전방에 가 보지 않고 뉴스나 기록적인 면에서 별로 가치 없는 재탕에 불과한 기사들을 쓰고 있었다"는 사실을 전하고 있다. 위의 책, 14쪽.

9) 가령, 일본의 앞잡이 일진회 회원들은 틈만 나면 조선군인들에게 싸움을 걸었다. 일진회를 회산시키는 과정에서 일본 군인들이 끼어들었고 그들이 조선 장교들을 끌고 사라져갈 때 영자 신문 백인 편집자가 이를 보고 울분을 금치 못하는 것을 보고 그랩스트는 이렇게 말한다. "조선 침략의 야욕을 가진 일본은 조선 내의 안정이나 질서를 바라지 않을 것이다."아손 그랩스트, 앞의 책, 211쪽.

때[10] 조선의 위상은 추락할 수밖에 없다. 세계의 각축장이 되어 버린 조선의 고충을 표층적으로 기록한 기록들은 조선의 입장에서 볼 때 국가 이미지를 훼손하는 것이다.

세계 언론의 조선 관련 보도 경향뿐만 아니라 이 시기 조선을 여행한 여행자들의 마음속에 이미 자리 잡고 있는 조선과 조선인에 대한 관념은 부정적인 편견을 내포하였다. 이러한 선입견을 버렸다면 어려운 시기에 세계인에 비친 조선이란 나라에 대해 긍정적 인식을 심어주는데 도움이 되었을 것이다. 아름답고 추한 것은 사람들의 보는 눈에 따라 달라진다. 흠집이 있는 물건도 볼품 없다고 내버리지 않고 관심을 가지고 다르게 바라본다면 그 물건의 좋은 점을 발견할 수 있듯이 말이다.

1) 이사벨라 버드 비숍 : 조선의 첫 인상

이사벨라 버드 비숍은 영국의 여행가이며 작가로서 그녀는 치밀한 관찰과 구체적인 서술을 통해 조선에 대한 소중한 기초 자료를 구축하였다. 그녀가 우리나라를 방문한 시기는 19세기 말(1894. 3~1897. 3)로서 이 기간 중에 조선에서는 청일 전쟁(1894.6~1895.4), 을미사변(1895.10), 아관파천(1896.2)과 같은 불행한 사건들이 일어나고 있던 중이었다.[11] 그녀는 청일전쟁 기간에 만주와 북경으로 몸을 피하여 다

---

10) 김병철, 김재준, 「19세기 미국 언론의 조선에 대한 보도와 담론 구조 분석」, 『커뮤니케이션학 연구 일반』 제 24권 1호, 2016, 123쪽.

11) 이 시기 궁궐 내의 정권을 장악한 명성 왕후에 의해 일본이 주도하는 개혁이 어려워지자 조선의 내각을 통제하던 일본은 낭인을 앞세워 왕비와 궁녀를 살해했다. 세계 근대화의 물결에서 늦어진 조선의 개혁을 스스로의 힘으로 이뤄보려고 방도를 모색하던 민비가 시해되자 일본은 세계의 시선을 견디지 못하고 군대와 관

시 러시아 블라디보스톡을 경유 일본 나가사키를 돌아 1895년 다시 제물포로 들어왔다.

조선을 여행하는 동안에 비숍은 사회와 풍습, 자연 풍광을 깊이 있게 들여다보고 다양한 관점에서 조선의 현실을 기록하였다. 그녀의 기록에서 조선이 서구 근대 문명의 '타자'로 비춰지는 경우를 종종 발견하곤 하는데 그것은 제국주의 일원으로서 비숍이 조선을 방문하게 된 이유와 관계가 깊다. 영국 왕립 지리학자의 자격으로 그녀가 조선을 방문하게 된 공식적인 목적은 '몽골 인종의 중요한 특성에 관한 연구'라는 계획의 일환에서였다. 그러나 이사벨라가 조선에 대해 가졌던 첫 인상은 한 마디로 혐오감이었다. 19세기 말 조선을 찾았던 서구인들은 대체로 조선인들을 문명화 되지 못한 대상으로 묘사하는데 조선의 사회 제도와 풍습, 종교, 사람들의 품성을 보여주는 비숍의 여행기 역시 그러한 관점으로 조선의 현실을 비춰 보인다.

더러운 개와 반나 이거나 전나인 채 눈이 잘 보이지 않는 때 많은 어린 애들이 두껍게 쌓인 먼지와 진흙 속에 뒹굴거나 햇볕을 바라보며 헐떡거리거나 눈을 꿈벅거리기도 하며 심한 악취에도 아무렇지도 않는 것 같았다.[12]

마포는 불쾌하고 끈적끈적하고 거친 거리였다. 구부러진 좁은 길을 본토 상품의 판매를 위한 초라한 상점으로 가득 찼으며 선더미 같은 나뭇가지를 나르는 황소가 거의 길을 메웠다.[13]

리를 소환하였다. 일본이 떠난 뒤 고종은 러시아 영사관으로 탈출한다.
12) 버드비숍, 앞의 책, 37쪽.
13) 위의 책, 46쪽.

서울의 낮과 밤. 왕궁과 빈민굴, 말할 수 없는 천박함과 사라져 가는 화려함, 목적 없이 떠도는 군중. 그리고 중세풍의 행렬을 나는 잘 알고 있다, 그들의 전근대적인 문화의 찬란함을 지구상의 어느 나라와도 비교될 수 없다. 오물은 길을 어지럽게 하고 있다. 그들의 예의와 관습을 붕괴시키는 많은 세력에 직면하여 이를 고수하려는 안쓰러운 저항도 보았다.[14]

대도시인 수도가 이토록 불결하다는 것은 도무지 믿을 수 없다. 2층집을 짓는 것이 관례로 금지되어 있기 때문에 25만 명으로 추정되는 주민은 주로 바닥에서 생활하고 있다. 비틀어진 소로(小路)의 대부분은 짐 실은 두 마리 소가 지나갈 수 없을 만큼 좁으며 한 사람이 짐을 실은 황소를 겨우 끌고 갈 수 있을 정도의 너비이다. 그 길은 그나마 물구덩이와 초록의 오수가 흐르는 하수도로 인해서 더욱 좁아진다. 하수도에는 각 가정에서 버린 고체와 액체의 오물로 가득 차 있으며 그들의 불결함과 악취나는 하수도는 반나체의 어린애들과 피부병이 오른 채 눈이 반쯤은 감긴 큰 개들의 놀이터가 되고 있다.[15]

이사벨라 버드 비숍은 19세기 조선의 파국이 전적으로 근대화된 서구의 힘에 의해 구제될 수밖에 없다는 논리를 합리화 한다. 사실 19세기 노비 제도가 없어지고 양반의 수가 급증하자 조선에서는 노동을 수치로 아는 사람이 늘어났으며 관리들은 신분이 낮은 사람들을 필요 이상으로 교육 시키는 것을 그릇된 것으로 생각하기도 하였다.[16] 또 조선

---

14) I.B. 비숍, 앞의 책, 47쪽.

15) 위의 책, 50쪽.

16) 랜도어는 부분적인 이유이지만 조선의 가장 큰 폐혜인 무지와 미신을 타파하기 위해서라도 교육이 권장 되어야 한다고 주장한다. 그는 조선의 하류층은 물론 왕과 귀족을 포함한 모든 이들이 교육의 부재로 인해 질곡(桎梏)을 겪고 있다고 보

의 교육이 널리 보급되었지만 전인 교육이라 볼 수는 없는 것이 학교에서는 예절과 중국의 고전과 철학을 주로 가르치며 수학이나 과학 등의 학문을 경시하였다. 그나마 조정에서 뛰어난 학자들을 북경으로 유학 보내던 관습도 수십 년 전부터 없어졌다.[17]

이 시기 조선을 방문한 여행자들의 대부분도 조선에 대한 첫 인상이 그렇게 좋은 것이 아니었다. 그들은 악취가 풍기는 하수도와 아무렇게나 버려진 쓰레기, 곳곳에서 어슬렁거리는 개와 더러운 아이들의 모습을 가리키며 그들의 낙후된 삶에 대한 실망감을 표시하였다. 특히 이사벨라 버드 비숍은 여행 내내 자신에게 지나치게 관심을 보이는 조선인들에 대해서도 불쾌한 마음을 드러내고 있다. 그녀는 같은 시기 유럽 여행가들에 비해 더 자주 조선인들의 행동에 대해 무례하다는 생각을 드러낸다. 이것은 쇄국의 빗장이 풀린 지 얼마 안 되는 시기의 서양여성의 방문이라 조선인들에게 호기심을 불러일으킨 때문일 수 있다.

그녀는 조선의 오지까지 여행하는 과정에서 외국인을 한 번도 접해 보지 못한 주민들의 과도한 관심의 대상이 되었다. 당시 조선을 세밀하게 들여다봄으로써 제국주의를 위해 관찰 카메라 역할을 실행하던 비숍인데 여러 경쟁 국가의 통제를 받고 있는 조선에서 오히려 그런 백성들의 상호응시를 받았을 때 불쾌한 감정이 들었을지도 모른다. 하지만 우리는 대상을 향한 호감이나 비호감에 대해 개인적 동기나 고유한 취향 등 여러 다른 문제를 생각해 볼 수 있다. 왜냐하면 같은 시기 스웨덴에서 온 아손 그렙스트 역시 이러한 경험을 가지고 있는데 그는 똑같은 상황을 이렇게 받아들이고 있기 때문이다.

왔다. A.H. 새비지─랜도어 앞의 책, 190쪽.

17) I.B. 비숍, 앞의 책, 189쪽.

그들(조선인)은 내게 다가와서 등불을 내 얼굴에 들이대고 뚫어
지게 살펴 보았다. 그들의 호기심은 버릇이 없다 할지라도 건방진
것은 아니었다. 호기심과 두려움이 반반 섞인 그들을 보고 나는 웃
음을 참을 수 없었고 우스운 마당에 화를 낼 수는 더구나 없었다.[18]

그렙스트는 "일부를 보고 전체를 평가하려는 경향은 타인의 판단을
신뢰할 수 없게 한다"고 했다. 많은 여행자들이 조선인의 무지와 게으
름을 빗대어 인종적인 비하의 발언을 할 때 다행히 그들 중에는 가급적
각자의 개성과 특별한 감각을 발휘할 수 없도록 하는 인식에서 벗어나
동아시아 사회와 문화의 실상에 가까이 다가서려는 지식인들도 있었
다. 그들은 인종적 우월감, 서구 문명에 대한 우월주의 등 경계해야 할
점들을 다소 지니고 있었음에도 조선 민중이 스스로 깨닫지 못했던 것
을 되짚어 보게 함으로써 세계화의 물결 속에서 난세의 시대를 어떻게
살아내야 하는지에 대한 자각과 성찰을 심어 주기도 했다.[19] 러시아인
미하일롭스키와 영국인 A.H 랜도어는 이렇게 증언한다.

이 온화한 민족의 사람들이 가진 장점들을 헤아리자면 한이 없다.
(중략) 그들과 함께 지내게 되면 누구라도 우리처럼 그들을 사랑하
게 될 것이라고 믿어 의심치 않는다.[20]

---

18) 아손 그렙스트, 앞의 책, 47쪽.

19) 홍순애, 「근대계몽기 외국인 여행서사의 표상체계와 문화상대주의 ─ 러시아 가
    린─미하일롭스키의 『한국, 만주, 랴오둥반도 기행』을 중심으로 ─」, 한민족문
    화연구 제 34집, 2010, 111쪽.

20) 가린─미하일롭스키, 『러시아인이 바라본 1898년의 한국, 만주, 랴오둥 반도』,
    이희수 옮김, 동북아역사재단, 2010, 400쪽.

죄인의 친구들은 그가 매질을 당하는 동안 어린 아이처럼 엉엉 울었다. 이런 상황은 동양인들이 외견상 비록 냉혹하다고 해도 사람들이 상상할 수 없을 정도로 냉혹하지 않다는 것을 증명해 주는 것 같았다. 그로 인해 조선 사람들은 타인에 대해서는 전혀 무감각하고 일체의 동정심도 없다고 느꼈던 선입견이 뒤바뀌게 되었다.[21]

아시아 구석구석을 방문하면서 비숍은 점차 동아시아 문화에 대한 이해가 깊어졌다. 따라서 처음에 가졌던 편견 역시 차차 엷어지기 시작하였다. 자신의 처지를 개선하려는 노력이 부족한 조선 사람들을 인종적 결함으로 보았는데 그것은 조선이 안고 있는 내부적 체계의 문제에서 기인한다는 것도 알게 되었다.

아마도 그들은 모두 빚을 지고 있을 것이다. 사실상 이 연자 맷돌과 같은 빚을 목에 매달고 있지 않은 조선 사람을 찾기란 매우 드문 일이었다.(중략) 조선 사람들은 대개 생활 필수품보다는 돈이나 재산을 가지고 있지 않았다. 그들은 게으르게 보였으며 그 때 까지만 해도 나는 그렇게 생각했다. 그러나 그들은 노동의 결과로 얻은 것을 완전하게 확보할 수 없는 체제에 살고 있기 때문에 게을러 보일 뿐이다. 한 사람이 '돈을 벌었다'는 소문이 나거나 또는 심지어 호화스러운 저녁 식사를 대접했다고 하면 바로 근처의 관리나 그의 부하들의 탐욕스러운 주목을 받게 되거나 아니면 인접한 양반으로부터 대부금을 갚으라는 요구에 직면하게 된다.[22]

다른 직업이 다 그렇듯이 어업은 벌이가 불안하고 관리들의 수탈

---

21) A.H. 새비지 − 랜도어, 앞의 책, 211~212쪽.
22) I.B. 비숍, 앞은 책, 86쪽.

로 마비되어 있으며 아무 이유도 없이 수탈당할 것이 뻔하기 때문에 돈을 벌려고 아둥바둥 하지도 않으며 여타의 노동계급과 마찬가지로 가난으로부터 벗어날 길을 찾고 있다고는 믿지 않는다.[23]

많은 수의 비특권 계층 사람들이 무거운 조세를 부담하며 양반들에게 억압당하고 있으며 양반은 그들의 노동을 댓가없이 이용함은 물론 도조라는 명목으로 무자비하게 수탈해 가는 것은 의심할 나위도 없다. 상인이나 농부에게 돈이 생겼다는 소문이 나면 양반은 빚을 갚으라고 독촉한다. 그것은 사실상 조세나 다름이 없었다.[24]

부정부패가 만연하여 거의 모든 관아가 악의 소굴로 되고 있다.[25]

이사벨라 버드 비숍은 이 시기 조선에서 많은 수의 비 특권계층 사람들이 무거운 조세를 부담하며 양반들에게 억압당하고 있다는 것을 알게 된다. 비숍이 사공에게 뱃삯을 지불하는 동안 양반의 머슴들은 돈한 푼 내지 않고 물건을 서울로 운반하려는 것을 보고 조선 사람들이 필요 이상으로 일을 하지 않으려는 이유를 알게 되었다. 그것은 불합리한 조선의 사회 제도에서 기인하는 관리들의 부당한 횡포 때문이었다. 비슷한 시기, 랜도어와 그렙스트 역시 비숍과 비슷한 장면을 목격한다.

---

23) I.B. 비숍, 위의 책, 155~156쪽.

24) I.B. 비숍, 위의 책, 106쪽.

25) I.B. 비숍, 위의 책, 43쪽. 같은 시기 랜도어는 당시 과거 시험 역시 형식적인 절차에 불과해 지식이나 실력이 아닌 단순히 뇌물 수수를 통해 당락이 결정된다고 보았다. 그는 귀족들과 부유층의 우둔한 자제들이 우등으로 합격하는 반면에 진정한 천재성을 가진 사람들은 매년 낙방하여 고향으로 돌아간다고 하였다. A.H. 새비치-랜도어 앞의 책, 189쪽.

언제인가 조선 사람이 "죽도록 일해서 돈 벌어 봤자 뭐 합니까?"
라고 푸념을 늘어놓았다. 그들은 돈을 벌어 봤자 관리가 그것을 뜯
어가고 그들은 늘 일에 지쳐 있지만 여전히 전처럼 가난하다 26)

도적에 대한 공포 때문에 모든 수단을 다하여 집의 외관이 볼품
없이 보이도록 만든다27)

부자들은 그들의 삶을 완전히 먹고 사는데 소비한다. (중략) 자연
히 이런 종류의 생활은 상류층을 연약하게 하고 다소 여성스럽게 만
든다28)

그 당시 조선의 산업에 종사하던 사람들은 해외 수탈29)과 국내 관리

---

26) 위의 책, 150쪽.

27) 아손 그렙스트, 앞의 책, 96쪽.

28) A.H. 시비치 – 랜도어, 앞의 책, 139쪽.

29) 이 시기 아손 그렙스트는 조선인들이 일본인들을 눈의 가시로 여기는 이유가 코
레아 내의 모든 비 경작지와 모든 국내 자원을 일본인들이 유용할 수 있다는 일본
당국의 발표 때문이라고 보았다. 아손 그렙스트, 앞의 책, 67쪽.
1876년 조일수호조규는 최초의 근대적 조약이었지만 조선은 부산과 인천, 원산
을 차례로 개항하게 되었고 일본인들은 개항장에서 치외 법권을 누렸다. 이는 그
들이 취급하는 수출입 상품을 한 푼의 관세도 물지 않는 불평등 조약이었다. 일본
은 개항 초기에 개항장을 중심으로 활동하다가 1883년 내륙 통상이 허용되자
1890년부터 자금과 상품을 가지고 내륙으로 들어가 농촌 소상인까지 장악해 나
갔다. 그들은 농민들에게 미리 돈을 꾸어주었다가 추수 때 현물로 몇 배의 농산물
을 챙겨가는 고리대까지 하였다. 또 영국제 면제품을 들여와 비싸게 팔고 조선에
서 곡물과 금을 헐값으로 사가는 등 중계무역을 통해 큰 이익을 남겼다. 쌀 수출
은 농산물의 상품화를 촉진시켰으나 국내 쌀값이 크게 오르게 되어 민중의 생활
을 한층 어렵게 하였다. 또 국내의 면포 수공업자는 물론 가내부업으로 면포를 생
산하던 농민들이 차츰 몰락해 갔다. 송찬섭·홍순권,『한국사의 이해』, 한국방송
대학교출판부, 1998, 238쪽.

들의 부패에서 오는 체념이 몸에 배어 대체로 생산성을 높이려는 의욕을 상실하고 있었다. 그러므로 물산의 부족은 근면의 문제가 아니라 관리들의 오랜 착취에서 비롯된 인위적인 악행 때문이었다고 이사벨라 비숍은 그의 저서 『조선과 그 이웃 나라들』에서 밝히고 있다.

비숍은 러시아 프리모르스크에서 만난 조선족들에 대한 새로운 인식을 이렇게 전하고 있다. "이곳으로 이주한 조선족들은 근면함과 정직한 마음으로 행복하게 살고 있다. 이곳에서는 양반들의 거만한 몸짓이나 어슬렁대는 농부의 모습도 보이지 않았다."

비숍에 의하면 조선족들은 양반에 의한 수탈이 없어지자 자신의 재산에 대한 불안감이 사라졌고 수입에 대한 정당한 방어가 생기자 점차 민첩해지고 품행이 좋은 민족으로 변화를 보였다.[30]는 것이다. 비숍뿐만 아니라 조선을 처음 방문한 이 시기 여행객들 대부분은 초반에 조선인에 대한 실망감을 드러내다가 점차 조선의 실상을 경험한 후에는 **조선 사람들이 본래부터 어리석고 미개한 사람들이 결코 아니라는 것을** 깨닫는다. 조선인들과 함께 숨 쉬고 생활하면서 그들은 "조선 사람들이 무엇을 알려고만 마음먹으면 그것을 알 때까지 쉬지 않고 노력한다는 것과 간혹 중국 같은 주변국 사람들보다 더 총명하고 정확하다."[31]는 것을 발견한다. 이것을 통해 그릇된 종족주의는 인종간의 문화적 특성을 선천적인 것으로 간주하는 것이지만 문화의 생성 발전은 그러한 인종적 우열 관계의 생물학적 차이와는 무관하다는 것을 확인할 수 있게 한다.

---

30) I.B.비숍, 앞의 책, 229~230쪽.
31) A.H. 시비치 – 랜도어, 앞의 책, 190쪽.

2) 잭 런던: 1904년 조선 사람 엿보기

잭 런던은 20세기 초 미국 사회주의 소설가로서 소설 자본론으로 유명한 『강철 군화』를 집필해 베스트셀러 작가가 되었다. 1904년 러일 전쟁을 취재하기 위해 조선을 방문하였고 그 뒤 러일 전쟁 종군기를 내놓았다. 『야성이 부르는 소리』, 『늑대 개』 등으로 전 세계 가장 많이 번역되고 출간되는 저작의 작가가 구한말 격동의 시기 조선을 방문하여 제국주의의 먹이가 되어가는 근대 조선의 실상을 생생하게 그려낸 것은 의외의 일이기도 하다.

잭 런던의 눈에 비친 조선은 일본과 러시아 중국에 둘러싸여 그들에게 대항할 능력이 조금도 없어 보이고 무기력한 나라였다. 그러한 처지에 놓인 조선인들은 그에게 겁이 많고 희망이 없는 민족으로 비춰지고 있었다. 또 자원도 인구도 별로 많지 않은 조선은 광활하지 않은 영토에서 중국과 일본에 치일 수밖에 없는 나라로 인식되고 있다.

그는 조선뿐만 아니라 일본의 정신문화에 대해서도 비판적 관점을 드러내곤 했다. 그는 일본이 서양의 물질문명을 흉내 낼 수 있을지 몰라도 기독교를 바탕으로 한 서구의 정신세계는 흉내 내지 못할 것이라고 하였다[32] 일본인이 아무리 동양의 영국인이라고 할지라도 그들은 영혼이 없는 아시아인 일 뿐이라는 고정된 인식을 드러낸다.[33] 그러한

---

32) 잭 런던, 『잭 런던의 조선사람 엿보기』, 윤미기 옮김, 한울, 1995, 97쪽. 이 시기 그랩스트 역시 다음과 같이 증언한다. "일본인들은 현대적인 공급술을 들여와 조선 상인들을 제치고 그들의 견본들을 가지고 다니면서 나중에 물건을 배달하는 형식을 취하고 있다." 그가 생각하기에 조선족들이 살아남기 위해 무엇을 해야 되는가를 인식하기도 전에 약삭빠른 자들에 의해 코레아의 수공업품은 대량 생산된 쓰레기에 밀려나고 있다는 것이다. 아손 그랩스트, 앞의 책, 67쪽.

33) 일본인들이 조선을 강점하고 있는 동안에 저지른 양민 학살에 대해 스웨덴 작가

예로 잭 런던은 날씨가 몹시 추운 날 말꼬리에 얼어붙은 진흙덩이를 떼 주지 않는 일본인을 지적한다. 짐승의 고통을 외면한 그들이 부도덕한 인간이고 타락한 인종이라고 짚어 내면서 그런 스스로는 열등하고 도덕적으로 타락한 동양인에 비해 성숙하고 정상인 이라는 자의식을 드러낸다. 서구 계몽주의를 기준으로 하는 그의 사상은 그가 러시아와 일본이 전쟁을 벌이는 조선의 북쪽 땅으로 가면서 계속해서 드러나고 있다.

가령, 순안의 악명 높은 군수 박순성이란 자가 백성의 돈을 가로챘다는 소식을 듣고 그는 이런 말을 하기도 한다. "공정함이란 백인들에게만 해당되는 특권이고 백인들만이 얻어낼 수 있는 것"이다.[34] 그리하여 정의감으로 무장한 그는 그의 보이 만영이에게 이렇게 전한다. "양반의 허세가 무엇인지 알아봐야겠어. 관아로 가서 사또를 만나. 내가 2시까지 갈 것이라고 해. 날 기다리고 있지 않으면 내가 무척 화를 낼 것이라고 해" 그런 직후 잭 런던은 박순성이를 만났고 마치 관아에서 사또가 죄인을 재판하듯 박순성의 잘못을 따진다. 이러한 과정 속에서 잭 런던은 조선 관리들로부터 푸대접을 받은 이사벨라 버드 비숍이 이 장면을 볼 수 있다면 얼마나 좋을까를 생각한다.[35] 이러한 그의 태도에서

그랩스트가 독일 영사와 나눈 대화에서 그는 이렇게 전한다. "세상 사람들이 일본을 서구식으로 개화된 나라라고 생각하고 있다면 그것은 잘못된 것이다. 비록 일본인들이 빠른 두뇌 회전과 명석함을 무기삼아 큰 힘을 과시하고 있지만 우리 서양인들이 생각하기에는 그들이 서구 문명이 도달해 있는 그 지점까지 쫓아오려면 아직도 수천 마일의 거리를 질주해야 한다" 아손 그랩스트, 같은 책, 218쪽.

34) 잭 런던, 앞의 책, 146쪽.

35) 잭 런던은 조선과 조선인에 대한 성격과 특성을 적은 버드 비숍의 글을 읽으면서 자신보다 먼저 조선 땅을 밟은 여행가들의 고충이 무엇인지, 그들을 귀찮게 하거나 무시하는 조선인에 대해 어떻게 대처해야 하는지를 스스로 터득한다. 그것은 강력한 서구인의 아우라를 펼침으로서 조선인들에게 겁을 주는 일이었다.

서구인을 모든 척도의 기준으로 하는 보편주의 의식을 느낄 수 있다. 스스로를 윤리적 모범으로 삼아 선도자의 입장으로 서양인 잭 런던은 일본인 마부와 조선인 박순성을 꾸짖었던 것이다.

한편 박순성의 분노가 무기력으로 바뀐 것은 전과 다른 자신의 처지를 인식했기 때문이다. 잭 런던이 박순성에게 백성으로부터 착취한 돈을 한 푼도 남김없이 돌려주겠다는 약속을 받았지만 그것이 쉽게 이행되리라는 생각을 갖지 않았다. 그는 이렇게 말한다. "나도 알고 있었고 만영이도 알고 있었고 박순성도 알고 있었고 우리 모두가 알고 있었고 다른 사람 모두가 알고 있었듯이 박순성은 절대로 돈을 안 돌려줄 것이다"[36] 이것은 재기불가능하다고 생각하는 조선의 당시 사정에 대한 그의 우회적인 말이기도 하다. 이 말 속에는 조선 사회가 하루아침에 개선되지 않을 것이라는 비판적 사고가 담겨 있다.

잭 런던은 서구의 이성주의와 계몽주의를 흔들리지 않는 보편적 가치로 기정사실화하면서 자신이 서방 세계의 종군 기자라는 정체성을 망각한다. 러시아와 일본의 격전지가 된 조선으로 달려와 그는 전쟁기사를 취재하는 터에 위풍당당한 재판관의 모습으로 조선 관리의 죄를 꾸짖고 있는 것이다. 제 아무리 권력을 휘두르는 박순성 이지만 외국인 잭 런던의 눈에는 그저 힘없는 약소민족의 한 사람으로만 보였을 것이다. 더구나 명백한 죄를 지은 죄인이었으므로 계몽인을 자처하는 서양인 잭 런던은 순간 돈키호테 식의 정의감을 마음껏 발휘하였던 것이다. 미개한 동양을 선도하는 제국의 우월감을 드러내는 잭 런던을 향해 "모

---

36) 그렙스트가 종단하고 있는 조선에 대해 함께 동석한 일본인 대위는 "조선인들은 천 년 전 바로 그 자리에 아직도 머물러 있다는 것과 더 나쁜 건 잠에서 깨어나려 하지 않는다"는 말을 건네고 있다. 아손 그렙스트, 앞의 책, 39쪽.

르겠노라"는 박순성의 답변은 한 마디로 이 시기 조선의 상황을 대변한
다, 박순성의 이 "모르겠다"라는 답변 속에는 명백한 의문이 담겨 있다.
눈 하나 까닥하지 않고 잘못된 관행을 따라하던 박순성 에게도 외국 기
자에게 재판을 받는 이 상황은 매우 이상한 일이었던 것이다. 지금까지
아무 탈 없이 착취를 일삼아 온 조선의 관리가 이제는 당국의 규제가
아닌 제국의 감시를 의식해야 했기 때문이다. 제국의 의도대로 흘러가
는 조선과, 전과 같지 않게 된 조선인으로서의 삶이 대도 박순성에게조
차 정말로 모를 일이 된 것이다.

3) 아손 그렙스트 : 이것이 조선의 마지막 모습이다

아손 그렙스트는 1905년 러일 전쟁에 종군하기 위해 일본에 머물고
있었다. 그는 일본인 군부가 세계의 기자들에게 전시 여권을 허락하지
않자 영국산 면직물 상인으로 위장하여 조선에 들어온다.37) 부산항에
도착한 그는 온통 하얀색 옷을 입은 거리의 사람들을 보게 된다. 그는
조선인들에 대한 호감어린 묘사를 하는데 사람들의 옷차림 때문인지
조선인들이 대체로 선하고 상냥스러운 인상이었다고 기술한다. 경부
선 철도의 첫 승객이 되어 서울로 가는 길에 항구 근처에서 조선인 우
체국장을 만난 그는 코레아에서 만난 첫 번째 사람의 친절한 대우에 감
명을 받은 사실을 이렇게 말한다.

---

37) 일본에 모인 각국의 기자들이 최전방에 가 보지도 못한 채 재탕에 불과한 뉴스와
기록들과 씨름할 때 아손 그렙스트는 실재로 존재하지 않는 면직 의류 회사
(킬팅햄가 21번지) 대표 아손 그렙스트라는 명함을 만들어 니토마루를 타고 코레
아로 가는 배를 탈 수 있었다.

"우체국장은 하얀 복장 위에 녹색의 얇은 비단으로 된 공무시 착용하는 코트를 입고 있었으며 팔목에는 비단으로 표면이 입혀진, 한 쌍의 따뜻해 보이는 토시를 하고 있었다. 그는 서투른 프랑스 어를 구사했다"38)

그는 이어서 코레아의 우편산업은 프랑스 인에 의해 정비 되었다는 점을 밝히고 있어 그의 조선에 대한 첫 관심이 과학적 문물과 관련 있다는 것을 짐작하게 한다. 처음 보는 기차가 신기해 구경나온 조선인들에 대해서는 이렇게 묘사한다.

무슨 일이 일어날지 몰라 대단히 망설이는 눈치였다. 이 마술차를 가까이에서 관찰하기 위해 접근할 때는 무리를 지어 행동했다. 여차하면 도망칠 자세를 취하고 있으면서도 서로 밀고 당기고 하였다. 그들 중 가장 용기 있는 사나이가 큰 바퀴 중의 하나에 손가락을 대자 주위 사람들이 감탄사를 연발하며 그 용기있는 사나이를 우러러 보았다. 그러나 기관사가 장난삼아 환기통으로 연기를 뿜어내자 도망가느라고 대소동이 일어났다. 이 무리들은 한 떼의 우둔한 양들을 연상케 했다. 그러다가 배짱 좋은 사람 하나가 멈추자 다른 사람도 일제히 멈추고는 무시무시한 철괴물에 시선을 고정시키고 의미 있게 고개를 살래살래 흔드는 꼴이 꼭 이런 생각을 하는 성 싶었다. "위험한 짓이야! 천만금을 준다 해도 다시는 이런 짓을 안 할 거야. 도깨비가 장난치는 거지. 요란한 숨소리의 이 괴물에는 악령이 붙어 있어!39)

---

38) 아손 그렙스트, 앞의 책, 29쪽.
39) 위의 책, 33쪽.

첫 인상이 좋았던 조선인들이 귀신에 대한 공포증과 미신으로 옮겨 가게 되면 그렙스트는 과학문명과 대비되는 그들의 무지한 행위를 목격하게 된다.

> 내가 공주 시내로 들어가자 군중들은 상당한 거리를 두고 나를 따랐고 지난번에는 내가 깜박 잊고 써먹지 못했던 사진기에 겁먹은 눈초리를 던졌다. 내가 사진기의 초점을 그들에게 맞출 적마다 비명을 지르는 등 두려워하는 몸짓으로 줄행랑을 쳤다. 미신적인 생각에 이 조그맣고 까만 상자 속에 악귀가 들어 있는 줄로 믿었던 모양으로 이럴 경우 몸을 멀리 하는 게 상책이라고 생각했던 것 같았다.[40]

그렙스트가 날마다 지나치는 성문 옆에 조그만 돌기둥이 있었는데 그의 통역관 윤살갈은 항상 맞은 편 길로 돌아갔다. 그렙스트는 그 이유에 대한 내용을 수서(手書)에서 읽게 된다.

> 어느 날 밤 북서 쪽 서문 바로 옆으로 세 명의 승려가 통행금지를 무릅쓰고 성내로 숨어 들어오려다가 군인들의 칼에 목숨을 잃었다. 그 곳 주민들은 그 승려들의 혼이 밤이면 그 장소에 나타나 자신들의 원한을 풀기 위해 지나가는 사람들을 해친다고 믿고 있다. 이런 이유로 조선인들은 밤에는 그 북서쪽 성문을 통과하는 것을 될 수 있으면 피하려 한다[41].

그렙스트의 통역인 윤산갈은 기독교인으로서 선교활동을 하는 사람이다. 그의 무의식에 옛날의 미신들이 살고 있다고 판단한 그렙스트는

---

40) 위의 책, 64쪽.
41) 위의 책, 97~98쪽.

조선을 찾은 선교사들이 코레아의 미신을 타파할 수 없을 꺼라고 기록한다.[42] 그는 또 독일 영사가 들려주는 우물에 얽힌 귀신 이야기를 하면서 조선 사람들이 귀신 걱정을 하지 않게 되는 것은 귀신을 섬기는 일이므로 거의 모든 일과 사고방식이 귀신을 따른다고 하였다. 그러므로 조선에서 무당은 어디에서나 볼 수 있는 일이라고 전한다.[43]

아손 그렙스트는 독일 영사관에서 독일인 시의 분쉬 박사를 만나는데 그는 독일인으로서 고종의 주치의였다. 태자비(순명왕후 민씨)가 갑작스레 앓아누웠을 때 그가 환자를 보고자 청했으나 왕실의 허가가 수락되지 않아 아무것도 할 수 없었다. 그는 그 때 겨우 임금의 발에 생긴 티눈을 치료하거나 장관들의 여드름을 짜는 일만 했다. 그동안 태자비의 치료는 조선의 의원들이 맡아서 했는데 벽 한 칸을 사이에 두고 옆방에 앉아 가는 비단줄을 환자의 손목 주위에 감아 벽 사이로 진맥을 하고 있었다. 의원은 악귀가 태자비의 배를 처소로 삼아 재빨리 자라나고 있어서 얼른 손을 써서 악귀를 몰아내지 않으면 사태를 수습하기 어려울 것이라고 하였다. 그는 또 악귀를 몰아내기 위해 성문의 문짝을

---

42) 위의 책, 114쪽. 비슷한 시기 버튼 홈즈(『1901, 서울을 걷다』)도 코리아 민족이 미신에 의해 점차 약해져 왔다는 것을 다음과 같이 입증한다. "무당의 말 한마디에 7만 달러를 들여 작업한 왕비의 무덤을 새로운 장소로 옮기려는데 그 명당자리에서 커다란 바위가 나왔다 미신적 공포를 몰아넣어 새로운 묘지가 만들어지고 왕비의 유해를 호송하기 위한 새 길이 만들어지고 그 길의 상수도와 전신줄을 가설하게 되었다." 버튼 홈스, 『1901년 서울을 걷다』, 이진석 옮김, 푸른길, 2012. 미신에 근거를 둔 이유로 황제의 넓은 궁궐(경복궁)은 버려진 채 낡아가고 있다고 전하면서 그랩스트는 귀신을 섬기는 조선을 여러 차례 사실적으로 그린다. 또 A.H. 새비치－랜도어도 보잘 것 없는 이빨 바위를 찾아가 퉁퉁 부은 얼굴을 그곳에 대고 문지르면 낫는다고 믿는 조선 사람들의 행렬을 보고 도저히 웃음을 참을 수 없었다고 하였다. A.H. 시비치－랜도어 앞의 책, 205쪽.

43) 아손 그렙스트, 앞의 책, 86쪽.

뜯어다 끓인 탕재를 들어야 한다고 하였다. 태자비가 죽자 의원은 성문이 열리는 아침에 그 약을 먹어야 했는데 태자비가 저녁에 들었기 때문에 세상을 떠났다고 하였다. 서양에서 과학적인 의술을 배운 분쉬 박사는 "이 나라에서 의원 생활을 하는 것이 그렇고 그런 모양입니다."[44]라는 결론을 내리게 되었다.

그렙스트는 세상 조류에 편승하지 못 하는 조선을 나무 물통이 양철통에 완전히 밀려나는 현실상황에 빗대고 있다. 새로운 것이 나타나고 오래된 것은 사라지는 오늘날 조선이 나무 물통과 같은 운명이 되어서는 안 된다는 것을 이렇게 비유한 것이다.[45] 이와 비슷한 시기 영국인 A.H 랜도어 역시 서울 종각에 불이 났을 때 소방차나 양수기 같은 근대적인 도구들이 도입되지 않아서 종로 일대가 큰 피해를 보게 된 일을 말한다.[46] 이들은 모두 미신에 의존하는 조선 왕실의 비과학적인 방식이 조선이라는 나라의 근대화를 늦추는 원인으로 보고 있다. 조선의 더딘 기술 발전이 근대화된 서양에 의해 타자의 지위를 강요받을 수밖에

---

44) 그러나 조선의 왕조 초기에는 의학부문에서도 많은 발전이 이루어져서 국가에서는 조세, 부역, 병역의 기본대상인 일반민의 인구증가에 관심을 기울이면서 각종 질병을 예방 치료하는 의학에 힘을 기울였다. 1433년 노중례 등이 『향약집성방』을 편찬하여 병을 고칠 수 있는 고유한 처방들을 종합하였고, 1445년에는 김순의 등이 동방의학을 최대로 모은 『의방유취』를 만들어 세계 최초의 의학백과사전을 내놓았다. 이 책에는 병을 89개 부문으로 분류하여 병의 증세와 발생원인, 그리고 치료법을 자세히 기록하고 있다. 송찬섭·홍순권, 앞의 책, 155쪽.

45) 아손 그렙스트, 앞의 책, 123쪽.
   그렙스트는 느릿느릿 국토를 걸어서 왔다갔다 하던 조선 사람들도 과학 문명을 받아들이고 서구의 선진 기술을 도입한다면 중국과 유럽을 연결하는 철로 여행도 가능하여 삶의 방식이 달라질 것이라는 것이고 식민지로 전락되는 일 또한 없을 것이라는 점을 강조한다. 위의 책, 41~43쪽.

46) A.H. 새비치-랜도어, 앞의 책, 239쪽.

없는 이유로 본 것이다.

4) A.H. 새비치 — 랜도어 : 박물학적 글쓰기

새비치 랜도어는 구한말 '고요한 아침의 나라 조선'을 방문한 영국의 여행가이자 탐험가이며 화가였다. 그는 영국의 저명한 시인이자 작가인 월터 랜도어(Walter Savage Landor:1775~1864)의 손자로 할아버지를 닮아 방랑벽이 있었다. 그는 자기 고향 플로렌스를 떠나 파리로 가서 미술을 공부했고 공부가 끝난 뒤에는 일본, 중국, 러시아, 조선, 미국, 아조레스 군도, 호주, 아프리카, 필리핀, 남미 등지를 여행하였다.

1890년 2월 랜도어는 일본 유선회사(日本遊船會社) 소속의 소형 히코마루(산丸)을 타고 조선의 부산항에 도착하였다. 그 때 많은 조선 사람들이 그를 구경하려고 뱃전으로 모여 들었고 궁금해 하는 조선인에게 망원경을 내밀었다. 외국제 도깨비 망원경을 처음 대하게 된 조선인은 놀라움으로 눈썹을 치켜떴다. 또, 그가 조선의 왕에게 외국인의 전화 가설에 대한 주문을 하였는데 이 신기한 발명품에 대한 이야기를 들은 왕은 거대한 비용을 들여 왕후의 무덤과 왕궁간의 전화를 가설하기 시작했다. 이 일화를 인용하는 랜도어의 글에서도 역시 새로운 문명을 대면하는 조선인들의 놀라움과 두려움이 엿보인다.[47] 아울러 근대화를 이룬 서구인의 문명에 대한 그들의 우월감이나 자부심을 느낄 수 있다.

조선에서 외래문화의 일본적 수용이 '센스와 난센스의 기묘한 공존'[48]이라고 보는 랜도어의 관점은 그가 조선에 있는 일본인 정착촌을

---

47) 위의 책, 117쪽.

둘러보고 거기서 미카도(天皇)의 신하들이 입고 있는 유럽식 의상을 주목하는 데서도 발견된다. 이것은 동양이 여전히 서구 국가들에 미치지 못하고 그런 동양인은 본질적으로 서구인들과 다르다는 고정된 태도와 보편적 인식을 드러내는 것이다. 가령 일본인들이 조그만 욕탕 속에서 여럿이 목욕하는 모습을 보고 "목욕을 아예 하지 않는 편이 차라리 열 배는 더 청결해 보일 것"이라고 말하는 랜도어는 가족들, 친구들, 어린 아이들, 하인들이 차례로 반복해서 사용하는 욕조는 생각만 해도 '끔찍하다'는 표현을 쓰고 있다. 그의 불쾌한 심정은 그가 바라보는 서양과 동양 문화의 경계와 차이를 드러내는 부분이라고 볼 수 있다. 다시 말해 동양 문화 양식을 미개하고 열등한 것으로 파악하는 랜도어의 오리엔탈리즘적 인식이라고도 볼 수 있다.

사실 이 시기 새비치 랜도어는 자신의 논평을 가급적 삼가면서도 그의 사실주의적 문체 속에 녹아있는 비서구 국가들의 서양적 계도의 필요성을 함축하고 있는 부분이 다소 눈에 띈다. 가령 조선 군인들의 방식이 체계적이지 못하고 무장하고 있는 총도 아주 오래된 것이어서 고종이 두 명의 미국인 군사 고문관을 고용하여 외국의 전법과 무기 사용법을 가르쳤다는 것과, 조선에서 통용되는 화폐가 오래 전에 만들어졌고 무거워서 조선 노동자들이 이 무거운 짐을 실어 나르는 것이 이 나라의 전례라는 것, 그리고 조선의 수문장에 대해서는 "참으로 도시의 안전이 저런 지저분한 자의 손에 맡겨져서는 안 된다"고 한 것 등에서 그 사실을 확인할 수 있다.

조선의 오래된 풍습이나 불합리한 제도에 대해 랜도어가 많은 이야

---

48) 위의 책, 123쪽.

기를 하고 있지만 조선의 과학과 기술은 이 시기 조선 방문자들이 알고 있듯이 처음부터 그렇게 형편없는 것은 아니었다. 19세기말 조선이 유럽에 비해 비 문명권에 속해 있었지만 조선 전기에는 천문기상학등 과학기술이 발전하였다. 태조 대에는 천문도가 재작되었고, 세종대에는 천체 관측시설인 간의대를 설치하여 천문학자가 파견되어 북극성의 고도를 측정하고 일식과 월식을 측정하였다. 세종대에는 천체의 운행을 측정하는 혼천의, 해시계(앙부일구), 물시계(자격루)등을 제작하였고 측우기를 이용하여 전국의 비의 양을 측량하였다. 이는 유럽보다 200년이나 앞선 우리나라 천문기상학의 높은 수준을 반영하는 것이다.

한편 새비치는 조선 사람들이 많은 결점을 지니고 있지만 문명화 되어 있다고 자부하는 서구인들이 자랑할 수 없는 장점을 가지고 있다고도 주장하였다. 전체적으로 보았을 때 결국 이교도와 기독교 간에는 거의 차이가 없다는 점을 드는데 그 예로 불이 난 친구를 돕고 끝까지 함께 하려는 조선인들을 가리키며 이교도의 견실한 자애와 관용이 위대하기까지 하다고 했다.49)

> 예기치 못했던 일로 한 사람이 자신의 집과 가구 그리고 막대한 재산을 잃었을 때는 언제나 조선 사람들은 재난과 빈곤 앞에서 좌절하지 않는다. 그런 상황에서 흔히 더 문명화된 국가에서와 마찬가지로 그의 친구들은 그를 외면하지 않는다. 오히려 그들은 자진해서 친구가 집을 다시 짓도록 도와주며 그의 옷가지와 생활에 꼭 필요한 가사용품 등을 빌려준다. 그가 날개를 펴서 스스로 날 수 있을 때까지 친구들은 그의 용기를 북돋어 주며 모든 면에서 도움을 아끼지 않는다.50)

---

49) A.H 새비치 – 랜도어, 앞의 책, 243쪽.

이렇게 조선에 대한 표현에서 부정과 긍정이라는 비일관성의 양상을 보이기는 하지만 새비치─랜도어 역시 가급적 비유럽 세계에 대한 서구적 시각을 버리고 조선의 고유한 문화 전통을 인정하는 다양한 관점으로 기록의 철저함을 더해갔다. 그는 치밀하게 정보를 수집하고, 분류하고, 체계화 하는 방식으로 백과사전적 글쓰기를 하였다.

조선인의 얼굴과 두상, 성인의 머리, 망건과 의자, 신발 등 겉으로 드러나는 조선인의 차림새에 대해 그는 자세히 소개한다. 그리고 조선 여인의 수줍음이나 성품에 대한 내면적 관찰을 통한 묘사가 이어지는데 결혼 후 '아무개'로 불리는 조선 여인들이 어두워진 후 마을의 거리를 나다닐 수 있도록 부여된 특권을 이상하게 생각하기도 한다.

말을 끄는 마부들이 여행을 마쳤을 때 즉시 노름판으로 달려가서 하루 번 돈을 잃고 마는 것에 대하여, 혹은 체신을 지키느라 웃음소리를 크게 내지 않은 양반들과, 비 오기를 기원하며 독설로 태양에 비난을 퍼붓는 조선 사람들에 대하여 랜도어는 아무런 논평도 없이 사실을 서술하고 있다. 그러한 객관적 묘사 속에는 이미 동양의 비논리적이고 부자연스러운 풍속에 대한 그의 비판이 스며있음을 알게 된다.

좋은 도로가 없는 조선에서 이용되는 조랑말이나 장거리에 무거운 짐을 운반하는 황소 등 조선 풍물에 대한 그의 세심한 묘사를 볼 수 있는데 그것은 구한말의 정서와 분위기를 드러낸다. 조선의 비효율성을 드러내는 화폐 제도 때문에 노역을 하는 조선 사람들의 삶에서는 과학적 사고에서 뒤떨어진 동양인을 보는 안타까운 서양인의 시선도 느낄 수 있다. 이처럼 랜도어의 박물학적 기록 속에서 우리는 동서양의 동일

---

50) 위의 책, 242~243쪽.

한 것들의 체계보다 차이 나는 것들과 더 많이 대면하게 되는데 이것을
통하여 당시 서구인들의 동양 문화에 대한 그들의 인식을 알 수 있게
한다.

5) 가린 — 미하일롭스키 : 1898년 러시아인의 조선 현장 스케치

자서전적 소설『툐마의 어린시절』(1892)의 저자인 가린은 철도 기사
이며 저널리스트이고 브나로드 운동에 앞장섰던 인민주의자이다.
1898년 페테르브르크에서 시베리아 철도를 타고 시베리아, 블라디보
스토크, 두만강, 백두산, 압록강을 지나 뤼순항, 일본까지 여행하면서
기록한 여행기가『한국, 만주, 랴오둥 반도 기행』이다. 전체 분량의 반
정도가 한국 국경 내의 이야기로서 이 여행기의 중심은 한국이 된다.
러시아가 극동 지역에 탐사를 시작한 것은 1880년대 부터였고 가린은
1898년 즈베긴초프 탐사단의 일원으로서 참여하게 되었다.

가린의 탐사단은 철도와 천문, 지질, 산림, 광물 도로와 수도 현황 및
지역의 경제 상황을 조사하는 것이었다. 가린이 맡은 임무는 철도 개설
에 필요한 지질과 지리의 측정, 그리고 압록강과 두만강의 시원을 조사
하는 것이었다.[51] 이러한 탐사의 직접적인 목적은 러시아의 조선에 대

---

51) 최근의 연구에서 즈베긴초프 탐사단은 러시아 지리협회 사상 가장 대규모로 진
행되었고 이 탐사가 압록강 유역 삼림 채벌권의 실행과 블라디보스토크와 뤼순
항을 연결하는 철도 부설 문제와 관련 있는 것으로 추정하고 있다. 탐사에 참가한
사람들은 장교와 군인이었고, 당시 러시아 왕립 지리협회의 주도하에 진행 되었
다. 탐사의 자세한 내용을 밝힐 수 없는 시기에 이 작품이 발표되어 여행의 경로
만 적고 실제 탐사 활동의 자세한 내용은 삭제되어 있다. 탐사 대원들의 이름도
이니셜로 표기하고 있다. 가린 미하일롭스키, 앞의 책, 8쪽.

한 영향력을 확대하는 데 있었지만 가린의 여행기에서는 탐사대에서 수집한 자료와 내용들이 지워져 있다. 그 대신 백두산 인근 지역과 그 일대 국경 지역의 조선인의 삶을 묘사하고 있다. 따라서 그의 여행기는 단순히 새로운 지리적 정보나 풍경만을 그리고 있지 않다.

그의 방문기는 조선의 풍경을 중심으로 체험에서 우러나오는 경험적 서사를 솔직하게 기록하고 있다. 거기엔 조선 사람들과의 만남과 그들의 삶이 있는데 가린의 방문기가 이 시기 다른 여행가들의 기록과 차별화 되는 지점은 정적인 풍경 뿐 아니라 그 속에서 생활하는 사람들의 모습이 충실하게 그려져 있다는 점이다. 활달하고 낙관주의적인 성격을 지닌 가린은 조선인에 대해서 권위 의식보다 애정과 신뢰를 가지고 대하고 있다. 조선의 사회·경제·풍속 등 다양한 분야에서 정치적 성격의 보고서와는 달리 조선의 제도와 전설, 조선인의 가치관과 세계관을 문학적 텍스트로 표출하고 있다. 한 마디로 그의 방문기는 다른 여행객들의 서사와는 다르게 조선에 대한 좋은 인상기를 기술하고 있는 것이다.[52]

구한말 서구인의 시각에 비친 조선인은 외국인에 대한 기피 심리와 불결한 환경 등 다른 요인들과 더불어 비호감으로 다가오는데 이러한

---

52) 1884년 7월 조러 수호 통상 조약이 체결되고 외교 관계의 연장 작업으로 러시아인들의 조선 방문 여행기들이 쓰여지게 되었다. 이 시기 조선을 방문한 여행가들은 조선인이 가진 성격적 특성이나 조선에서 생산되는 물산, 쌀의 품질과 작황의 정도, 교역의 물품과 가격의 변동 세관과 개항장의 조건 등을 자세히 서술하고 있다. 이 탐사 보고서들은 개인의 호기심 보다는 근대 개항기 국제적 정세의 변동이라는 배경에서 정치적 기획의 일환으로 쓰여진 것이다. 이 시기 각국의 선교사, 외교관, 군인, 지리학자 등에 의해 씌여진 대부분의 여행기들은 조선의 기후, 토질, 환경, 종교, 정치적 상황이 기록되었는데 이는 식민지 개척을 위한 정보망의 구축이라는 의도적인 목적에 의한 것이었다.

상황은 개항기 나라 안팎의 혼란에서 기인하는 것으로 중세부터 내려오는 조선인의 본성이나 내력을 살펴본다면 거리가 먼 이야기가 될 것이다.

그 시기 스웨덴에서 온 그랩스트가 쓴 글에서 우리는 학구열이 대단하고 영어를 유창하게 할 줄 알며 이제 독일어도 배우고 싶어하는 조선인 통역사 윤산갈을 만나게 된다.[53] 만약 조선의 정치적 사정이 나쁜 쪽으로 흘러가지 않았다면 윤산갈 같은 청년은 그랩스트가 아는 것처럼 조선에서 몇 안 되는 대표적 인물이 아니라는 것을 깨달았을 것이다. 해방이 되고 6.25와 IMF를 치른 대한민국이 오뚝이처럼 일어나 경제발전을 할 수 있었던 것은 윤산갈 같은 부지런하고 학구적인 청년들이 많았기 때문이다.

조선인들이 무지하고, 타인에 대해 무감각하고, 일체의 동정심도 없다고 느꼈던 같은 시기 다른 방문객[54] 들과 달리 미하일롭스키가 본 다음과 같은 사실들은 그가 조선의 풍습과 조선인의 고유한 삶의 방식들을 인정하면서 이들 문화의 가치와 차이를 수용하는 태도와 부합되고 있다고 볼 수 있다.

---

53) 아손 그렙스트, 앞의 책. 124쪽.
참고로 다른 장에서 그렙스트와 랜도어 역시 이렇게 말하고 있다. "조선 사람들은 음악을 좋아했던 것이다. 음악이 그들의 마음의 문을 열어 놓았다면 그들은 악한 일 리가 만무하고 악의를 품고 있을 리가 없는 것이다. 악독한 자의 마음에는 음악을 즐길 여유가 없다." 같은 책, 54쪽.
"가난하고 선량한 조선 사람들은 특별한 취급을 받는 것을 달가워하지 않는다" (…)"고요함에 대한 갈망은 이 나라의 오랜 꿈인데 불청객들에게 자주 괴롭힘을 당해왔다"(…)"조선에서는 범죄나 비행이 거의 발생하지 않는다" A.H.새비치−랜도어, 앞의 책, 108쪽.

54) A.H.새비치−랜도어, 앞의 책, 212쪽.

나는 한국인이 절대 거짓말을 하지 않는다는 것. 사실을 과장하거나 왜곡하지 않는다는 것을 값비싼 경험을 통해 확신하게 되었다.[55]

한국인들은 마치 여기서 자란 것이 아니고 최고의 박애의 원칙을 영원히 각인시키는 최고의 인도주의 학교에서 교육받은 것 같다[56]

그 당시 조선의 법에 의하면 그 마을이 여행객을 맞아줄 수 없다면 다음 휴식처까지 데려다 주어야 한다.[57]

위의 예문들에서 볼 수 있듯이 미하일롭스키는 조선인들이 선천적으로 친절하고 인심을 나눌 줄 아는 민족이라는 것을 알게 해 준다. 19세기 중국, 일본, 러시아와 서구 열강의 틈새에서 그들로부터 미개한 민족으로 알려진 조선인 이지만 가린―미하일롭스키는 자민족 중심의 제국적 시선으로 조선을 바라보지 않았다.

버드 비숍이 조선이라는 공간을 표현할 때 정확한 수치와 통계적인 자료 등을 이용하여 주로 조선의 지리와 정보를 충실히 그린데 반해 가린은 조선 사람들이 그 시기 어떻게 살고 있는지 사실적 근거를 바탕으로 인간의 삶을 심도있게 그리고 있다. 그것은 그가 정치적 목적보다는 여행지의 인물들과 공감하는 경험적 서사에 중점을 두었다는 것을 말해 준다. 이것은 문명과 야만의 이분법적 구도나 차별화된 시각을 버리고 자신이 몸소 겪은 것들을 토대로 조선과 조선인의 모습을 묘사하고 있는 것이다.

---

55) 가린―미하일롭스키, 앞의 책, 390쪽.

56) 위의 책, 399쪽.

57) 위의 책, 131쪽.

6) 문화 해석의 상대성

유럽 중심의 보편주의는 산업혁명의 성공과 과학의 발전 그리고 자본주의의 선진화에 기인한다. 구한말 조선을 방문한 서양인 여행자들은 수치와 통계라는 과학적 방식으로 조선과 조선인을 측정하면서 서구의 문명권에서 소외된 조선의 상황을 야만의 세계로 규정하였다. 그것은 조선이란 나라의 존재 가치 체계보다 경제 논리나 과학적 계기로 측정하고 재단한 결과이다.[58]

이들은 조선이 근대화의 물결에서 뒤처지고 있다는 생각을 가지고 있었기 때문에 선진화된 문명을 갖춘 일본에게 근대화 계획의 중요한 부분과 원칙을 맡겨야 한다는 편향된 생각을 유지하고 있었다.

1894년 일한 일본인 고문에 의해 조선의 왕족이 중국처럼 황족이 되었지만 1895년 왕비와 왕족은 더 이상 국정에 간여 할 수 없게 되었다. 그러나 1896년 다시 왕정 복귀가 되고 왕이 승인한 결정들은『관보』에 발표되고 있었다.

이에 대해 이사벨라 버드 비숍은 '구시대의 권력 남용으로 되돌아가려는 경향'으로 보인다고 하였다. 일본에게 자주권을 넘겨줘야 하는 조선의 입장에서 본다면 고종이 계속해서 저항하는 이유를 이해했어야 한다.

근대화의 목적을 위해서라면 수단과 방법을 가리지 않고 힘센 나라

---

58) 1830년대 말 조선에 입국하여 조선대목구장으로 활동한 앵베르 주교는 조선에 대한 자신의 선입관을 이렇게 기술하고 있다. "조선과 통상하는 나라가 없습니다. 조선은 가난하고 조선인들의 생산품은 형편없으므로 외국인들이 조선에 관심을 기울이지 않습니다." 『전교회 연보(,APF)』 VOl.6(1833) ff. 543~551 : 『브뤼기에르 주교 서한집』(역주본), 190~191쪽.

의 논리만을 따라야 한다는 것은 선의(善意)가 패권주의의 도구에 이용되는 것과 같다. 이와 같은 보편 원리는 제국주의 이데올로기로 환원될 수 있는 것이기도 하다. 인류의 종속과 번영을 추구하는 방식이 패권주의 도구로 이용되는 것은 자신의 진리만이 옳다는 특정 진리 체계를 수호하는 일이기 때문이다. 인류가 함께 지켜야할 공통의 가치가 그런 배타성이 내재된 것이라면 고유한 역사를 지녀온 조선이란 나라는 그러한 논리를 부정할 수밖에 없는 것이다.

구한말 조선에 파견된 서양 사람들이 서구적 가치를 보편적 의의로 인정하면서 이제 마악 중세의 잠에서 깨어나는 조선을 향해 획일적인 방식으로 조선의 문화를 야만으로 폄하하거나 비하한다면 문화 보편주의가 갖는 위험성을 경계하게 만드는 것이다.[59]

폴 리꾀르는 진리에 대한 사람들의 지식이 임시적인데 한해 전체성을 거부하고 우리 역사 속에서 개진되는 문화의 고유성을 인정해야 한다고 말한다.[60] 문화의 다양성을 인정해야 한다는 그의 말은 "모든 문화는 그 문화 패러다임 안에서 보편성을 갖는다"[61]는 말과 동일하다. 이 말은 각 문화의 독자적 가치 체계를 부정하거나 무시할 수 없다는 뜻이다.

국가 경쟁력의 문제나 인간 윤리의 문제를 놓고 볼 때뿐만 아니라 세상의 모든 시 공간의 원리가 그것을 관할하는 자의 주관에 따라 달라 보일 수 있다.[62] 다시 말해 전 우주를 지배하는 보편적인 법칙은 존재

---

59) 콰인은 '세계에 대해 어떠한 진술 체계가 유일하게 참인 진술 체계라 할 수 없다'고 하였다. w.v.o. Quine, "onEmpirically Equivalent Systems of the world" Erkenntnis V. 9.313

60) 폴 리꾀르, 『타자로서 자기 자신』, 김웅권 역, 동문선, 2006, 379쪽.

61) 정기철, 『문화 해석의 진리: 상대주의적 해석』 해석학 연구 제 20집, 2007, 224쪽.

하지만 우리가 관찰한 우주의 모습은 서로의 입장에 따라 달라진다. 장님들이 만져본 코끼리의 모습이 다 다르지만 그들은 자기가 관찰한 것이 각자 사실이라는 사실을 알고 있다.

비숍이나 그 외의 여행가들이 조선에 관해 그들의 선험적 인식으로 기술하지 않고 최대한 객관적인 사실을 통해 공감과 성찰을 줄 때. 그들 곁에는 천진하고 상냥한 조선 민족이 함께 하였다. 수치와 통계라는 목적 인식론을 동원하여 조선 문화에 포커스를 맞출 때는 황폐한 환경과 부도덕한 윤리와 불합리한 야만의 세계만 드러난다.

흠이 많거나 자신에 도움이 되지 못한다고 무조건 폄하하고 내버리는 행위는 보편적인 진리와는 동떨어진, 열린 인식 태도라 할 수 없다. 인간을 경제 자본의 수단으로서만 여기지 않고 자기 주체적 진리를 성취하게 할 때, 다시 말해 다양한 문화와 가치를 인정할 때 보편적 이념은 가능하다. 이 세상에 단 하나의 문화만이 존재하지 않는 것처럼 나와 세계와의 지속적인 대화는 진리를 향해 열려 있다. 그것이야말로 다른 문화를 배척하지 않는 개방적인 태도라고 할 수 있다.

3. 맺음말

근대 계몽기 서구인의 여행 서사는 조선 문화에 대한 선험적 판단

---

62) 아인슈타인은 질량에 의해 시공간이 휘어져 물체에 힘이 작용한다고 생각했는데 그는 빛의 속도는 일정한데 빠른 속력으로 이동할 때 주변이 달라 보인다고 하였다. 일반 상대성 이론을 통해 그는 진리는 절대적이지만 그것을 관찰하는 우리의 인식에는 한계가 있다는 것을 보여 주었다. 절대적인 진리와 인식의 한계를 밝힌 이러한 인식에는 우리가 관찰한 것이 유일한 진리라고 주장할 수 없다는 것을 말한다.

기준에 따라 제국주의 포섭이라는 서구 보편적 기준과 이러한 절대 기준에 의해 판단될 수 없다는 문화상대주의 사이에서 유동하고 있다. 그들의 기록이 전반적으로 조선의 정체성을 규정했다고 볼 수는 없지만 위의 기록들을 살펴본다면 우리는 19세기 후반의 조선풍경과 조선에 대한 담론적 특징을 읽어낼 수 있다.

19세기 말, 20세기 초 조선은 중세 봉건적 모순의 심화와 일제에 의한 자본주의 발전의 왜곡 과정에 놓여 있었다. 대한 제국의 개혁이 어려운 시기를 통과하던 중에 조선을 찾은 여러 방문자들은 그들의 방문 목적과, 출신 국가에 따라 조선에 대한 평과를 다르게 하였다. 우리는 그들이 써 내려간 기록을 통해서 그들이 어떤 관점으로 조선 사회의 현실을 반영했는지 짐작할 수 있다.

영국의 지리학자 이사벨라 버드비숍은 치밀한 관찰과 구체적인 서술로 조선에 대한 소중한 기초 자료를 구축하였다. 한강 수로를 따라 중부 내륙 지방을 경유하여 금강산과 원산, 중국을 거쳐 러시아 블라디보스토크와 만주를 여행하면서 그녀는 이 시기 조선의 문화적 특징과 자연 풍광을 조감하였다.

수치와 통계라는 과학적 방식으로 측정된 조선의 상황을 야만의 세계로 보기도 하였지만 조선의 오지까지 구석구석 여행하는 과정에서 점차 조선에 대한 이해가 깊어졌다. 인종적 결함으로만 보았던 조선인들의 문제가 조선 내·외부적 체계의 문제에서 기인한다는 것을 알게 되지만 비숍은 기본적으로 19세기의 파국이 전적으로 근대화된 서구의 힘에 구제될 수밖에 없다는 역사인식을 합리화한다.

미국의 사회주의자 잭 런던은 러일 전쟁 시기에 조선을 방문하여 기자의 신분으로 종군한다. 이 때 그는 짐승의 고통을 모르는 일본인과 국민의 돈을 갈취하는 조선 관리에 대하여 계몽주의자의 입장에서 부도덕한 동양인을 계도하고자 한다. 잭 런던은 서양을 모든 척도의 기준으로 하는 보편주의 의식을 기정사실화하면서 미개한 동양을 선도하려는 우월감을 마음껏 발휘한다.

1905년 러일 전쟁 시 일본의 군부가 세계의 기자들에게 전시 여권을 허락하지 않자 영국산 면직물 상인으로 위장하여 조선에 들어온 아손 그렙스트는 조선인에 대한 첫 인상을 좋게 가지게 되지만 서구의 과학 문명과 대별되는 조선인들의 미신행위에 실망하고 이를 꼬집는다. 그는 미신에 의존하는 조선의 현실이 근대화된 서양에 의해 타자의 지위를 강요받을 수밖에 없는 이유로 보았다.

A.H.새비치—랜도어는 정보를 수집하고 분류하고 체계화 하는 백과사전적 글쓰기를 하였다. 그는 조선에 있는 일본인 정착촌에서 미카도(천황)의 신하들이 입고 있는 유럽식 의상을 보고 센스와 넌센스의 기묘한 공존이라고 기록한다. 그의 관점 역시 서구인의 보편적 인식을 드러내는 것이지만, 이러한 기록들에서 동서양의 동일한 것들의 체계보다 차이 나는 것들의 정리를 대면하게 한다. 이 밖에도 그는 조선인의 풍물과 정서, 화폐제도와 과거 제등 등 조선의 현 주소를 풍성하게 비춰 보인다.

가린—미하일롭스키는 1988년 즈베긴초프 탐사단의 일원으로 백두산 인근 지역과 그 일대 국경 지역의 조신인들의 삶을 서술하였다. 그의 여행기는 단순한 지리적 정보나 풍경만을 그리지 않고 그 속에 살고 있는 조선 사람들의 구체적 삶을 충실하게 그리고 있다.

이처럼 서구 여행가들의 여행기를 통해 우리는 구한말 조선의 단면을 조명해 볼 수 있었다. 이 시기 여행자들의 조선 기록은 19세기 국제적 정세의 변동이라는 배경에서 정치적 기획의 일환으로 쓰여진 것과, 정치적 상황과 관계없이 조선인과 상호 교류하는 가운데 순수한 시각으로 쓰여진 것으로 대별되거나 혼용되어 드러나고 있다.

정치적 성격이 내재화된 기록과는 달리 조선의 고유한 역사와 문화적 상황을 감안하여 독자적인 가치체계와 자율성을 인정하는 글은 주로 선진 문명권의 영미 여행가들보다 러시아나 스웨덴 출신 작가들에서 발견된다. 그 이유는 러시아가 동양과 서양의 특성을 모두 가진 나라라는 점이고, 19세기 말 20세기 초 경제적 발전에서 영미와는 다소 차이가 있었던 스웨덴은 제국주의적 시각에서 객관적 거리감을 유지할 수 있었기 때문이다.

조선을 미개한 후진 국가로 규정하면서도 남다른 애정으로 조선을 소개하는 구한말 서양 여행 작가들의 서사는 대체로 비일관성의 양상을 보인다. 그것은 열강의 식민지배과정이라는 특수한 시기에 방문한 그들과 백의민족으로 표상되는 조선인들과의 순수한 만남이 같은 선상에서 충돌하기 때문이다. 하지만 이들이 조선문화를 야만으로 보지 않고 자국의 선진화된 가치를 획일적인 방식으로 개진하지 않았을 때, 그것이 그들 스스로 자부하는 서구 보편주의자로서의 면모를 드러내는 최선의 방법이지 않았을까.

참고문헌

〈기본 자료〉

가린-미하일롭스키,『러시아인이 바라본 1898년의 한국, 만주, 랴오둥반도』,
        이희수 옮김, 동북아역사재단, 2010.

A.H, 새비지-랜도어,『고요한 아침의 나라 조선』, 신복룡 옮김, 집문당, 1999.

버튼 홈스,『1901년 서울을 걷다』, 이진석 옮김, 푸른길, 2012.

I.B. 비숍,『조선과 그 이웃 나라들』, 신복룡 옮김, 집문당, 2000.

잭 런던,『잭 런던의 조선사람 엿보기』, 윤미기 옮김, 한울, 2011.

아손 그렙스트,『"이것이 조선의 마지막 모습이다" 코레아코레아』, 김상열 옮
        김, 未完, 1986.

H.B.드레이크,『일제 시대의 조선 생활상』, 신복룡·장우영 옮김, 집문당, 2000.

〈단행본〉

송찬섭·홍순권『한국사의 이해』, 한국방송대학교출판부, 1998.

〈논문〉

강민구,「19세기 朝鮮人의 技術觀과 記述意識」, 退溪學과 韓國文化 第35號, 2004.

권내현,「내재적 발전론과 조선 후기사 인식」, 역비논단, 2015.

김희영,「제국주의 여성 비숍의 여행기에 나타난 조선 여성의 표상」, 한국동학학회,『동학연구』24, 2008.

김막미,「기독교 관점에서 본 문화상대주의」, 기독교 철학 6호, 2008.

김봉진,「동양인들은 자신을 어떻게 인식하였는가?」, 한림대학교 아시아문화연구소,『동아시아비평』(1), 1998.

金喜永,「오리엔탈리즘과 19세기 말 서양인의 조선 인식」, 경주사학회,『경주사학』26, 2007.

도면회,「러시아측 사료로 재구성한 아관파천 전후 한국 정치사－김영수,『미쩰의 시기 : 을미사변과 아관파천(2012, 경인문화사)－」, 한국역사연구회,『역사와 현실』, (86), 2012.

박성창,「오리엔탈리즘과 옥시덴탈리즘을 넘어서」, 고려대학교 한국학연구소,『한국학연구』28, 2008.

박송희,「비숍의 조선과 중국 여성인식에 대한 고찰－『조선과 그 이웃나라들』과『양자강을 가로질러 중국을 보다』를 중심으로－」,『인문학연구』제23호, 2013.

박지향,「여행기에 나타난 식민주의 담론의 남성성과 여성성」,『영국 연구』제4호, 2000.

신복룡,「서세동점기의 서구인과 한국인의 상호인식」, 동국대학교 한국문학연구소,『한국문학연구』27, 2004.

신문수,「동방의 타자: 이사벨라 버드 비숍의『한국과 그 이웃나라들』」, 서울대학교 규장각 한국학연구원,『한국문화』46, 2009.

육영수,「'은자의 나라'조선 사대부의 미국문명 견문록－출품사무대원 정경원과 1839년 시카고 콜롬비아 세계박람회－」, 한국역사민속학회,『역사민속학』(48), 2015.

윤해동,「'동아시아로서의 한국사'를 보는 방법－제국과 근대국가 그리고 지역－」, 동북아역사재단,『동북아역사논총』(40), 2013.

이배용,「개화기 서양인 저술에 나타난 한국여성에 대한 인식」,『韓國思想史學』제19호, 2002.

이석원, 「제2대 조선대목구장 앵베르 주교의 조선(朝鮮)인식」, 『교회사학』 2
　　　호, 2012.

이영미, 「개화기 서양인 여행자들이 본 한국 여성」, 인하대학교 대학원, 2008.

이진오, 「오리엔탈리즘과 옥시덴탈리즘을 넘어서」, 『오늘의 문예비평』, 2000.

이희수, 「가린-미하일로프스키의 여행기에 비친 1898년의 한국 -『한국, 만
　　　주, 요동반도 기행』과『한국의 민담』, 『史林』 제 23호, 2005.

임진희, 「제국주의와 성의 역학관계에서 본 오리엔탈리즘-데이빗 헨리 황의
　　　『엠, 나비』 M.Butterfly를 중심으로」, 『미국학논집』 제30집 1호, 1998.

정기철, 「문화 해석의 진리: 상대주의적 해석」,한국 해석학회, 『해석학 연구』
　　　제 20집, 2007.

조강석, 「근대 초기 외국인 방문기에 나타난 세가지 시선」, 『한국학 연구』 제
　　　37집, 2015.

崔博光, 「外國人이 본 近代朝鮮과 東北아시아의 각축-이사벨버드의『朝鮮과
　　　이웃나라들』-」, 가천대학교 아시아문화연구소, 『아시아문화연구』
　　　15, 2008.

홍순애, 「근대계몽기 외국인 여행서사의 표상체계와 문화상대주의-러시아
　　　가린-미하일롭스키의『한국, 만주, 랴오등반도 기행』을 중심으로-」,
　　　『한민족문화연구』 제34집, 2010.

3부

한국 서사시의 실제

한국 서사시의 실제와 이용악 · 전봉건 문학의 공간

1. 머리말

고대 이야기의 형식에서 발전하여 풍부한 소재를 가지고 대중 앞에서 영웅담을 들려주었던 대표적 서사시로 호메로스의 『일리야드』, 『오딧세이』를 들 수 있다. 역사 이전의 시대로부터 현재에 이르기까지 동서양의 문학은 서술 형식으로 많은 사건을 그려왔다.

한국 서사시 연구는 각 시대의 개별 작품을 통해 이루어져 왔지만 그 장르적 개념에 대한 논의가 거의 없었다고 볼 수 있다. 일찍이 아리스토텔레스는 『시학』[1]에서 '서사시', '서정시', '극시'의 장르 개념을 각기 달리 구분해서 서구 문학의 3대 기본 양식으로 확립한 바 있다. 신화 서사시 「東明王편」, 「帝王韻紀」, 서사무가, 「국경의 밤」 등 전승의 맥락속에서 한국 서사시가 민족의 수난기에 창작되어 민족의 정신을 면면히 이어 왔다는 것은 한국 신화에 대한 서사시의 가능성을 엿보게 하는 것이다. 또한 그러한 탐색은 한국 문학의 뿌리와 민족 서사시의 근원을

---

1) 아리스토텔레스, 『poetics』, 천병희 역, 문예출판사, 1976, 25~32쪽.

찾는 작업이 된다.

하지만 여러 학자들이 의견을 내어놓고 있지만 국문학의 한 장르로서 한국서사시는 확고한 뿌리를 내리지 못하고 있는 실정이다. 임화는 한국의 근대 문학을 다음과 같이 서구의 근대정신과 서구의 '장르'를 형식으로 한 '이식문학'으로 보고 있다.

> 신문학사의 대상은 물론 조선의 근대 문학이다. 무엇이 조선의 근대 문학이냐 하면 물론 근대정신을 내용으로 하고 서구 문학의 '장르'를 형식으로 한 조선의 문학이다.2)

하지만 서정 양식의 한계가 구체적인 배경과 구체적 인물에 의하여 나타난 구체적 상황을 살리기 곤란하다는 것인데 서사시는 서사적 상황의 설정으로 현실적 목적을 시적으로 형상화하여 시의 영역을 넓히는 동시에 그 수준까지 한 단계 높이는데 기여할 수 있다. '서사시 전승'의 규명으로 우리 문학의 전통 단절론이나 이식문학론을 불식시킬 수 있으며 국문학의 기존 장르로 한국 서사시가 설정 될 수 있는 가능성3)을 탐색할 수 있을 것이다.

김동욱은 바흐친이 서사시와 소설을 변별적으로 구분하려는 까닭으로 서사시를 너무 제한된 개념으로 파악하는 오류를 범하고 있다고 하였다. 바흐찐이 말하는 서사시는 구성적인 면에서 세 가지 특징을 지니

---

2) 임화, 『문학의 논리』, 학예사, 1940, 819쪽.
3) 우리 학제나 문단에 아직도 서사시의 장르류와 장르종에 대한 개념 구분이 제대로 되어 있지 않은 상태에서 20년대 서사시 『국경의 밤』을 두고서 "서사시'로 인정하는 관점과 부정적으로 보는 논고들이 계속 나오고 있다. 장윤익, 「韓國敍事詩 硏究 ─ 詩史的 脈絡을 중심으로」, 명지대학교 대학원, 1984, 11쪽.

는데 첫째가 과거의 서사시적 세계를 중심적인 주제로 삼는다는 것이고 둘째는 그 기원과 발상에 있어 어디까지나 국가적인 전통이나 역사를 택한다는 것이다. 셋째, 서사시는 그것이 다루고 있는 세계와 당대의 현실 세계 사이에 절대적인 거리감을 둔다는 것이다. 서사시는 그것이 묘사하는 세계를 종결된 장르 형식으로 취하고 어떤 개방성이나 비결정성 미 완결성이 들어설 자리가 없다고 보는 것이다[4]

하지만 근대의 서사시 세계는 국가적 전통에 의해 개인의 경험이나 창의적인 참여로부터 단절되어 있지 않다. 국가적으로 영웅적인 전통보다는 오히려 개인의 경험과 개인의 창조적인 상상력에 기초한 서사 구조의 도입으로 결과적으로 당대의 시대상황을 수용하여 집단적인 정서를 표출하고 현실에서 전형성을 가진 것들을 다루어 당대의 역사적 의의를 표출하려는 것이다. 또한 현실적이고 산문적인 이야기를 시 속에 도입하여 일시적이고 불완전한 현재를 포함하고 과거를 취급하지만 그 과거는 어디까지나 상대적인 관점에서 묘사하여 현실 비판의 사실성과 현장성을 드러낸다.

서정 양식의 한계가 구체적인 배경과 구체적 인물에 의하여 나타난 구체적 상황을 살리기 곤란하다는 점에 있다면 서사적 상황의 설정으로 현실적 목적을 시적으로 형상화하여 시의 영역을 넓히는 동시에 그 수준까지 한 단계 높이는데 기여한다.

근대에 들어 민족의 정신과 민중적 양식의 서사적 특성을 살려 시대상황이나 역사적 사실을 시적으로 문맥화한 우리나라 시인 중에 30년대 이용악과 50년대 전봉건이 있다. 이들의 서사시는 시문학 속에 서정

---

4) 김욱동, 『대화적 상상력―바흐친의 문학이론』, 문학과 지성사, 1988, 201~204쪽.

과 서사의 장르적 특성을 적절하게 통합하여 향유 주체인 민중에게 이해하기 용이한 시의 형상을 꾀하였다.

이용악의 시는 일제 강점기의 사회 현실을 유이민의 전형적 인물의 형상을 통해 구체적으로 반영했으며 전봉건의 시는 직설적이고 전달적인 언어 사용으로 일상어의 차원에서 벗어나지 못한다는 서사시의 단점에서 탈피한다. 이미지, 은유, 상징, 환상 같은 시적 장치를 쓰면서 그는 50년대 '전장터'라는 현장성을 확보하여 그 경험적 서사와 함께 허구적 서사를 더하고 있다. 그렇게 하여 풍부한 리얼리티를 확보하고 있다는 점에서 그 중요성이 부각된다.

이들의 이러한 작업은 서정시의 한계를 극복하면서 서사 양식의 장점을 살린 것으로 시의 새로운 지평을 보여주는 시도라고도 할 수 있다.

2. 민족 공동체 의식과 서사적 양식

우리나라는 오랫동안 민족 문학을 중시하였다. 그 이유를 고찰할 때 나라 자체가 제국이라 다양한 언어와 다양한 민족이 허용되는 중국과는 다르게 조선이 단일 민족 국가였다는 데 일차적인 요인을 들 수 있다. 3·1 독립 운동이라는 민족사적 대 사건 이후 우리 사회는 정치·사회·문화 전 국면에 걸쳐서 민족을 강조하는 입장을 노정하기 시작했다. 조선의 역사에 대한 각별한 관심과 조선인의 삶과 정서에 대한 탐구로 자신의 생애를 산 호암 문일평의 글을 통해 민족 문학 개념을 객관적으로 생각해 볼 수 있다.

조선의 문학이니 만큼 '조선의 말'에 대한 지극한 애상(愛尙), 충분한 연구 그리하여 조선말을 문인의 손으로 씻고, 갈고, 빛내지 않으면 안 될 것이라든지 또한 그것이 문학적인 충분한 흥취를 가지어 먼저 독자 자신이 그 작품 속에서 영원히 살고 다음에 조선 민족 전체의 생명이 웅건하여 이 민족 이 사회를 선구하여야 할 것입니다. 다시 말하여 조선 문단의 장래는 조선 민족의 정조를 특색으로 한 이 사회를 참으로 향기롭게 해 주는 민족 문학이어야 할 것이라는 말입니다.5)

　「민족 문학의 수립」이라는 제목하의 위의 글은 "조선적인 것을 찾자"는 것이 요지이며 '조선 민족의 정조를 특색'으로 우리 문학을 일깨우자는 내용인 것이다. 다음 임화의 문학가 동맹 창립총회 기조 발조문에서도 시민 계급이 채 성숙하기 전에 우리나라가 일제에 예속되었기에 근대적 의미의 민족 문학이 만들어 질 수 있는 기회를 상실해 버렸다는 이야기가 확인된다.

　　조선과 같이 모어의 문학이 외국어-한문 문학에 대하여 특수한 열등 지위에 있었던 나라에서는 정신에 있어 민족에 대한 자각과 용어에 있어 모어로 돌아가는 르네상스 없이 민족 문학은 건설되지 아니하는 것이다."6)

　한국시 제 1세대는 일본어를 공용 언어로 사용한 사람들이다. 따라서 그들은 봉건적 문화유산이 미해결 된 채 해방 후에야 모국어로 시를

---

5) 문일평, 「민족 문학의 수립」, 『문예 공론』 2호, 1929. 6.,
　　홍정선, 「민족 문학 개념에 대한 역사적 검토」, 『문학과 사회 』, 1988. 28쪽.
6) 홍정선, 같은 책, 39쪽.

써서 한국시 발전에 기틀을 제공했다.[7] 그런데 민족의 자존 의식에서 부터 민중의 공동체 의식을 전사(前史)로 하여 전개되어온 서사시는 끊임없이 역사의 주동세력으로 민중을 포괄하여 왔다. 3·1운동을 '민중봉기'로 파악하는 사실에서도 '민중'이라는 말이 계급 사상의 유입 이전에 식민지 상태에 놓인 국민 대다수를 지칭하는 말로 사용되었다는 것을 알 수 있다.[8]

1921년 경 민중문학이란 용어가 우리 근대 문학에 처음 등장했는데 이 때 "문학은 다수의 고통 받는 사람을 위해 무엇을 할 수 있는가?"라는 생각을 싹 틔웠다. 특히 일제 식민 상황에서 사회 하층민들, 유이민들의 실상을 작품으로 표출한 이용악은 해방 공간에 있어서 대자적 관점의 주체형성을 이루었다. 또한 모어에 대한 관심과 이해를 리얼리즘이라는 방식을 통해 서사적 형상화로 드러낸 전봉건의 6.25 참전시 역시 인간 생존 문제의 요지가 삶의 부정적 억압으로부터 자유로워야 한다는 인간의 성취나 경건성의 가치에 관심을 두고 있다. 이용악과 전봉건 두 시인의 공통점은 당대 문단에서 유행하던 모더니즘 시풍에 경도되어 막연한 감상을 시에 드러내지 않았다는 점이다. 역사의 지평이 보이지 않는 3·1운동 직후나 사회의 구체적 전망이 떠오르지 않는 전쟁의 상태에서 두 시인은 각각 당대 사회사에 대한 올바른 인식과 다방면에 걸친 탐색을 시도했던 것이다. 훌륭한 문학작품이 시대를 초월하여 그 가치를 지닐 수 있는 이유는 당대 사회와 밀접한 연관을 지니면서 그 자체로 독립적인 세계를 구성하고 있기 때문이다.

수난의 역사를 정확하게 파악하는 이용악의 현실 인식과 전장의 충

---

7) 이건창, 「동아시아 문화 연구」, 『전봉건 시 연구』, 2001년, 284쪽.
8) 홍정선, 「민중 문학의 흐름과 발전적 전개」, 『문학과 사회』, 앞의 책, 51쪽.

격을 객관적으로 묘사하는 전봉건의 체험시는 모두 현실을 직시하면서 부조리한 삶의 개선에 기여하는, 서사적 태도와 관점을 갖는다. 표층적으로 운문 자질을 그대로 유지하면서 심층적으로 서사적 장치를 내재화한 이용악 · 전봉건 시는 개인의 이야기에서 이웃, 민족 등의 거대 서사를 내재적 기능으로 차용한다. 이들은 식민지 하층민의 당대적 삶이나 민족의 비극적이고 신산한 현실과 개인사적 생활 체험을 '우리'라는 사회의식과 공동체 개념으로 끌어올렸다.

3. 이용악의 시세계와 서사시의 선택

'변경' 혹은 '경계'라는 고향의식을 갖고 있었던 이용악은 북간도와 연해주를 오가는 생활을 경험한 절망과 비애를 시로 형상화 했다. 그는 일본의 탄압이 행해진 만주를 그의 고향 경성과 동일한 공간으로 본다. 유이민의 현장성을 보여주는 이런 공간에서 차원이 다른 민족의 의미를 포착, 창조의 지평을 구체화 하였다.

> 일정한 지역에서 오랜 세월 동안 공동생활을 하면서 언어와 문화상의 공통성에 기초하여 역사적으로 형성된 사회 집단. 인종이나 국가 단위인 국민과 반드시 일치하는 것은 아니다[9]

'민족'을 설명하는 국립 국어원, 표준 국어 대사전의 뜻풀이에는 '혈연(血緣)이라는 요소가 생략 되어 있다. 이용악의 시 「오랑캐 꽃」을 보

---

9) 두산동아 사서편집국, 『표준 국어 대사전』, 두산 동아, 1999.

면 오랑캐는 고려 장군에게 쫓겨난 사람들인데 오랑캐와 유랑민으로
서의 우리 민족을 등치시키고 있다. 곽효환은 「한국 근대시의 북방의
식 연구」에서 이용악의 북방 공간은 "국경이 갈라지고 민족적으로 분
리 되는 공간"[10] 으로서가 아니고 아주 오래 전부터 고난 받는 변두리
피차별자들의 공간으로 드러난다. 김종철 역시 "이용악의 시 어디에
도 우리나라와 민족에 대한 직접적인 언급도 추상적인 애국심의 표현
도 없다"[11]는 지적을 한 바 있다. 이는 이용악의 「오랑캐 꽃」에서 드러
나는 북방 변두리 유이민들과의 연대감을 제대로 포착한 것이라 할 수
있다.

이용악의 시에는 경제적 궁핍과 신산한 가족의 모습이 묘사되어 있
다. 또한 고통스러운 삶을 영위하는 노동자들과 유이민의 삶이 펼쳐져
있다. 이용악이 고향을 떠난 것은 가계의 지독한 가난과 힘겨운 생활
때문이다. 그는 아버지와 동시대인들의 비참한 형상을 통한 의식의 확
대 과정을 보여준다.

5. 이용악의 북방시와 서사적 의미구조

1930년대 후반 『신인문학』으로 등단하여 분수령(1937), 낡은 집
(1938), 오랑캐 꽃(1947), 이용악집(1947)을 발간하고 월북하기 전까지
소월, 백석과 더불어 북방정서를 누구보다 훌륭하게 시화한 이용악은
유이민의 삶을 취재하여 이향과 귀향의 정항을 일찍이 간파하였다. 그

---

10) 곽효환, 「한국 근대시의 북방의식 연구」, 고려대학교 대학원, 2007, 133쪽.
11) 김종철, 「용악 ─ 민중시의 내면적 진실」, 『창작과 비평사』, 1998 가을호.

리하여 고향상실이나 유랑자 의식과 같은 유이민의 실상을 시로 제작하였다. 이용악의 『분수령』과 『낡은 집』을 보면 이향과 탈향이 주조로 드러나고 있음을 볼 수 있는데 윤영천은 이러한 시의 유형을 '유이민 문학'이라고 분류한다.[12]

만주에 조선의 민초들이 이민에 줄을 잇기 시작한 것은 17세기부터이며 19세기 중엽부터는 본격적으로 이주민들이 들어오기 시작했다. 일제 강점기에는 이주민 2·3세대들이 그 지역을 자신들의 고향땅으로 알게 되었다. 만주를 고향으로 상정하고 그곳을 찾아간 우리나라 시인 중에 청마와 백석이 있는데 그들 역시 자기 시에서 만주를 일종의 해방 구이자 가능성의 땅으로 상정한다.[13]

하지만 이용악은 고향을 단지 아름다운 세상으로만 그리지 않았다. 일제 강점기라는 특수한 상황에서 정처 없는 유이민의 삶이라는 공통적인 인식은 같았지만 이용악의 경우 고향 '북쪽'을 생각하는 마음은 강퍅하고 궁벽했다.

그는 자신의 고향이 변경지역이라는 생각을 가지면서 애틋한 향수를 느꼈는데 이러한 양가적인 생각은 그 스스로 고향에 대한 자조적인 태도를 취하게 했다. 「제비같은 소녀야」와 「전라도 가시내」는 모두 『오랑캐 꽃』에서 나오는 팔려간 여인을 모티프로 국경 지대를 전전하며 살아야 했던 곤궁한 유이민들의 설움을 드러내는 것이다. 이용악 시 창작의 주된 과제는 소외된 이웃과 북방 동족의 문제를 해결해야 한다는 대자적 주체의 소명의식과 이상 구현의 실천적 의지에 기초한다고

---

12) 윤영천, 「민족시의 진전과 좌절」, 『이용악 시선집』, 창작과 비평사, 1995, 203쪽.
13) 이명찬, 「한국 근대시의 만주 체험」, 한중일 문학연구 13권 한중일 문학회, 2004, 358쪽.

볼 수 있다.

내 주권과 삶의 자리를 찾아야 한다는 주인 의식에 기초한 대자적 관점과 반성적 성찰은 굶주림을 피해 고국을 떠날 수밖에 없는 이웃에 대한 연민과 아픔을 함께 한다. 개인의 서정을 떠나 사회적인 관심을 내포한 이용악의 시작 태도는 국내의 유이민의 비극적 삶을 곧 민족 모순의 핵심으로 인식하고 그것을 또한 민족 공동체 의식으로 드러나게 한 것이다.

6. '우리'라는 공동체 의식

이용악의 시에서 제국주의의 폭압에 못 이겨 고향을 등지고 타향으로 떠나가는 고통스런 유민들의 체험이 많이 나온다. 식민지 하층민의 보편적인 차원을 형상화 한 시 중에는 굶주림을 피하여 고국을 떠날 수밖에 없는 이웃과 그들에 대한 연민을 드러낸 시가 종종 눈에 띈다. 가령 소금 밀수를 하다가 연해주 우라지오에서 객사를 하는 이용악 아버지의 이야기는 시인 자신이 체험한 현실이며 유랑자의 곡진한 경험에서 우러나온 이러한 아픔은 '우리'라는 공동체 의식을 형성한다. 연대감과 동질감으로 이용악의 시에서는 '나, 너, 우리, 함께, 모두' 라는 시어가 종종 등장한다. '나'와 '너'는 구체적 대상을 지칭하기보다 '나'와 '너'로 표상되는 공동체 구성원을 이르는 것이다.

구송 서사시 동명왕 설화가 예술 서사시 텍스트로 정착된 동인을 이우성은 다음과 같이 밝힌다,

12세기가 위대한 민족의 수난기이며 이 수난기의 현실이 요구하고 있는 것은 민중심의 귀일과 민중 에네르기의 축적에 의한 민족적 저항 정신의 발산이다.[14]

서사시는 끊임없이 역사의 주동 세력으로 민중을 포괄하면서 민족 집단을 자기 운동의 구체적 기반으로 요구하고 있다.

> 그래도
> 우리를 실은
> 차는 남으로 남으로만 달린다
>
> (… 중략 …)
>
> 너는 차라리 밤을 부름이 좋다
> 창을 열고
> 거센 바람을 받아들임이 좋다
> 머릿속에서 참새 재잘거리는 듯
> 나는 고달프다 고달프다
>
> 너를 키운 두메산골에선
> 가라지의 소문이 뒤를 엮을 텐데
> 그래도
> 우리를 실은
> 차는 남으로 남으로만 달린다
>
> — 「그래도 남으로만 달린다」 부분 (『낡은 집』1938)

---

14) 민병욱, 『한국 서사시와 서사 시인 연구』, 태학사, 1998, 40쪽.

함북 경성 출신의 이용악은 일본과 서울 등 고향과 타향을 오가면서 유랑의 삶을 산다. 주변인으로서 멈출 수 없는 그의 좌절은 고향에 대한 이중적이고 모순적인 의식을 갖게 한다. 고난의 근원이 고향이라는 현실에 있었던 탓에, 그리움의 대상인 동시에 현실적 고통으로 각인되는 고향의식을 통절한 심정으로 드러낼 수밖에 없었던 것이다.

이 시에서 이용악은 고달프고 신산한 삶 속에서도 삶에 대한 의욕은 굳건하다는 것을 밝히는데 "우리를 실은 차가 남으로 남으로 달"리는 당대 현실에 있어 "창을 열고 거센 바람을 받아들임이 좋다"라는 표현으로 알 수 있다. 이것은 고향을 등질 수밖에 없는 사람끼리 시름에 젖어 유랑의 기차에 올랐지만 절박한 소원까지 버릴 수는 없다는 의지의 발현이기도 하다. 자신에게 고향이 없다는 사실을 확인하는 과정이나 고향이 있더라도 그것이 제대로 된 것이 아니라는 사실을 직시하는 과정 속에서도 견고하게 단련하는 화자의 태도를 보여줌으로써 의식의 확대과정을 드러낸다. 이는 나와 함께 탑승한 당대 민중들에게 "너는 차라리 밤을 부름이 좋다/ 창을 열고/ 거센 바람을 받아들임이 좋다"라고 견고한 현실 인식을 일깨우는 것이다.

> 북쪽은 고향
> 그 북쪽은 女人이 팔려간 나라
> 머언 山脈이 바람에 얼어붙을 때
> 다시 풀릴 때
> 시름 많은 북쪽 하늘에
> 마음은 눈감을 줄 모른다
>
> — 「북쪽」 전문(『분수령』, 193?)

이용악이 형상화하는 고향은 늘 그의 지친 몸을 안온하게 받아주는 휴식처가 아니다. 1930년대 말 조국의 현실은 일제의 수탈로 궁핍하고 피폐한 수난의 역사를 지나고 있었고 민족사의 영욕이 부정적으로 제시되고 시름 많은 서사가 암울하게 펼쳐지는 시기였다. 그는 막막한 고향을 떠났지만 그런 고향이 그리워 가난과 불모의 땅으로 다시 돌아온다. 돌아왔지만 앞이 보이지 않는 고향을 아련한 그리움과 슬픔을 안고 다시 등질 수밖에 없는 악순환을 계속하는 것이다.

이용악은 30년대 말 북방 마을의 현실을 황량하고 쓸쓸한 분위기로 그리는데 두 번째 『낡은 집』에서는 그런 고향이 그리워서 먼 길을 돌아왔다고 하였다.

하얀 박꽃이 오들막을 덮고
당콩 너울은 하늘로 하늘로 기어올라도
고향아
여름이 안타깝다 무너진 돌담

돌 우에 앉았다 섰다
성가스런 하로해가 먼 영에 숨고
소리없이 생각을 드디는 어둠의 발자취
나는 은혜롭지 못한 밤을 또 부른다

도망하고 싶던 너의 아들
가슴 한구석이 늘 차그웠길래
고향아
돼지굴 같은 방 등잔불은
밤마다 밤새도록 꺼지고 싶지 않았지

드디어 나는 떠나고야 말았다
곧 얼음 녹아내려도 잔디풀 푸르기 전
마음의 불꽃을 거느리고
멀리로 낯선 곳으로 갔더니라
그러나 너는 보드러운 손을
가슴에 얹은 대로 떼지 않았다
내 곳곳을 헤매여 살 길 어두울 때
빗돌처럼 우두커니 거리에 섰을 때
고향아
너의 부름이 귀에 담기어짐을
막을 길이 없었다

"돌아오니 나의 아들아
까치둥주리 있는
아까시아가 그립지 않느냐
배암장어 구어 먹던 물방앗간이
새잡이하던 머들방천이
너는 그립지 않나
아롱진 꽃 그늘로
나의 아들아 돌아오라"

나는 그리워서 모두 그리워
먼 길을 돌아왔다만
버들방천에도 가고 싶지 않고
물방앗간도 보고 싶지 않고
고향아
가슴에 가로누운 가시덤불
돌아온 마음에 싸늘한 바람이 분다
— 「고향아 꽃은 피지 못했다」 부분(『낡은 집』, 1938)

이용악의 시에서 '시원의 경험'은 삶의 훼손을 측정하는 잣대로서 환기되지만 그의 고향은 "배암장어 구어 먹던 물방앗간"과 "새잡이 하던 버들방천"의 고향이고 "아롱진 꽃그늘"이 그리워서 먼 길을 돌아오는 고향이다. 하지만 화자는 늘 다시 떠나려는 마음을 가진다. "가슴에 가로누운 가시덤불"이나 "싸늘한 바람이 부는" 마음은 모두 안주할 수 없는 고향의 현실에 그 요인이 있다. 수탈이 자행된 고향은 지독한 가난으로 이어져 안타까움과 혐오의 양가감정을 가지게 한다. "고향아 여름이 안타깝다", "돼지굴 같은 밤 등장불은 밤마다 밤새도록 꺼지고 싶지 않았지"와 같은 화자의 현실 인식을 토로하게 한다.

오랑캐꽃
―긴 세월을 오랑캐와의 사홈에 살았다는 우리의 머언 조상들이
너를 불러 '오랑캐꽃'이라 했으니 어찌 보면 너의 뒷모양이 머리태
를 드리인 오랑캐의 뒷머리와도 같은 까닭이라 전한다―

아낙도 우두머리도 돌볼 새 없이 갔단다
도리샘도 띳집도 버리고 강건너로 쫓겨갔단다
고려 장군님 무지 무지 쳐들어와
오랑캐는 가랑잎처럼 굴러갔단다

구름이 모여 골짝 골짝을 구름이 흘러
백년이 몇백년이 뒤를 이어 흘러갔나

너는 오랑캐의 피 한 방울 받지 않았건만
오랑캐꽃
너는 돌가마도 털메투리도 모르는 오랑캐꽃
두 팔로 햇빛을 막아줄게

울어보렴 목놓아 울어나 보렴 오랑캐꽃

─「오랑캐 꽃」전문

이 시에서 북방의 한 변경마을은 그 옛날에는 여인이 팔려간 공간이기도 하고 지금은 일제의 폭력과 수탈이 자행되는 곳이다. 삶의 터전을 잃고 유랑해야 했던 우리 민족의 현실을 '오랑캐꽃'에 의탁하여[15] 표현하고 있는데 이는 북간도와 연해주를 오가며 공동생활을 해온 다민족의 애환을 환기시키는 부분이다.

한편 이 시에서 화자가 고려장군이라는 가해자의 입장에서 피해자에 대한 동정으로 옮겨가는 '각성'의 과정을 담았다[16]고 보는 견해도 있는데. 극심한 멸시와 천대를 받아온 부족이 '오랑캐'라면 이러한 오랑캐를 변방으로 내쫓은 '고려장군'은 가해자일 수밖에 없기 때문이다. 반면 오랑캐꽃이 우리 민족의 표상이라면 그것은 일제 강점기 피압박 민족으로서 피해자의 처지를 은유하는 것이 된다. 그렇게 볼 때 '오랑캐'의 시적 의미는 민족적 대립 관계를 형성 하는 것이 아니라 변두리 피차별자들의 설움과 소외 경험의 공유를 나타낸 것이 된다.

민족의 시원을 구성하는 '오랑캐'에 대해 홍정선은 다음과 같은 사실을 확인한다. 숙신, 예맥, 선비, 모용, 말갈, 여진 등 여러 민족이 흥기했다가 소멸한 고대 동북지방에서는 흉노민족, 부여민족, 고조선 민족, 선비 민족, 고구려 민족 등으로 흡수되어 국가를 만들었다가 다시 흩어지는 역사가 되풀이 된다.[17] 또한 조동일은 중국 주나라와 치열하게 싸

---

15) 최동호「북의 시인 이용악론」,『평정의 시학을 위하여』, 민음사, 1991, 42쪽.

16) 정정순, 「이용악의 '오랑캐 꽃' 해석과 시 교육」, 423쪽.

17) 홍정선, 「민족의 시원을 향한 시인의 눈길」,『문학과 사회』, 같은 책.

운 동이족의 문화가 우리 문화와 맥락이 닿고 있다고 본다. 서나라는 전국 시대 초나라와 싸우다가 진시황이 육국을 통일할 때 중국판 태안에 들어갔다. 그 뒤 나라 잃은 백성들 가운데 일부가 한반도로 이주해 왔다는 것이다. 그것은 서국의 건국 서사시가 부여계 건국 신화와 공통된 줄거리를 지니고 있다는 점을 들어 추론하는 것이다.[18) 이처럼 역사를 통해 "국가와 민족, 민족과 종족이 반드시 일치하지 않는다는 사실을 확인하는 것"은 1930년대 삶의 터전을 잃고 유랑하는 북쪽 변경의 사람들에 대해 이용악이 '혈연'이라는 요소가 생략된 고통 받는 동족의 차원에서 시를 창작한 것과 동일한 맥락이라 할 수 있다.

7. 전봉건의 전쟁 체험과 한국 문학

서사시의 서사체는 의식(儀式)과 전설의 세계와 또 한 편으로는 역사와 허구의 세계 사이에서 균형을 유지한다. 원시 서사시의 선형적(線型的) 소박성은 영웅의 위업 연대기를 말하지만 최근의 연구는 서사시의 편폭이 확대되고 있다고 볼 수 있다.[19) 그것은 전통적인 구성을 통한 이야기 즉 신화적 추진력에 의해서 지배받는 서사 문학에서 점차적으로 벗어나 창조적 일탈이 이루어진다. 등장인물의 삶이 운명적인 범위에서 머물던 작가의 세계관도 구조적으로 어긋나 있어 사회의 어긋남을 드러내 보여주는 한 개인의 삶에 주목한다. 사회의 거대한 흐름의 한쪽에 평범한 한 인물의 관계적 삶을 드러내 가상적인 이야기를 펼침

---

18) 조동일, 서종문, 『국문학사』, 한국방송대학교, 1998, 14쪽.
19) 신동욱, 『최신문학 槪說』, 정음문화사, 1995, 72~74쪽.

으로써 우리 삶 속에 내재하는 진실을 일깨우는 것이다.

6·25의 정신적 상흔들을 아름답게 노래한 전봉건의 시세계는 휴머니스틱한 인생론과 탁월한 언어감각을 통한 심미의식을 겸비한 것으로서 전장의 트라우마를 신경증으로 발전시키지 않고 미적 승화를 거쳐 그 불쾌한 경험을 생산적인 것으로 드러낸다.

1950년에 등단하여 80년대 작고하기까지 40여년의 시작 활동기간 줄곧 한국 전쟁의 시적 형상화에 힘쓴 유일한 시인인 전봉건은 1950년대 한국시의 흐름을 확대하는 데 기여했다. 전쟁과 분단 의식에 바탕을 둔 전봉건의 시세계는 50년대 체험을 형상화 하는데 주력했는데 전쟁과 실향의 모티프가 지속적으로 등장한다.

제국주의의 침탈로부터 벗어나자마자 전쟁으로 이어지는 한국 현대사의 질곡을 「JET」, 「DDT」, 「BISCUITS」, 「ONE WAY」, 「0157584」와 같은 전쟁 체험의 형상화를 통해 보여주는 전봉건의 6·25 연작은 역사의 증언을 수행하는 것과 같다. 시적 자아의 정신적 상처를 반증하면서 전쟁의 폭력성과 비정함을 비판하는 행위여서 그의 전쟁시는 근원적 생명에 대한 인식을 보여주고 있다고 말할 수 있다.

1.
아이브로우 크림 콤펙트의 광고사진 그리고 파우더 루우즈.
9분전.넙적다리 같은 베이컨과 덩어리 베이컨 같은 엉덩이. 나는 원색판 LIFE를 접는다. 딴딴한 눈이다. 햇살이 부딪친 야광시계의 유리판…… 여자장교 포로의 팬티가 무슨 색깔인지 나는 생각지 않으려고 한다. 보초병 철모 위에 떠 있는 구름들의 가장자리가 맑다. 그 아래로 산이 있다는 것과 브레스트 밴드를 생각한다. 무수한 그것들은 벙커다.

소대장이 돌아섰다.
다시 11시 방향.
나는 허리를 굽힌다
차폐물이 없는 슬로프

2.
100야드 나는 포복하였다
90야드,
나는 사정을
80야드로 압축시켰다.
65야드
나는 60야드로 압축시켰다.
나는 저격병의 정조준 위에 놓였다.
나는 마지막 수류탄을
던졌다.
……
따발 맥심 자동소총의 일제 사격이 내 심장 높이를
통과하는 45야드

나는 머리를 들었다.
압축.

3.
아침
얼룩진 시이트의 냄새가 풍기는 능선.
나는 콧등을 눈으로 문질러 대고 싶다
대공표식 위에서 여태 곤한 계집의 눈초리와도 같이 맴도는 정찰기.
(…중략…)

4.

계속되는 무한궤도의 자국과 전화선.

혓바닥에 교착하는 BISCUITS.

지난밤엔 射程이 고정되어 가는 화망 위에 은하수가 흘렀다.

그리고 수통이 사방으로 날았다.

시속 120마일로 종군목사의 JEEP이 옆구리를 스친다.

내 수통은 비었다.

하얀 나뭇가지 아래서 디룩거리는

만주산 말의 엉덩이. 나는

탱탱한 팬티를 생각하며 미끄러지는 군화에 중량을 보탠다.

산허리에 반사하는 일광.

BAR의 연사.

비둘기의 똥냄새 중동부전선.

나는 유효사거리권내에 있다.

나는 0157584다.

— 「0157584」 부분

　　해방 직후 한국 시단은 좌우 이념 대립으로 "일시적 불안의 시대" 혹은 "과도기적 상황"으로 규정[20]한다. 따라서 새로운 시인이 등장할 만한 제반 여건이 조성되지 않았다. 전봉건은 1950년대 후반기의 방계 동인으로 등장하여 나름의 모더니즘을 전개한 시인이다.

　　1950년 「6·25」에 참전해 부상으로 제대한 전봉건은 이 때의 전력으로 전쟁터의 처절한 상황을 시로 쓰게 된다. 전봉건의 시적 이미지 처리 방식은 대상을 시각적으로 묘사하여 독자의 감각에 호소하는 일반

---

20) 백철, 「전형기의 문학」, 사상계, 1955. 10.

적인 방식이 아니다. 그는 지금 이곳의 현실보다 대체 현실 즉 '환상'을 전경화 한다. 전쟁터에서 숨 막히는 억압과 공포를 환상적 이미지로 뒤집는 것이다. 그는 전쟁의 와중인 긴박하고 두려운 순간에도 말의 엉덩이나 탱탱한 팬티를 떠올리는데 그의 전쟁 시편 곳곳에서 드러나는 이러한 이미지들은 대상의 성격을 형상화 하는 것이라고 할 수 없다. 그것은 다만 현재의 상황을 잊게 하는 환상성의 구실이나 작용을 보유하는 것이다.

라캉은 '좌절(frustration)'이라는 용어를 마련하는데 좌절은 요구의 충족이 거절된 주체의 상태를 말하며 그 결과 퇴행의 길을 걷는 것을 말한다. 라캉은 박탈(privation)과 거세(castration)의 개념을 묶어 '결핍'으로 규정한다.[21]

전봉건의 전쟁시에 나오는 화자 충족의 시도는 항시 좌절을 일으킨다. 이 때마다 시인은 시각적인 육체 이미지의 표출을 통해 자아의 본능적이거나 성애적인 욕구인 리비도의 투여를 끌어낸다.

또한 그는 전쟁의 비정성을 사물의 수치화나 계량화, 존재의 익명화로 드러낸다. 인간의 자율성이 사라진 전쟁의 풍경을 인간 존재의 몰가치한 일상의 세계로 표현하는 것이다. 실제로 위 시에서는 「0147584」라는 일종의 기호를 사용하여 시인의 존재를 수치화시킴으로서 인간을 사물화 된 비-존재의 모습을 취하게 한다. 대상으로서의 현실 역시 꿈꾸듯이 비실재화 시킴으로서 초토화 되는 현실의 무의미성을 부각시킨다.

쏟아지는 포탄과 반사하는 일광 속에서 그의 시는 에로스적 상상력

---

21) 질베르 디아트킨, 『자크 라캉』 임진수 옮김, 교문사, 2000년, 40쪽.

이 분출한다. 그것은 죽음이라는 생의 타나토스적 본능으로 반동 형성하는 것과 같다. 프로이드는 상징계의 억압이 일어난 후에 성적 희열이 오는 것을 '잉여—주이상스'라고 하였는데 무의식이 의식으로 돌아오기 위해서는 필연적으로 왜곡이 존재한다고 하였다.[22]

8. 전봉건 시의 생명 인식 구현과 에로스적 상상력

서사가 사회나 생에서 줄거리의 도움을 빌어 완결된 형식으로 파악하는 것이라면 무엇보다도 그 당대 사회의 나아갈 지평, 즉 구체적 전망이 떠오를 때 비로소 가능한 일이다 전봉건의 서사시는 전장의 현장성에서 그의 시적 특성을 찾을 수 있는데 전쟁시에 드러나는 개인의 존엄성의 인식과 자유사상은 근대 서사의 특성이라 할 만 하다.

> 그날 총알에 뚫린 가슴으로 피를 뿜는 친구를 어깨에 걸쳐 메고 나는 부러진 총부리와 시체가 여기저기 흩어져 불타는 거리를 더듬어 가끔씩 생각난 듯 눈먼 유탄이 와서 박히는 한 건물의 어둠 속으로 들어갔다. 깜깜한 문지방을 넘으니 발바닥에 마루인 듯한 널판자가 밟혔고 널빤자는 숨 죽인 신음소리 같기도 하고 비명 소리 같기도 한 그런 소리를 냈다. 나는 어깨 위에서 꿈틀거린 그를 고쳐 메고 소리 나는 어둡고 긴 마루를 지나 마침내 방인 듯한 곳에 이르렀으나 그곳도 역시 어두워 안 보이는 눈을 껌벅거리며 한동안 우두커니 서 있을 수밖에 없었다. (…중략…) 이미 임종이 가까운 그의 두 눈

---

22) 프로이트는 이것을 압축과 전치라 했고 라캉은 은유와 환유로 통한다고 말했다. 위의 책, 47쪽. 네이버 문학비평사전 : 1924년 「마조히즘의 경제원칙」(SE 19 : 159—170)에서 인간의 근원적 소망을 열반 원칙으로 표현했다.

은 그저 크게 뜨여 힘없이 벌어져 있을 뿐이었다. 아무런 흔적도 없었고 또 자취도 없었다. 그런데 어찌된 것이었던가. 텅 비어 있음에 다름 아니던 그의 두 눈에 빛이 고이고 바람도 이는 것이 아닌가. 뿐만이 아니었다. 하늘이 깃들고 그 푸름도 깃들었다. 성좌가 아롱지는가 했더니 강물이 흘렀고 나뭇잎을 흔드는 숲이 들이차기도 했다. 훤하게 트인 길을 거느린 해안과 산맥이 구비치기도 했다. 나는 그러한 그의 두 눈을 홀린 듯이 들여다보았다. 이제 그의 두 눈은 잔잔한 미소마저 띠우고 있는 것이었다. 그리고 다시 그의 두 눈에 듬뿍 이슬 머금은 꽃덤불로 둘러싸인 샘물이 떠올라 넘칠 듯 넘칠 듯한 바로 그 때였다. 그는 검붉은 피 엉겨찌든 손가락을 들어 어슴푸레한 방 한 구석을 가리키는 것이었다. 나는 그가 가르키는 곳으로 눈길을 옮겼다.

거기엔 무엇이 있었던가. 내가 본 것은 무엇이었던가. 그것은 항아리였다. 항아리 하나가 거기서 어슴푸레한 어둠 속에서 희고 맑은 젖빛 스스로의 살빛을 풀어내고 있었다. 나는 그것을 똑똑히 확인하기 위하여 두 눈을 지긋이 감았다가 다시 떠 보았다. 그런데 모를 일이었다. 내가 다시 눈 떠 본 것은 항아리가 아니라 한 여자였다. 가느다란 모가지 고운 젖무덤 늘씬한 허리 풍만한 엉덩이 한 젊은 여자가 거기서 어슴푸레한 어둠 속에서 희고 맑은 젖빛 스스로의 살빛을 풀어내고 있었다. 풀어내는 스스로의 살빛으로 피냄새 절은 어슴푸레한 어둠을 조금씩 조금씩 밀어내고 있었다.

(…중략…)

그 뒤로부터 나는 확신 하나를 가지게 되었다. 우리의 흙 우리의 땅덩이가 아무리 처절한 죽음과 엄청난 피로써 얼룩진 암흑이라 할지라도 철따라 과목을 꽃피게 하고 열매도 맺게 하는 것은 그것이 희고 맑은 젖빛 스스로의 살빛을 풀어내는 항아리 또는 항아리와 같은 것으로 해서 지탱되어 있는 까닭이라는.

― 전봉건, 「암흑을 지탱하는」 부분

허구에 의존하는 근대 서사는 가상적인 이야기를 펼침으로써 우리 삶 속에 내재해 있는 진실을 일깨우는 효과를 가져 온다. 전봉건의 시가 사회 속에서의 개인의 위치, 개인의 존립과 제도의 모순을 간접적으로 노출하고 있는 것은 사회의 거대한 흐름의 한 쪽에 자리 잡고 있는 평범한 한 인물의 관계적 삶을 통해서이다. 또 그의 시는 있는 사건의 배치를 뒤섞이게 하여 독자로 하여금 흥미를 돋구고 미적 효과를 증대하여 창조적 의욕을 고취 시킨다.

죽어가는 동료를 들쳐 메고 뛰어든 어느 건물 안에서 화자는 항아리를 발견하고 거기서 살빛을 풀어내는 여인을 보게 된다. 피 냄새가 짙은 전쟁터에서 젖빛 항아리를 발견하고 아름다운 여인을 떠올리는 일은 자기 존립의 의의를 부여하는 일이라 할 수 있다.

라캉은 진정한 주체와 그의 진실에 대해 언급한 바 있는데 성적인 충동(Pulsions Seyuelles)이 자기 보존 충동(pulsions d'auto-conservation)에 의지하는 것을 두고 이른 말이다.[23] 또한 프로이드 역시 '환자로 하여금 끝까지 말하게 내버려 두는 것'이 스스로를 치유하는 힘으로 작용한다고 했던 바, 위의 시에서 드러나는 화자 일련의 연상인 환유적인 미끄러짐이 이에 해당한다고 할 수 있다.

푸르스트의 '잃어버린 시간을 찾아서'는 이야기의 흐름이 주인공의 의식을 따라 흘러간다. 외부 세계의 실재성에 더하여 이른바 내적 진실의 추구라는 자아와 세계의 교섭을 갖게 되는 전봉건 시 속에서도 심리주의 서사의 한 흐름을 볼 수 된다. 이 때 서사적 자아는 세계와의 교섭을 적극적으로 이루며 끊임없이 자아의 확립을 기하는 것이다

---

23) 질베르 디아트긴, 앞의 책, 37쪽.

전봉건은 「6·25」의 역사적 격변기를 겪으며 기존의 한국 전통 릴리시즘 시와는 다른 가치관의 혼란과 그에 따른 불안 심리를 새로운 표현의 형식으로 표출하고 있다. 띄어쓰지 않고 빠른 호흡으로 냉철하게 서술한 것은 그가 공포의 감정이나 분노 등의 감정을 배제하면서 전쟁의 비정성을 두드러지게 하기 위함이다. 전장의 급박성을 극단적 구호의 진술이나 전달에 의존하지 않고 형태적 특성으로 드러냄으로서 현실에 대한 시인의 사상을 객관적 태도로 전달하고자 하는 의도에서이다.

> 5시나는호속에있다수통수류탄철모붕대압박붕대대검그리고
> M1나는내가호속에서틀림없이만족하고있다는사실을다시한번생
> 각해보려고한다BISCUITS를씹는다오늘은이상하게5시30분에또
> 피리소리다9시방향13시방향나는BISCUITS를다먹는다6시밝아지
> 는적능선으로JET가쉽게급강한다나는잠자지않은것과BISCUITS
> 를남겨두지않은것을후회한다6시20분대대OP에서연락병이왔다
> 포킷속에뜯지않은BISCUITS봉비가들어있다6시23분해가떠오른다
> 나는야전삽으로호가장자리에흙을더쌓아올린다나는한뼘만큼더깊
> 이호밑으로가라앉는다야전삽에가득히담겨지는흙은뜯지않은
> BISCUITS봉지같다
>
> — 「BISCUITS」 전문

전쟁이라는 압도적인 상황 속에서 '비스켓' 생각이라는 '폭력성의 무화'는 주체와 현실의 분리 불가능성에 대한 '어찌할 수 없음'의 표현이고 그로 인해 전쟁 공포의 상황에서 의식 세계는 퇴행의 모습을 드러낸다. 인간의 리비도는 아메바처럼 또는 깨어진 계란처럼 흘러 다니다가 우리 몸의 구멍에 달라붙어 충동을 형성한다.

화자는 "만족하고있다는사실을다시한번생각해보려한다"는 자기 위

안을 하고 있지만 요구와 원하는 욕망이 다른 전혀 만족스럽지 못한 상황에서 쾌락 원리를 넘어서는 순간 주체가 감당을 못하고 파괴 될 수 있다는 사실을 예감한다. 황동규 시인은 그의 연작 시집 『풍장』에서 사마귀가 성교 도중 잡아먹히면서 머리가 세상에서 사라지는 쾌감(풍장 30)을 묘사했는데 이것은 전봉건의 시에서 전쟁의 한가운데 '비스켓을 먹는 행위'와 다를 게 없다. 그것은 죽음과 맞닥뜨려서 무의식 안에서 일어나는 주체분열과도 같은 것이다.

전시의 만족스럽지 못한 상황 속에서 사소한 비스킷에 집착하는 퇴행 행동은 주체가 위험하면 인간의 나약한 의식은 불온하게 비정상성이 되고 현실원칙을 파괴하는 충동인 주이상스에 사로잡히게 된다는 원리.[24]와 동일한 현상이 되는 것이다. 감정의 틈입이 한 치도 허용되지 않는 전봉건의 「BISCUITS」은 압도된 인간 존재의 상징을 드러낸다. 잉여 주이상스가 강렬하게 작동하면 결국 파괴와 죽음에 이른다는 성적 쾌락 원리인 주이상스는 죽음의 타나토스(tanatos)이고, 이것은 폭력의 가학적 단계가 절정에 달해 있을 때 퇴행이 시작한다는 전봉건의 격장의 전쟁시와 만나고 있는 것이다.

9. 민족 문학의 시사적(詩史的) 맥락

민족 문학은 민족의 시간과 공간 속에서 직조된다. 민족의 시간과 공간이 손상을 입거나 수탈당하면 필사적으로 그것을 수호하려는 문학

---

24) 라캉이 세미나 <정신분석학의 원리>(the ethics of psychoanalysis, 1959~1960)에서 쾌락 원리는 쾌락을 제한하기 때문에 인간 내면에는 그것을 깨뜨리려는 충동 즉 주이상스가 있다고 보았다. 김승환, https://naver.me/Gx6VIOBB

운동이 전개되기 마련이다. 그리하여 민족 문학에의 시간과 공간은 그 원형을 회복하고자 새로운 모습으로 형상화된다.[25]

> 내게도 바탕이랄까 할 것이 있다면 그것은 초기의 작품들이 말하고 있는 바와 같은 것이다. 이를테면 목숨의 뿌리가 그러한 것처럼 밝음이며, 맑음이요. 또한 질긴 바램이다. 스스로의 소견에도 그러한 것이 내 30년을 짜내려 온 것으로 여겨진다. 그런데 그러한 것으로 해서 짜여진 내 30년의 여기저기에는 핏방울이 튕겨 있고 핏자국이 번지어 있다. 내가 총을 메고 말려들었던 6·25의 그 핏방울이요 핏자국이며, 이것이 부르는 또 어떤 핏방울과 핏자국들이다. (…중략…) 그 핏방울 그 핏자국은 앞으로도 계속해서 내 길의 여기 저기에 튕길 것이고, 번지어 날것이라는 것이다.[26]
>
> ―『꿈 속의 뼈』 후기에서

인간의 역사는 외부 세력의 침략에 대하여 응전하는 방식으로 이어져 왔다고 해도 과언이 아니다. 민족 문학의 시간과 공간을 확대한 「동명왕편」과 「제왕운기」를 통해 우리는 일찍이 유구한 한민족의 생존의 역사를 알게 되었고 민족적 각성과 민족적 자주의 소망을 엿보았다. 그런데 여기 우리 민족의 독자적인 정신적 전개와 역사적 필연성을 전과는 다른 방식으로 표현한 시인이 있으니 그가 바로 전봉건이다. 그의 '참전시'는 외세에 대한 항전 의식을 창조적인 자기 서사에 기반하여 열어가고 있으며 그러한 저변에는 현실에 의해 해체되는 자아의 형상화가 놓이게 된다. 안과 밖의 모든 외세에 대해 자기를 지키려는 시인

---

25) 김영기, 「민족문학의 시간과 공간」, 『민족 문학의 공간―김영기 평론집』, 지문사, 2005.
26) 전봉건, 『꿈속의 뼈』, 근역서제, 1980, 125~126쪽.

은'나는 누구인가'라는 질문을 던지며 자기 정체성에 도전하며 고유한 자아회복에 천착한다.

10. 맺음말

거족적 독립 운동인 3 · 1 운동 실패의 시기에는 역사의 지평이 보이지 않아 퇴폐적이거나 병적 낭만주의로 일컬어지는 다분히 감상적인 시가 주조를 이루었다. 반면 일제의 문화정치라는 기만적 회유 정책기에 이르러서는 한국민의 식민지 정책에 대한 응전력이 그 구체적 모습을 보이기 시작했다. 이 시기 이용악은 당시의 사회를 반영하는 서사시를 썼다.

그는 이향과 귀향을 되풀이하는 유이민의 특수한 상황을 시로 제작하였는데 이는 1920년대 국내 유이민의 삶을 비극적 모순의 삶으로 인식한 결과였다. 그는 개인사적 고단한 생활 체험을 '우리'라는 공동체 의식으로 끌어올린다. 멈출 수 없는 주변인으로서 상실된 '시원의 경험'을 부정적으로 제시하면서 식민지 질서 체제에 대한 응전력을 확보한다.

자아와 세계의 공존과 대립이라는 명제는 1950년대 전봉건의 시에서도 드러나고 있는데 이용악이나 전봉건 모두 가치 성취형의 사건 구조보다 좌절의 하강적 구조를, 회의적이고 탐색적인 묘사체로 기록한다. 또 이들은 제국주의의 폭압이나 절체절명의 전쟁의 순간을 기록하면서도 과장적인 장식미와 동떨어진 평이한 문체로 개인의 수평적 가치를 지향하는 시를 통해 일반 독자들의 흥미를 유발한다.

숄츠와 켈로그는 『서사문학의 본질』에서 서사 형식이 계속해서 진화하기 때문에 서사에 새로운 접근 방법을 생산해야 한다고 주장한다.

이용악과 전봉건의 문학 작품은 과거의 문체와 현저히 다른 방식의 '서사'로 일제시대와 6·25 동란 당시의 역사적인 내용이나 본질을 전개한다. 이들 문학 작품은 당대 사회와 밀접한 연관을 지니고 있어 1920년대 일제 강점으로 인해 벌어지는 문제적인 현상들, 즉 나라를 잃고 떠도는 유이민의 삶이나 한국 동란시의 특수한 상황에서 던져진 인간의 모습을 있는 그대로 그려내고 있다. 이용악과 전봉건이 내세운 시적 화자는 고통스러운 삶을 이어가면서도 절박한 소원을 버리지 않았고 자신에 대해 끊임없이 질문하면서 미래에 대한 긍정적인 인식을 지닌 채 정체성을 찾고자 하였다.

특히 전봉건은 현실에 의해 해체되는 자아를 기호화 하면서도 섣부른 감정적 토로에 의한 실존적 인식을 내세우지 않고 전쟁의 상황을 묘사한다. 현실의 자아와 몽상하는 자아의 팽팽한 접전 속에서 주변적인 상황에 대한 정보를 드러내고 있어 역사주의 관점에서도 작품 자체에 대한 천착을 용이하게 한다.

이용악과 전봉건은 이념이나 명분에 휘둘리지 않는 20세기 전반의 대표적인 현실주의 시를 썼는데, 전통적인 구성을 통한 이야기 줄거리를 말하지 않고 경험적인 것과 허구적인 것의 창조적 결합으로 삶의 실상에 내재한 가치의 문제에 집중하였다.

이와 같은 입장에서 말하면 한국의 근대 서사시는 집단의 운명을 상징하는 영웅의 이야기가 아니라 구체적인 개인의 이야기이며 객관적 사실의 서술이라기보다는 객관적 사실의 주관적 표현에 가깝다. 따라서 이용악 전봉건의 창조적 작품 서사는 민족의 비극적 현실을 밀도 있게 표현하면서 자아 인식에 이르고 있다는 점에서 문학사에 자리매김할 수 있는 중요한 요인이 된다.

참고문헌

〈기본 자료〉

이용악, 『낡은 집』, 기민사, 1986.
전봉건, 『전봉건 시선집』, (주) 문학동네, 2008.
전봉건, 『전봉건』, 글누림출판사, 2010.
전봉건·이승훈, 『대담시론』, 문학선사, 2011.
로버트 숄즈, 로버트 켈로그, 제임스 펠란, 『서사문학의 본질』, 예림기획, 2007.

〈논문〉

징윤익, 「韓國敍事詩 硏究」, 명지대학교 대학원, 1984.
박학봉, 「남북한 서사시 비교 연구」, 세종대학교 대학원, 2002.
조명숙, 「임화의 단편서사시 연구」, 아주대학교 대학원, 2005.
이명찬, 「한국 근대시의 만주 체험」, 한중인 문학회, 2004.
전병준, 「이용악 시에 나타난 고향의 의미 연구」, 현대문학이론 연구 제 34집,
        2008.
곽효환, 「한국 近代時의 北方意識 연구」, 고려대학교 대학원, 2007.
서지영, 「한국 현대시의 산문성 연구」, 서강대학교 대학원, 1998.
강연호, 「백석의 북방시편에 나타난 문학치료적 양상」, 영주어문 제 27집,
        2014.

박옥실, 「이용악 시 주체의 변모양상 연구—해방기를 중심으로」, 어문논총 제
　　　62호, 한국문학언어학회, 2014.

〈단행본〉

김욱동, 『대화적 상상력』, 문학과 지성사, 1988.

이성모, 『전봉건 시연구』, 도서출판 월인, 2009.

민영·최원식·최두석, 『한국현대대표시선』, 창작과 비평사, 1992.

오탁번·이남호 『서사문학의 이해』, 고려대학교출판부, 1999.

임경순, 『서사, 연대성 그리고 문학교육』, 푸른사상, 2013.

화경고전문학연구회편, 『서사문학 연구의 새로운 지평』, 단국대학교출판부,
　　　2013.

조동일·서종문, 『국문학사』, 한국방송대학교출판부, 1992.

신동욱, 『최신 文學槪說』, 正音文化史, 1984.

이재인, 『北韓文學의 理解』, 열린길, 1995.

권혁웅, 『시론』, 문학동네, 2010.

김준오, 『詩論』, 三知院, 1982.

오세영·이승훈·이숭원·최동호, 『현대시론』, 2010.

1930년대 후반 리얼리즘 비평연구

임화 비평을 중심으로

1. 1930년대 후반, 비평의 흐름

1930년대 후반 카프계의 비평에서는 이중성이 발견된다. '절대적 권위의 부재'와 '절대성의 보편화'가 그것이다. 카프라는 문예 운동 조직이 존재하는 상황에서는 조직을 중심으로 하는 비평 활동이 개별 비평가들에게 개인이 짊어져야 하는 부담을 덜어 주었다. 자신의 비평 행위가 곧바로 문예운동의 지침이 되는 식의 것이기도 해서 이른바 비평의 정론성이 문제시 되지 않는 상황이었다.

그러나 파시즘 체제의 강화 속에서 비평의 지도성이 일사 분란하게 움직여 질 수 없게 되자 비평가 개인들은 그러한 전형기에 대처하여 지도적 원리를 탐구하게 되었다. 식민지적 조건에서 사회주의 문예 이론을 전개한 임화는 이 전형기적 상황 속에서 자신의 내적 위치를 재조정하며 시대적 전환을 경험하게 된다. 사회주의자들의 잇단 검거와 전향 등으로 정치=문학이 불가능해진 상황에서 임화의 유물론적 사유란 레닌주의나 러시아 코민테른만으로 환원되지 않는 복잡성을 가지며 이를 밝혀내는 작업으로 그의 문학연구의 새로운 방향성이 제시된다.

1930년대 전반기와 후반기 사이 임화가 상상하는 사회주의 문화의 형성이 원천적으로 불가능에 가깝게 되었을 때, 카프의 대표적인 인물이었던 임화의 행적은 이후, 시기적 국면마다 다양한 모습으로 발현된다. 조직의 논리와 동일했던 그의 문맥은 식민지 자본주의라는 객관 현실과 갈등관계를 형성하면서 문학적 진화를 시작한다.

30년대 후반 '말하려는 것과 그리려는 것과의 분열'에 대한 각성은 임화 비평의 기원이 된다. 30년대 후반기 이전은 한국(정치) = 세계(문학)이었던 시기이다. 이 당시는 세계 창조적 열망으로 사회주의적 미래에 대한 전망이 가득 차 있었지만 30년대 후반엔 그것에 균열이 나타나 사회주의에 대한 절대적인 믿음이 붕괴하기 시작한 것이다.

이 예기치 못한 현실 속에서 임화의 비평은 붕괴된 작가의 사상을 복원하는 데 힘을 쏟는다. 그러기 위하여 그는 현실의 객관적 파악에 의한 과학적 사상을 복원하고 온전한 의미의 예술적 실천을 이루어내는 일에 중점을 둔다.[1] 더 나아가 생활 실천에 의하여도 주체화된 작가의 사상을 되살려 보자는데 역점을 두게 되었다.

'훌륭한 예술'이 '좋은 사상'을 만들어 낼 수 있다는 임화의 이러한 노력에는 발자크의 '리얼리즘의 승리'가 자리 잡고 있다. 그 한편으로는 패퇴한 사회적 실천을 되살리기 위해 분투한 임화의 흔적을 엿볼 수 있는 일이기도 하다. 임화는 1930년대 후반기를 읽어내기 위한 작품 읽기에 공력을 쌓았다. 말하려는 것과 그리려는 것의 분열이라는 한국문학의 깊은 혼란에 대하여는 「사실주의의 재인식」과 「본격소설론」을 통

---

1) 류보선, 「이식의 발명과 또 다른 근대─1930년대 후반기 임화 비평의 경우」, 국제비교한국학회 19권 2호, 2011, 89쪽.

한 주체 재건론을 제시하여 이러한 분열을 극복하려고 힘썼다.

1930년대 후반의 비평사적 흐름은 새롭게 변화하는 현실에 어떻게 대처할 것인가에 대한 작가나 비평가의 현실에 대한 대응 방식에서 나왔다고 볼 수 있다. 현실을 문학 행위의 바탕으로 삼으려는 리얼리즘론 역시 1930년대 후반이라는 역사적 상황 속에서 구체화 된 것이다.

임화는 일찍이 사회주의적 리얼리즘을 원칙적으로 찬성한다고 발언한 적이 있는데 프로문학의 창작방법론으로 들어온 사회주의 리얼리즘을 두고 KAPF 소속 비평가들의 태도는 상이하게 드러난다. 이는 사회주의 리얼리즘을 최후의 보루로 삼는 한효, 안함광, 김두용의 리얼리즘과 김남천의 모랄과 고발문학론, 그리고 임화와 백철 등에 의한 리얼리즘을 들 수 있다.

사회주의 리얼리즘이 논의되는 소용돌이 속에서 임화는 「낭만주의의 현대적 구조」(조선일보), 「위대한 낭만정신」(동아일보)를 썼다. 이 낭만주의의 이론적 발상은 소련의 사회주의적 리얼리즘에서 찾아지는데 과거의 자연주의에서 말하는 사실주의가 기계적 · 비인간적 · 트리비얼리즘 혹은 부패한 순수 예술의 그것임을 비판하는데서 비롯되었다. 킬포친의 용어를 빌면 <현실적인 몽상>이 낭만적 정신의 기초가 된 것이다.[2]

킬포친의 사회주의 리얼리즘은 리얼리즘과 낭만주의가 꿈을 매개로 융합할 수 있는 종합적 스타일이다. 그러나 김두용, 박승극, 김용제, 안함광 같은 비평가들은 사회주의적 리얼리즘이 설사 종합적 스타일일지라도 그것은 방편적인 측면이며 문학의 본도는 어디까지는 사회적 ·

---

2) 金允植, 『寒國近代文藝批評史研究』, 一志社, 1976, 101쪽.

사실적 입장에서 진실을 그리는 리얼리즘이라는 주장을 내세운다. 박승극 역시 비상시기에 임화가 꿈을 과도하게 찬양, 창작방법론의 미망을 유발하기 쉽다는 점을 들어 임화를 비판한다.

이상과 같은 낭만주의 대두와 이에 대한 비판은 정작 <위대한 낭만정신>을 주장한 임화 자신이 자기비판을 함으로써 리얼리즘의 길로 귀환하게 된다. 임화의 자기비판은 『사실주의의 재인식』(동아일보 1937. 10. 8－14)에서 표출 되었다. 그는 낡은 세계를 지양할 수 있는 가능성이 현실에 존재해야만 그 세계에 바탕을 둔 세계관에 대하여 리얼리즘이 승리할 수 있다는 점을 강조하였다.

1930년대 후반 소설 장르에 관한 논의의 핵심은 식민지 조선에 관한 인식 방법을 모색하는데 있었다. 이 시기 소설 장르에 관한 논의에는 임화, 김남천, 최재서와 같은 문인들이 참석하였다.

임화는 소설이 생활과 역사의 종합 인식 위에 정초함으로써 지배 이데올로기에 대한 비판적 기능을 수행할 수 있다고 생각했다. 그는 '본격 소설론'이라는 리얼리즘 미학 이론의 정립 과정을 통해 성격과 환경의 관계 속에서 시민적 전망을 내세웠다. 한편 김남천은 조선 장편 소설의 특수성이 아시아적 정체성에 기인한 것으로 보고 자본주의 사회의 모순과 갈등에 대한 묘사를 추구하는 리얼리즘 방법의 의의를 강조했다.

개인의 심리고백이나 묘사체 소설은 이 시기 비평가들에게 매우 문제적인 형식들이었다. 김남천은 세태소설과 내성소설은 궁극적으로 '무력의 시대 반영'에 불과하다고[3]까지 하였다. 이들은 본격소설을 중

---

3) 김남천, 「모던 문예사전－세태소설」, 『인문평론』, 1939. 10쪽.

심으로 내성 소설, 세태소설, 통속소설, 전향 소설 등 당시 소설형식들에 관한 비판 작업을 수행함으로써 소설 장르에 관한 논의에서 주도적 지위를 점할 수 있었다.

한편, 김기림, 이태준, 박태원, 이상, 이효석 등 1930년대 모더니즘 문학의 대표적 작가들은 1935년을 전후한 시점에서 리얼리즘 이론을 추구한 비평가들과 대립하여 논전을 벌이기도 하였다. 모더니즘은 내용과 형식에서 모던하고 근대적인 것을 추구하는 이론이다. 그러나 식민지 치하 출구 없는 현실의 산물이라는 점을 비켜갈 수 없었던 모더니즘 문학론은 현실과의 괴리가 한계로 놓여 있었기 때문에 현실과 갈등하는 인간의 역동적인 삶을 그려내지 못했다. 다시 말해 인간의 개별적 삶을 그가 속해 있는 사회에서의 삶과 통일적으로 이해하기보다 파편화된 추상적 존재로 고립시켜 현실과 아무런 연관을 지니지 않는 인간의 삶을 그려 놓은 것이다.

1930년대 말로 갈수록 그러한 경향에서 탈피하여 이태준, 정지용, 김기림, 같은 모더니즘 작가로 분류된 작가들이 리얼리즘 문학으로 접근해 가기 시작했다. 이들은 사회적인 문제를 이론 속에 도입하거나 동양적 고전의 세계로 나아가는 등 제국들의 득세가 강화되는 가운데 당면한 현실의 문제를 외면하지 않으려 했다. 결국 임화, 김남천, 안함광으로 대표되는 리얼리즘 작가들이 30년대 후반의 열악한 조건에서 문학이 담당해야 할 역할을 고민하며 새로운 이론적 가능성을 탐색하기 시작한 것이다.

2. 임화의 리얼리즘 비평론

1930년대 가장 먼저 반영론에 입각하여 문학론을 정립한 작가는 임화이다. 그는 끊임없이 자신의 이론을 현실 속에서 검증하려 했는데 특히 당시 조선적 현실에 부합하는 민족 문학이라는 문학이념과 리얼리즘론을 전개 하였다.

1929년 대 공항으로 자본주의의 큰 위기가 닥치자, 코민테른을 위시한 세계 사회주의자들은 전 지구의 사회주의화의 실현이 머지않았다는 신념하에 세계를 항해 프롤레타리아의 단결과 투쟁을 촉구했다. 그러나 1930년대 후반기에 접어들면서 세계정세는 예측하지 못했던 상황으로 급변한다. 그들의 기대와는 달리 제국주의의 야욕이 전면에 등장한 것이다.

진정한 사회주의가 이루어진다면 소련이나 일본과 함께 조선도 사회주의 국가가 될 수 있을 것이라 믿었던 임화는 자신의 이데올로기의 중핵에 문제가 있음을 발견한다. 임화의 신념을 흔든 것은 일제의 군국주의 대동아 공영권 논리였다.

1937년 내선 일체를 총독 정치의 지도 원리로 채택하고, 1938년 중일전쟁을 치른 후 일제는 일본, 만주국, 중국이 주동하여 '동아 신질서'를 건설해야 한다는 주장을 앞세워 황국 신민화 정책을 강화해 나간다. 30년대 후반 비평의 활동은 조직적 중심이 부재하였다.카프와 같은 운동집단의 재건이 불가능한 상황 아래서 임화는 변화하는 현실에 기초하여 리얼리즘의 중심적 이론작업을 구체화하기 시작한다. 이는 1930년대 후반이라는 역사적 조건에 규정 받으며 정립된 이론이었다. 실제적인 활동이 제한당하는 당시 현실과의 조응 속에서 이루어진 임화의 이론적 작업이 어떤 것이지 역사적 과제와의 연관 속에서 살펴보기로 한다.

1920년대 말~30년대 초에 발생한 세계 공항의 결과 자국의 자본주의 기반이 취약한 몇몇 나라들에서 전체주의적 지배 체제가 등장하였다는 것은 주지한 바와 같다. 이에 대항하는 인민전선이 형성되는 역사적 운동 경험이 바탕이 되어 전 세계적인 차원에서 파시즘에 대항하는 전선이 형성됨으로써 식민지 국가였던 국내에서도 인민전선 방침이 도입되고 있었다. 이것의 연관 속에서 임화의 리얼리즘에 대한 평가가 이루어져야 함에 이르는데 현실과 정합성을 갖는 하나의 이론은 주어진 시대적 과제 속에서 판명되기 때문이다.

예술적 반영론에 기초한 리얼리즘에 대한 논의가 소련에서 제기된 지 얼마 떨어지지 않은 시기에 국내에서도 사회주의 리얼리즘 논전이 일어났다. 1933년경 조선적 현실에 대한 고려 속에서 수용 가능성 문제를 둘러싸고 열띤 논쟁이 전개되었는데, 임화는 「조선적 비평의 정신」과 「비평의 고도」에서 유물변증법에 대한 학습이 카프의 이론과 창작의 수준을 높이고 문학과 정치의 관계를 실천의 차원에서 이해하는데 커다란 발전을 가져 왔다고 기술한다.

그러나 유물변증법이 현실과의 변증법적 관계 속에서 이해되지 않고 기계적으로 적용하여 창작의 문제를 해결한다는 1933년 이후의 세계관─창작 방법에 관한 논의는 비판의 대상이 된다. 고골리는 소부르조아적 세계관을 갖고 있었음에도 작품에서 러시아의 객관적 현실을 담아냈다. 그의 『검찰관』은 짜르 체제를 옹호할 목적으로 씌어졌지만 그와는 달리 러시아의 현실을 비판하는 무기가 되었던 것이다.

발자크 역시 정치적으로 보수적인 입장임에도 불구하고 귀족이 몰락하고 부르주아가 득세하는 현실을 사실적으로 그려 냈으며, 톨스토이는 철학적으로 관념론자였지만 혁명을 앞둔 러시아 대중을 거울처럼 반영"[4]하였다. 이렇듯 유물변증법을 통해 현실을 규정해서는 안 되며 반대로 현실에서 출발하여 역사발전의 변증법을 형상화해야 한다는 생각이 널리 공감되기 시작한 것이다.

리얼리즘을 둘러싼 세계관과 창작방법의 문제에 있어서 임화는 1933년에 김남천과의 물 논쟁을 통해 예술적 반영, 예술적 당파성과 객관성의 관계와 예술 형상의 성질 문제 등에 대해 뛰어난 인식을 보여주고 있다.

임화와 김남천이 「물」과 「서하」의 평가를 둘러싸고 주고받은 논의는 첫째로 창작에 대한 세계관 혹은 이론의 규정성이다. 둘째는 정치적 실천의 규정성에 따른 주관주의 도식성을 어떻게 극복할 것인가에 대한 당면한 과제였다. 김남천의 실천관에 대하여 임화는 작품과 작가의 실천을 무매개적으로 연결함으로써 예술의 특수성을 문제 삼지 못하며, 또 김남천의 실천 개념 자체가 그 역사성과 사회성을 몰각하여 문학의 정치성을 올바르게 이해하지 못하게 된다.[5]는 점을 문제 삼았다.

임화는 리얼리즘을 올바르게 구현하는 일에 정치성과 예술성을 올바르게 결합하는 일을 염두에 두었다. 세계관과 예술방법을 동일시하는 유물변증법적 창작방법을 수용하였는데 이 세계관에 의하면 인간은 "단순한 감성적 지각능력을 소유한 유기체가 아니라 사회 계급적 인

---

4) 김동식, 「리얼리즘의 승리와 텍스트의 무의식」, 『임화 문학연구 3』, 임화문학연구회, 2009, 96쪽.

5) 이훈, 『임화의 문학론 연구』, 제이앤 씨 2009, 82~86쪽.

간으로서" 규정되고 이러한 관점만이 작품의 예술성을 살릴 수 있다는 점을 강하게 내세우고 있다.[6] 또 당파성에 대한 인식에서는 주체와 객체의 관계, 즉 주관적인 신념에 반영론을 결합한 관점을 보인다. 다시 말해 객관성을 주체의 주관과 독립적으로 존재하는 현실의 운동 과정이라고 정의하고서 이 객관성을 인식하기 위하여 당파성이 요구된다는 점을 강조한 것이다. 결과적으로 「물」 논쟁에서 보여준 논의를 정리하면 다음과 같다. 첫째로 당파성의 문제를 작가의 주관과 객관적 현실의 관계범주로 파악하여 볼셰비키화 단계의 주관주의를 지양하고, 둘째로 작가의 실천과 창작의 문제를 세계관과 창작 방법의 문제로 전환하여 사고함으로써 예술의 특수성을 고려하는 계기를 마련하는 것이다. 셋째로 예술성에 주목함으로써 다음에 다룰 형상의 문제를 검토한 것이다.

임화의 형상에 대한 논의는 1933년 물 논쟁 시기에서부터 1937년에 이르기까지 이루어지는데 임화가 형상에 주목한 것은 이것이야말로 문예의 특수성을 보여주는 결정적인 요소라고 생각했기 때문이다. 박영희의 전향 선언으로 대표되는 객관적인 상황의 악화는 프로 문학에서 이탈하려는 움직임이었고, 이러한 탈정치주의에 대한 비판으로서 의도가 깔려 있는 것이다. 이 형상의 원리에 대한 탐구는 「물」 논쟁을 통하여 얻은 당파성에 대한 이해와도 관계가 있다.

임화는 논리적인 방법을 통하여 형상의 성격을 해명하였는데 여기에서는 세계관의 역할을 강조했다. 작가의 세계관이 문학의 형상을 창조하는 결정적인 역할을 수행한다고 강조하는데 형상은 리얼리즘의 근

---

6) 위의 책, 75~76쪽.

간인 전형을 드러내는 바탕으로 작가의 사회적 사유와 관념의 특수한 표현 형식이라는, 이론의 재인식이다. 바꾸어 말하면 세계관이 문학의 모태이며, 작품의 조직적 근원은 형상 자체가 아니라 작품이 의미하고 표현하려는 내용(관념)이다.[7] 역사·사회적인 조건에 따른 형상의 변화를 검토하는 방법으로는, 프로문학의 형상의 우월성을 강조하였다.

형상의 특수한 범주로서 전형에 대한 이해는 주관주의적 편향을 드러냈다. 초기에 프로문학의 형상만을 전형으로 파악하여 문학 유산에 대한 평가를 결여하였고, 낭만주의론을 주장하던 시기에는 이상적인 인물로 전형을 파악하였던 것이다. 「사실주의의 재인식」(1937.10)에 임화는 반영론의 틀 속에서 형상을 검토해야 한다는 문제의식을 보여준다. 이것이 김남천과의 논쟁을 통하여 얻은 '주관과 객관의 변증법'에 대한 이해이다.[8] 임화는 형상의 본질을 이루는 물질성의 매개로 형상은 인식적 기능을 갖게 되는데 이 물질성을 근거로 '감상적 가상'이 재현적 성질을 가지기 때문에 대상의 본질을 드러낸다고 설명한다. 현실이 본질의 반영이라는 점을 분명히 하고 프로문학의 개별성만을 강조하는 편향을 올바르게 비판할 수 있었다.

> 그러나 왕왕 작가의 세계관과도 모순하면서 위력을 발휘하는 리얼리즘이란 것은 결코 문학으로부터 세계관을 거세하고 일상생활의 비속한 표면을 기어다니는 리얼리즘과는 하등의 상관이 없는 것이다. 이러한 리얼리즘은 작가의 그릇된 세계관을 격하할 만큼 현상

---

7) 임화, 「문예이론으로서의 신휴머니즘론」, 『문학의 논리』, 소명출판사, 2009, 204~205쪽.

8) 주객변증법에 대한 이해는 인식론주의의 한계라는 비판을 받기도 하는데 문학과 다른 인식 활동을 단지 인식 방법상의 차이에 따라 구별한다는 이유에서이다.

의 본질에 투철하고 협소한 자의식과 하등의 관계없이 현실이 발전해가는 역사적 대도 大途를 조명하려는 작가의 고매한 정신의 표현이다.9)

그는 '문학으로부터 세계관을 거세하고' 일상생활의 비속한 표면을 기어다니는 리얼리즘—관조적 리얼리즘이라는 객관주의로 편향된 리얼리즘론과 '사물의 본질을 현상으로서 표현하는 객관적 사물 속에서 현상을 통하여 찾는 대신 작가의 주관 속에서 만들어 내려는', 다시 말해 '정신을 가지고 현실을 규정하는 전도된 방법'인 주관주의 리얼리즘 모두를 편향된 리얼리즘으로 지적한다. 관조주의와 주관주의의 변증법적 통일을 위해 예술 주체와 현실의 관계는 주체가 예술적 실천으로 나아가는 것이 되어야 한다는 것이다.

> 그러므로 리얼리즘과 병행하여 로맨티시즘을 생각하였다. 그러나 본래로 레볼루셔널 로맨티시즘은 신리얼리즘의 일 측면, 한 속성, 한 요소에 불과하였고, 그것은 주관의 토로에서가 아니라 객관적 현실과 우리들의 주체가 실천적으로 교섭하는 데서 일어나는 우리의 고매한 파토스를 의미하는 것이었다.10)

임화는 주·객 변증법의 원리 속에 기초한 것이 올바른 리얼리즘이라고 인식하지만 그것은 어디까지나 '주체화의 방법'이라는 원리의 확인에 불과하다. 이러한 문제를 해결하려고 내놓은 것이 생활 실천과 세계관을 매개하는 예술적 실천이라는 개념이다. 이것은 종래의 주관주

---

9) 임화, 앞의 책, 71쪽.
10) 위의 책, 79~80쪽.

의적 일탈을 극복하면서 주·객 변증법에 기초한 리얼리즘론을 정식화하는데 중요한 계기를 이루는 미학적 범주로 예술적 실천론 이었다.

리얼리즘의 방법으로서 예술적 실천을 논의할 때 근거로 삼는 엥겔스의 '리얼리즘의 승리'[11]는 세계관에 대한 리얼리즘 방법의 승리로 해석된다. 승리의 원천으로서 현실을 객관적으로 인식하려는 작가의 고매한 정신을 들면서 주관에 구애되지 않는 현실탐구를 강조했다. 따라서 현실의 의의를 재인식하는 것이 주체 재건의 가장 필수적인 요건이 된 것이다.

3. 사회주의 리얼리즘

임화가 낭만주의를 제창한 시기는 1934년부터 1936년까지인데 낭만주의는 리얼리즘과 구별되는 것이 아니라 혁명적 낭만주의, 다시 말하면 사회주의 리얼리즘의 한 요소로서 파악된다. 임화는 객관적 정세가 악화되고 그에 따른 주체의 대응이 문제가 되는 상황을 주체의 주관적인 계기를 강화하는 방법으로 대처하고자 했던 셈이다.[12]

---

11) 런던에 살던 엥겔스가 1888년 영국의 노동자 소설가 마가렛 하크네스에게 보낸 영문 편지에 처음 등장함. 그 내용은 발자크가 자신의 계급적 공감과 정치적 편견에 역행할 수밖에 없었다는 점, 자신이 애착을 가진 귀족들의 몰락의 필연성을 그가 실제로 보았고 그들을 몰락해 마땅한 족속으로 그렸다는 점, 그리고 진정한 미래의 인간들을 당시로서는 유일하게 그들이 존재했던 그러한 곳에서 그가 실제로 보았다는 점이다. — 이것이야말로 나는 리얼리즘의 가장 위대한 승리 가운데 하나이며 우리 발자끄 선생의 가장 멋들어진 특징의 하나라고 생각합니다.(on. Literature and Art, p91~92), 백낙청, 「사회주의 리얼리즘과 엥겔스의 발자크론」, 『창작과 비평』69, 1999, 242쪽.

12) 이훈, 앞의 책 102~104쪽.

임화가 낭만주의를 제창하게 된 직접적인 계기는 박영희의 전향선 언으로 대표되는 객관적인 상황의 악화였다. '얻은 것은 이데올로기요, 잃은 것은 예술이다'라고 한 박영희의 탈 정치주의[13])에 대한 비판으로 서의 계기와 내적으로는「물」논쟁을 통하여 얻은 당파성에 대한 이해 와 관계가 있는 것이다.

임화는 사회사적 경향이 문학사를 훼손시킨다고 하면서 예술성과 정치성을 대립의 범주로서 파악한 박영희의 글인「최근 문예이론의 신 전개와 그 경향－사회사적 乃 문학사적 고찰」(1934.1)을 "변증법적 유 물론으로부터 속류 실재론으로의 회귀"라고 규정한다. 그는「문학과 행동과의 관계」(『동아일보』, 1936.1.8. 10)에서 문학과 행동을 이원론 으로 분리하는 사상이 부르주아의 이데올로기임을 설득력 있게 해명 하고 있다.[14])

임화는 카프의 해산(1935. 5. 20)이라는 정세 변화의 상황 속에서 낭 만주의를 중심 내용으로 하는 사회주의 리얼리즘을 수용하였다. 사회 주의 리얼리즘을 세계관의 포기를 정당화하는 논리로 왜곡되는 일탈 상에 대한 비판의 연장선상에서였다.

「물」과 관련된 논쟁에서 알 수 있듯이 볼세비키화의 강령에 따라 정 치적 실천에 나서서 감옥에 다녀온 김남천이 이데올로기보다 체험적

---

13) 이 시기 박영희는 1932말부터 1933년까지의 문예 이론의 일반적 경향을 "예술의 사회사적 활동"에서의 전향으로 파악한다. 그는 "사회사와 문학사를 동일하게 생각한 까닭에 이론적 지도와 창작적 실행에 혼란을 가져왔다."고 전향의 근거를 밝힌다. 임화의「문학에 있어서의 형상의 성질문제」(1933.12), 백철의「인간 묘 사시대」(1933.9), 추백의「창작방법문제 재토의를 위하여」(1933.12) 등이 전향 의 근거로서 박영희가 내놓은 카프 탈퇴 이유이다. 임화,「낭만적 정신의 현실적 구조－신창작 이론의 정당한 이해를 위하여」,『조선일보』, 1934.

14) 이훈, 앞의 책, 106쪽.

사실에 우위를 두는 것에 대해 임화는 그가 경험주의적 오류에 빠졌다고 비판하였고 이에 김남천은 작가의 정치적 실천은 예술적 실천을 보장하지 않는다고 임화의 이론에 맞서는 논쟁을 벌이게 된 것이다.

이러한 비판의 연장선상에서 임화의 낭만주의론이 제기된 것이다. 엥겔스의 발자크론을 내세우며 세계관(유물변증법)을 멀리하면 할수록 리얼리즘의 성취가 가능하다는 주장[15]에 맞서 「낭만적 정신의 현실구조」(『조선일보』, 1934. 4. 19)에서 표현된 임화의 낭만주의론은 사회주의 리얼리즘론의 조선적 구체화로서의 결과물이다.

> 물론 현재일지라도 나는 김남천 씨와 같이 일체의 로맨티시즘을 부정한다거나 김용제 씨처럼 로맨티시즘 하면 그 개념이 19세기에 만들어졌다는 간단한 이유로서 복고주의의 낙인을 찍는 데는 철저하게 반대하나, 나의 로맨티시즘론이 의도 여하를 물론하고 신리얼리즘으로부터의 주관주의적 일탈의 출발점이었다는 점을 지적하기에 인색하고 싶지 않다. (중략) 당시에 우리는 엥겔스의 발자크론을 읽고 있었음에도 불구하고 세계관과 예술적 방법, 리얼리즘의 관계에 대하여 명백한 이해를 가졌었다고 말할 수가 없었다.[16]

그가 제창한 '낭만적 정신'은 당파성의 다른 이름이다. 그런데 문제는 이 주관적 계기를 강조한 나머지 임화는 '낭만적 정신'을 '사실적인 것'과 분리하는데 이 때 주관주의의 편향을 강하게 드러내게 된다. '사실적인 것'과 '낭만적 정신'에는 모두 주관이 개입하고 있는 것으로 파악하고 현실 인식에서의 객관성의 정도를 문제 삼아야 했는데[17] 주관

---

15) 김동식, 앞의 책, 99쪽.
16) 임화, 앞의 책, 78~79쪽.

적 계기의 중요성에 대한 강조가 객관적 현실과의 변증법적 관계를 상실하는 방향으로 나아가게 된 것이다.

임화는 리얼리즘에 대한 이해를 할 때, "문학은 호수의 물과 같이 무의지(無意志)한 자연의 산물이 아니고 인간의 정신적 활동의 소산"이라는 점을 밝힌다. 그는 「낭만적 정신의 현실적 구조」(『조선일보』, 1934. 4. 19)에서 문학은 "인간의 정신적 활동의 산물"이기 때문에 "마치 맑은 호수가 하늘의 별을 반영하는 것과 같"은 "전혀 추상적인 객관주의"와는 구별되어야 한다고 주장한다. 임화는 이 정신을 "결코 비과학적인, 비현실적인 상상의 산물이 아니라 현대의 현실이 발전하는 운동의 장래가 우리를 위하여 가져올 필연적인 세계에 대한 동경"이라고 하며 "과학과 현실과 미래 가운데 그 현실적 기초를 가지고 있는 것"이라고 했다. "그러므로 진실한 낭만적 정신없이는 진정한 사실주의도 또한 불가능하다.[18] 라며 현실에서 오는 위기의식을 객관적인 현실과 관계없이 소박한 주체의 신념만을 내세웠던 것이다.

'과거의 리얼리즘이 몰아주의로 말미암아 도달치 못한 객관적 현실의 진실한 자태를 파악할 수 있게 '해주기' 때문에 임화는 이 낭만적 정신이 역사주의적 입장에서 인류 사회를 광대한 미래로 인도하는 정신이라는 것이다. '꿈이 결핍'되어 있는 현재의 조선 문학의 특징을 이해하고 조선 문학이 '의욕하고 행위하는 문학'이 되기 위해서는 낭만주의가 필연적으로 요구된다고 본 것이다. 이 때의 낭만주의는 부르주아 문학 속에서 융성했던 종래의 창작 경향과 다른 '강하게 역사적이고 무비(無比)하게 사회적이며 근본 성격에 있어 리얼리즘으로서 자기를 형성'

---

17) 이훈 앞의 책, 265쪽.
18) 임화, 앞의 책, 28~29쪽.

하는 것이다. 이것은 '새 리얼리즘으로—사회주의 리얼리즘'이라고 부르는 문학의 불멸의 내용'이며 '당파적'인 것이다.[19]

이 정신을 견지해야만 '진정한 사실주의'의 본질을 이루는 것으로 보는데 임화는 "전형적 환경 가운데의 전형적 성격을 똑똑히 구체화하는" 진정한 사실주의가 가능하고, 그렇지 못하면 비본질적인 현상의 세부를 그리는 것에 만족하는 "트리비얼 리얼리즘"으로 떨어진다고 주장한다. 그러므로 프로 문학에 있어서의 낭만적 정신은 결코 과거의 문학에서 보는 바와 같이 사실적인 것과 모순되는 것이 아니라 오히려 사실적인 것은 完實한 이상이다.[20] 라고 보는 것이다.

> 그리하여 나는 문학상에서 주관적인 것으로 현상되는 것은 낭만적인 것이라고 부르고 그것이 사실적인 것의 객관성에 대하여 주관적인 것으로 현현하는 의미에서 '낭만적 정신'이라고 부르고 싶다. 따라서 이곳에서 부르는 낭만적 정신이란 개념은 어떤 특정한 시대 특정의 문학상의 경향을 의미하는 것이 아니라 한 개의 원리적인 범주로서 구성되는 것이다.[21]

위와 같은 개념 규정을 따르면 '새로운 창작 이론' 즉 사회주의 리얼리즘은 '낭만적 정신의 역사적인 범주라고 할 수 있는 혁명적 낭만주의와 사실적인 것' 즉 객관주의의 절충으로 나타나게 된다.[22]

그러나 상기에서와 같이 작가의 진보적 세계관의 포기를 정당화 하

---

19) 위의 책, 25쪽.
20) 임화, 「낭만적 정신의 현실적 구조」, 『조선일보,』, 1934. 4. 19.
21) 위의 글, 1934. 4. 20.
22) 이훈, 앞의 책, 109쪽.

는 이론이 아니라 오히려 그것이 우위에 놓이는 이론임을 강조하려는, 문제의식에서 나온 그의 낭만주의론은 결과적으로 주체와 객체간의 변증법적인 상호 작용에 있어 주체의 능동성만 편향되게 강조함으로써 사회주의 리얼리즘의 일정한 왜곡을 범하였으며 또 당파성을 주관적으로 해석하는 오류를 범하기도 했던 것이다. 따라서 임화의 낭만주의론은 곧 주체-객체 간의 올바른 관계에 기초한 리얼리즘으로 구체화되기에 이른다.

그가 사회주의 리얼리즘론을 논의하는 과정을 정리하면 먼저 '오해된 리얼리즘'을 청산하는 작업이었다. 그는 주관을 배제하고도 현실을 인식하는 일이 가능하다고 생각하고 관조주의적 경향과, 자신의 낭만주의론으로 대표되는 주관주의를 비판했는데 '사실주의의 재인식'으로 내놓은 사회주의 리얼리즘이란 것은 객관주의와 주관주의를 변증법적으로 지양할 수 있는 예술 방법이라는 것이었던 것이다. 임화는 이것을 통하여 주체 재건의 방법을 구체화하기에 이른다. 즉, 1937년 「사실주의의 재인식」(『동아일보』, 1937. 10. 8~14), 「주체적 재건과 문학의 세계」(『동아일보』, 1938. 11. 11~16), 「현대문학의 정신적 기축—주체 재건과 현실의 의의」(『조선일보』, 1938. 3. 23~27) 등을 발표하면서 임화는 자신의 리얼리즘론을 체계화 한다. 이러한 체계화는 자기반성의 산물로서 자신의 낭만주의론이 주관주의적 일탈을 보인 이론이었다는데 대한 자각으로 볼 수 있다.

> 그러나 이러한 리얼리즘은 결코 리얼리즘 일반이 아니다. (중략) 소셜리즘적 리얼리즘, 그것이 금일의 유일한 리얼리즘이다. 왜냐하면 이 리얼리즘만이 금일의 현실에 있어 그 주체성이 객관적 현실의 반영과 모순하지 않고 오히려 그것을 조장하기 때문이다.23)

임화가 반성한 것은 자신의 로맨티시즘이 리얼리즘으로부터의 주관주의적 일탈이었다는 것이고 따라서 임화는 리얼리즘에 대한 새로운 접근을 주체와 객체간의 변증법적인 관계에 의해 새롭게 접근해 나간다.

문학적 형상이란 것을 예로 든다 해도 그것이 황당한 주관의 산물이 아니라 객관적으로 실재한 인간을 보편화 하였을 때 비로소 독자가 공감하는 대상이 될 수 있지 않은가? 요컨대 예술적 인물이 되는 것이다. 그러므로 모든 대문학이 전부 작가의 상상을 통한 주관의 피조물임에 불구하고 예술이 된 것은 작가가 실존한 인간 생활에서 출발하여 雜緣한 세부를 정리하고 중요하고 중요치 않은 것을 나누어 실제 있는 것보다 한층 정교한 전형으로 재현시켰기 때문에 예술이 된 것이다.[24]

1930년대 후반 프로문학은 일제의 탄압으로 외형적인 퇴조를 보이게 되었다. 이러한 객관 정세의 악화에 대한 대응물로서 문인들은 자기 변혁의 과제인 주체의 문제를 상정하게 되었다. 프로문학의 위축을 일본 군국주의라는 외적요인에서만 찾는 것이 아니라 소시민 지식인 그룹에 의해 주도된 주체의 역량 부족에서 찾은 것이다. 이러한 관점에서 임화 역시 사회주의 리얼리즘에 입각하여 리얼리즘의 심화와 확대를 중심에 두고 1930년대 후반 김남천 안함광 등의 문학 주체들과 문단의 방향성을 회복하기에 이르렀다. 그와 함께 과거의 경향문학이 갖고 있는 관념적 도식주의를 극복하고자 한 것이다.

---

23) 임화, 「사실주의의 재인식」, 『문학의 논리』, 학예사, 1940, 94쪽.
24) 위의 책, 59쪽.

주관주의적 일탈이란 파행적 리얼리즘과는 다른, 그러나 본질적으로론 동일한, 고차의 리얼리즘으로부터 유리하는 노선의 한 분파라는 것은, 객관적 현실 그것과 예술적. 생활적으로 교섭함으로 상실된 자기를 찾고 소시민으로서의 자기를 재교육하는 것이 아니라 긍정될 자기를 현실 가운데서 애써 유지하려고 노력함으로 어느 때까지나 이론과 실천, 이상과 현실의 비극에 관한 비가를 읊조리게 된다.[25]

임화는 현실 인식이 객관주의적 기계적 인식이 아니라 당파적 입장에서 가치평가적인 인식이며 이러한 현실 인식이 진정한 리얼리즘의 기반이 되기 위해서는 '작가가 자기를 주장'함으로써 관조주의를 극복하고 '현실의 반영 위에 작품을 구성'함으로써 주관주의를 극복할 수 있다고 하였다. 즉, 리얼리즘은 "객관적 인식에서 비롯하여 실천에 있어 자기를 증명하고 다시 객관적 현실 그것을 개변해 가는 주체화의 대규모적 방법을 완성하는 문학적 경향"이라고 규정하는 것이다. 이렇게 임화는 리얼리즘이란 바로, 주·객 변증법의 원리 속에서 기초하는 것으로 인식하기에 이른다.[26]

이것은 오늘날 우리의 문학이 두려운 사실을 어찌할 수 없어서 현실의 표면의 세태와 풍속의 묘사에 그치거나, 헤어날 길 없는 내성 속을 방황함에 머무르고 있는 근간인 문화의 정신을 사실의 승인과 바꾸자는 것이 아니라, 우리의 정신 활동의 방향을 일체로 사실 가운데로 돌려 그 사실의 탐색 가운데에 진실한 문화의 정신을 발견하자는 것을 의미한다. 그러기 위하여는 우리가 실천적으로나 문학적으로나 사실과의 길항拮抗 가운데로 들어가지 아니할 수 없다.[27]

---

25) 위의 책, 80쪽.
26) 임화, 「사실주의의 재인식」, 『동아일보』 1937. 10. 8~14쪽.

임화는 관조주의와 주관주의의 경향이 본질적으로 경향문학의 소시민성에의 굴복이란 한 점으로 환원된다고 파악함으로써 이것이 '붕괴된 주체'의 직접 소산이라고 밝히고 있다. 그는 김남천과의 '주체재건 논쟁'을 통해 '고발문학론'에 이 두 경향이 공존하고 있음을 비판한다. 하지만 지금까지의 논의에서 임화는 생활실천을 통하여 주체를 재건한다는 일이 불가능한, 객관적 현실을 충분히 고려하지 않았다.

우리들이 객관적 현실의 반영으로서의 리얼리즘 가운데 표현할 주체성은 일개인의 국한된 주관이 아니라 현실의 묘사로서의 의식인 때문이다. 이러한 주체성만이 비로소 리얼리즘과 모순하지 않는 것이다. 그러면 이러한 주체성, 작자의 의식이 어떻게 현실의 반영인지 아닌지를 아는가? 그것은 예술적 생활인 실천을 통해서이다. (중략) 우리는 생활 그것과 같은 문학을 요구하지 않는가? 정히 한 개의 생활적 실천인 문학, 그 가운데 주체성은 자기의 정당성을 증명하고 객관적 현실과 통일되는 것이다.[28]

작가의 능동적 세계관이 매개된 변증법적 과정은 반영주체인 작가의 주관이 배제된 현실 추수주의적 모사가 아니다. 그것은 오히려 그러한 반영의 결과 드러난 작품의 인식적 내용이 현실에 능동적으로 작용하는 것임을 지적한 말이다.

1930년대 후반의 상황에서 임화가 생활적 실천이 아닌 예술적 실천을 제기한 것은 임화의 리얼리즘론의 특징을 보여주는 것이다. 작가가 창작을 거치는 과정에서 '작가 자신을 적극적으로 좋은 생활로 인도'하

---

27) 임화, 앞의 책, 112~113쪽.
28) 임화, 「사실주의의 재인식」, 『문학의 논리』, 학예사, 1940, 93쪽.

는 것이 예술적 실천이라면 예술의 방법으로서 현실의 총체적 인식을 가능하게 해주는 것이기도 하다. 이런 작가의 생활적 실천까지도 가능케 해 주는 것은 주체와 객체의 변증법적 상호 과정을 통해서 드러낸다.

> 이것은 우리들 소시민 작가에 있어 자기의 한계를 떠나 객관적 현실에의 침잠이라는 과정을 통해서만 달성되는 것이다. 이곳에서 우리는 예술적 인식에 있어 추상과, 상상력의 작용에 있어 세계관의 압도적 역할을 망각해서는 아니 된다. 대략 이런 것이 혹종의 작위적 창의나 중간적 리얼리즘을 계기로 해서가 아니라 리얼리즘의 재인식을 통하여 신방향 탐구의 기본 노선을 찾자고 제안하는 이유다.[29]

'리얼리즘의 승리'를 사상에 대한 예술의 승리, 생활 실천에 대한 예술 실천의 승리로 해석하고 예술적 실천에 매달릴 수밖에 없었던 중요한 이유는 1930년대 사회적 활동이 금지된 임화에게 최소한의 사상을 지키게 해 주는 것이 리얼리즘의 길이었기 때문이다.

> 기정사실의 인정은 그 사태를 기초로 하여 자기 발전의 확고한 현실적 노선을 발견함의 이름을 의미한다. 이것을 오늘날 우리의 문학이 두려운 사실을 어찌할 수 없어서 현실의 표면의 세태와 풍속의 묘사에 그치거나, 헤어날 길 없는 내성 속을 방황함에 머무르고 있는 근간인 문화의 정신을 사실의 승인과 바꾸라는 것이 아니다. 우리 정신 활동의 방향을 일체로 사실 가운데로 돌려 그 사실의 탐색 가운데서 진실한 문화의 정신을 발견하라는 것을 의미한다.[30]

---

29) 임화, 편집, 신두원 「사실주의의 재인식」, 『문학의 논리』, 소명출판사, 2009, 85쪽.
30) 위의 책, 112~113쪽.

주체를 재건하는데 가장 필요한 것은 현실의 의의를 재인식하는 것인데 임화의 「사실의 재인식」(1938. 8)에서 내세운 '기정사실의 인정'에 이르러서는 임화의 추상성을 엿볼 수 있다. 현실이 주체의 성질을 분석하는 시금석이고 성격의 운명을 결정하는 객체라는 막중한 의미를 지니기 때문에 현실과 맞서 싸우는 기백이 필요하다고 역설하였지만 그것은 당대의 식민지 현실에 대한 것이 아닌 일반론에 해당되는 것이기 때문이다. 구체적인 현실이 아닌 당대를 기정사실로 인정하고 그 사태를 기초로 하여 자기 발전의 노선을 발견한다는 이러한 추상적 현실 인식은 당시의 주체 재건의 실패를 가져오는 한 원인이기도 하였다.

그 뒤 임화는 '리얼리즘의 승리'를 이루기 위한 주체 재건의 전제 조건으로 "새 세계를 지향하는 집단의 실천"이 있어야 한다는 점을 알게 되었다. 즉 낡은 세계를 지양할 수 있는 가능성이 현실에 존재해야만 그 세계에 바탕을 둔 세계관에 대하여 리얼리즘이 승리할 수 있다는 것이다. 그러나 임화가 주체 재건의 문제를 '리얼리즘의 승리'와 연결하여 현실의 의의를 강조한 점은 특정한 시대의식의 자각으로 볼 수 있고 따라서 긍정적 반응을 얻게 된 것일 수 있다.

한편 사회주의 리얼리즘론과 소설론의 관계를 보면 본격 소설의 핵심적인 성격인 '성격과 환경의 조화'라는 명제가 드러난다. 이것은 주체 재건을 모색하는 과정에서 부각된 '현실의 의의'를 탐구하는 과정에서 얻은 결과이다.

4. 임화의 본격 소설론

소련과는 다른 식민 조선의 현실 속에서 문학적 전망을 모색하던 임화와 당시의 논자들은 30년대 말 모두 소설론으로 귀결되고 있었다. 자본주의 시대의 일상적 삶을 표현하는 문학 장르로서 소설이 중심적인 위치를 차지하게 된 것은 당시 식민지 본국의 경제적 요구에 의해서이기는 하지만 조선에 급속한 자본주의화가 이루어지고 있었기 때문이기도 하다. 리얼리즘론과 병행하여 당대의 삶을 총체적으로 반영하는 문학 장르로서 소설문학은 헤겔의 '부르주아 서사시로서 장편소설'이라는 규정이 나온 이후 부르주아적 삶을 표현하는 가장 대표적 장르가 되었다. 리얼리즘의 중심적 범주라 할 수 있는 전형성, 총체성은 바로 장편소설의 중심적 범주이고 리얼리즘의 성립 자체가 장편 소설의 분석에서 출발한다는 내적 연관성은 국내 비평가들에게 영향을 끼쳤다.

임화에 따르면 소설이란 인물과 환경의 조화를 통해 성격의 운명을 그리는 장르인데 현시대는 작가가 '말하려는 것'과 '그릴려는 것'이 분열되어 있다고 말한다. 다시 말해 '작가가 주장하려는 바를 표현하려면 묘사되는 세계가 그것과 부합하지 않고 묘사되는 세계를 충실하게 살리려면 작가의 생각이 그것과 일치할 수 없는 분열된 시대라는 것이다.

조이스 j joyce가 프루스트M. Proust와 더불어 서구의 가장 신선한 문학적 요소인 것처럼 김남천. 채만식. 이상. 박태원씨 등은 현대 우리 문단에 있어서 가장 프레쉬한 소설을 제작하는 이들이다. 그러면 외부로 향하는 작가의 정신과 내부로 파고드는 작가의 정신과의 사이에 어떤 공통한 관계란 것을 연상치 않을 수가 없다. 다시 말하면 외향外向과 내성內省은 본래 대립되는 방향임에 불구하고 한 시대에 두 경향이 한가지로 발생하는 때는 그 종자들을 배태하는 어떤 기초의 단일성을 생각하지 않을 수 없는 것이다. 나는 이것을 작가의 내부에 있어서 말하려는 것과 그리려는 것과의 분열에 있지 않은

가 하고 생각한다. 더 자세히 말하자면 작가가 주장하려는 바를 표현하려면 묘사되는 세계가 그것과 부합되지 않고, 묘사하는 세계를 충실하게 살리려면 작가의 생각이 그것과 일치할 수 없는 상태다.31)

이 예술적 조화의 상실은 세태소설과 내성소설로 구체화 된다. 그런데 임화는 전자가 관조주의의 편향으로 흘렀고 후자는 주관주의에 함몰된 소설 양식이라 이 양자 모두 리얼리즘의 정도(正道)에서 벗어난 소설이라 규정한다. 현실의 표면만을 모자이크적으로 모아 놓아 인물의 진실성과는 연관이 적은 것이 세태소설이라면 현실이 모두 주관을 통해 걸러져 주인공 의식의 중심적인 묘사를 대상으로 하는 것이 세태 소설이라는 것이다. 임화는 양편향을 극복하는 소설로 본격 소설을 제시한다. 즉,「본격 소설론」은 경향문학이 퇴조함으로써 대두된 세태소설과 내성 소설의 대안으로 제시된 것이다.

「세태 소설론」(『동아일보』, 1938. 4. 1~6),「최근 조선 소설계전망」(『조선일보, 193』8. 5. 24~28),「통속 문화의 대두와 예술 문학의 비극」(『동아일보』, 1938. 11. 17~27)이『문학의 논리』(학예사, 1940)에는 각각「본격 소설론」,「통속 소설론」으로 개재 되어 있는데 이것이 바로 임화가 자신의 소설론을 체계화한 중심적인 글들이다. 세태 소설이나 내성 소설과 달리 인물과 환경이 상호작용하여 성격의 발전을 그린 본격 소설은 이를 통해 인물의 전형성을 얻게 되는데 이 전형성의 획득이 본격 소설의 특징이 된다. 임화는 사상의 유무라는 관점에서 이광수, 염상섭, 이태준, 이기영, 한설야 등의 소설을 본격 소설로 평가한다. 본격적인 의미의 고전적인 소설형을 띠는 것은 형태상의 공통성이고

---

31) 위의 책, 275쪽.

민족주의냐, 사회주의냐에 따른 내용 구별이 있다는 것이다. 임화의 「본격 소설론」에서 부르주아 민족주의 문학과 프로 문학의 차이점을 부각시키기 보다는 둘의 공통성을 해명하는 데 역점을 두고 있다.

> 중요한 것은 지금 문학적 사유의 성질이나 방법이 변했다는 것이다. 이 변화된 문학적 사유의 구체적 산물이 누술한 세태소설과 심리 소설이다. 만일 이 두 종류의 소설이 본격 소설에 있어 부분을 구성하는데 불과한 일 수법인 세태 묘사나 심리 묘사를 각각 일방적으로 고양하여, 다시 말하면 수법을 방법에까지 높인 것이라면, 현대 작가의 사유가 부분적인 장내로 칩거함을 의미한다. 즉 지엽의 세계에 악착하고 있는 것이다. 작가들의 이런 정신적 성격이 소설 구조에 결정적으로 영향한 것인데, 우리는 이런 소설들에게서 부분의 완성, 세공의 정밀 등을 기대할 수 있어, 애써 그것을 부정해 버리려고는 않는다.[32]

사회주의 리얼리즘이 양심적인 작가를 지도하는 방법적 원리이듯이 임화는 소설사의 전통을 본격 소설에 두면서 진보적인 부르주아 문학을 함께 아우르려 한 것이다. 「조선신문학 사설론 서설」(『조선 중앙일보』, 1935. 10. 9~11. 3)은 임화가 민족문학 이념에 따라 문학사적 전통을 세우려할 때 나온 글이다. 그는 카프시절 문예운동전선을 프로 문학과 비프로 문학으로 나누던 좌편향적 시각을 극복하고 민족 문학의 이름으로 일제하 진보적 문학의 전통을 세우려 하였다.

본격소설론 앞 단계까지의 임화의 소설 비평은 작가의 계급적 관점을 중요시 했다. 또한 형상에 대한 강조로 문학을 다른 상부 구조와 구

---

32) 임화, 위의 책, 304쪽.

별하게 해 주는 특수성으로 이해하였다. 또 형상을 강조함으로써 전형적인 상황에서 정형적인 인물을 그림으로써 추상적인 슬로건으로 구체적인 묘사를 대신하는 주관주의의 문제를 극복할 수 있음을 강조하였다.

이러한 소설 비평을 통하여 리얼리즘의 원리를 확립해 가던 임화는 주체 재건의 모색 과정에서 '현실의 의의'에 눈을 뜨게 되고 당대의 현실로 인해 성행하던 세태 소설과 내성 소설의 대안으로 본격 소설론을 제시했던 것이다.

당시의 소설들이 본격적인 소설에 대한 지향을 버리고, 세태와 내성의 길로 가게 된 것에 대해 임화는 이러한 태도의 근원지는 우리가 사는 현실 자체의 분열상' 때문이라고 했다.[33] 작가들의 현실에 대한 태도가 적극성과 희망 대신 소극성과 절망의 반영이라고 한 것이다. 이런 소설들에서 보이는 퇴영은 '주체의 정신'에 의거할 때에만 극복할 수 있는데 그는 주체적인 입장에서 이상과 현실을 조화시키고자 하는 예술적 실천을 통해 구현될 수 있다고 보았다.

'환경과 인물의 조화'라는 일련의 소설론의 성격과 그 문제점의 고심에도 불구하고 임화의 본격 소설론은 반영론의 문제의식과 거리를 두었다는 평을 듣게 되는데 이는 "적응만을 허용하던 당시의 상황"에 대한 인식을 고려하지 않은 결과이다.

조선의 문학적 현상을 분석하는 준거틀을 서구에서 가져온 결과 임화는 리얼리즘을 하나의 전범적인 형식에 고정시켰다. 따라서 임화가 강조한 '성격과 환경의 조화'의 총체성은 작품 내의 문제로 귀착된다.

---

33) 선주원, 『1930년대 후반기 소설론』, 한국학술정보(주), 2008, 162쪽.

현실을 이상으로 전화시킬 능력을 가진 주체임에도 악화일로의 정세에 따라야 하는 이러한 한계는 임화만의 한계라기보다는 당시 리얼리즘의 발전과정에서 불가피한 것이었다.

따라서 주체는 세계에 대해 작용을 가할 수 없고 마찬가지로 본격소설이 전제하고 있는 주객 관계도 당시의 현실적 조건을 담고 있지 못한 것이다.[34] 위의 글에서처럼 작품 밖의 현실과 관계없이 본격 소설론은 다만 내적 형식의 관점에서만 그 존재의 가능성을 주장하고 있는 것이다.

소설론의 바탕에 깔려 있는 무력한 증상이 당대의 정치·사회적 조건의 부정적 측면이나 소설사적인 토대의 미성숙 일 수 있지만 '비근하고 가능한 일로부터 시작'하여 현실을 올바르게 반영하는 측면 등 긍정적인 요소를 당대의 작가들에게 밝혀 주었다면 골드만 식의 개인과 현실, 가치와 현실, 예술과 삶 등 소설의 특수한 내적 형식으로서 인물과 세계의 구성적 대립이라는 문제의식에 철저히 대면하였을 것이다.

5. 맺음말

1927년 미국의 금융 위기에서 촉발된 공황은 자본주의 역사상 최초의 세계 대 공항으로 발전했다. 일본 제국도 정치적 파쇼화를 통해 식민지에 대한 통제를 강화해 나아갔다. 그동안 문단의 지도력을 갖고 있던 카프가 두 번에 걸친 검거 사건으로 사실상의 와해 국면으로 접어들었고 조선 문학자들이 사회주의 사회나 민족 국가의 전망이 절대적 타

---

34) 이훈, 앞의 책, 272쪽.

당성을 상실했음을 인정하면서 새로운 문학 방향이 대두되기 시작하였다.

1933년 백철의 첫 소개로 문단의 반향을 일으킨 '사회주의 리얼리즘'은 문단의 반성 조짐에 큰 몫을 하게 되었다. 이전의 유물변증법적 창작 방법이 창작과정의 복잡성과 특수성을 무시하는 결과를 가져왔다면 사회주의리얼리즘은 시대 현실을 반영하고 예술 자체의 고유한 방식을 핵심으로 하고 있다. 사회주의 리얼리즘이 카프 이론가를 비롯하여 당대 많은 논자들에게 소개되었고 예술 자체의 고유한 방식에 의한 현실 반영과 창작 과정에서도 주체와 객체의 상호 작용에 심도 있는 논의들이 오갔다.

임화는 이 시기 조선 문단이 '사실의 처리에 곤혹하고 있는 문학'과 '두려운 사실 앞에서 어쩔 줄 몰라 하는 비평가'로 구성되어 있다고 파악「사실의 재인식」(『동아일보』, 1938. 8. 24~8. 28)하고 '기정사실의 승인'과 '시련의 정신'을 강조하며 문학에 대한 성찰적 작업을 수행해나갔다. 1930년대 초반까지 주체의 문제는 '혁명적 주체' 건설이라는 문제로 나타났는데 30년대 후반은 이제까지의 모든 노력이 결과를 낳지 못하였다는 판단에 도달하여 임화는 '혁명적 주체'와 자신의 동일시는 더 이상 성립할 수 없는 상태가 되었음을 깨닫게 된다.

중일전쟁의 발발과 조선 전체의 '병참기지화'와 같은 외적인 '현실'로 인해 작가들은 역사적 전망을 상실하였고 따라서 주체에 대한전망도 깨져 버렸다. 이 때 임화는 '사실'에 대한 탐색을 시도하기에 이르는데 사회주의 리얼리즘의 수용을 둘러싸고 벌였던 논쟁과 맑스·엥겔스의 발자크론은 이 시기 '주체'논의의 내적인 규정 탐구에 해당된다.

임화의 '주체' 개념은 시간의 흐름에 따라 독자적으로 동일하지 않지만 주체론을 규정하는 커다란 틀로 '낭만주의론'이 작용하고 있음을 알 수 있다. 임화는 「사실주의의 재인식」에서 자신의 낭만적 정신을 부정하였는데 이처럼 임화의 주체 재건론은 '규정'하는 것에 대한 끊임없는 자기부정과 저항으로 나타난다. 또한 '현재 상태에 대한 부정적인' '시민'으로서 자신을 위치시킨다. 그가 말하는 낭만 정신이란 "역사주의적 입장에서 인류 사회를 광대한 미래로 인도하는 정신"이다.

1920년대는 이념적 지향이 명확했기 때문에 소설 장르에 관한 인식론적 문제보다도 기법이나 구성방법 같은 형식적 문제들을 중심으로 전개했다. 그런데 30년대 후반 들어 장르의 정체성에 관한 문제까지 그 범위가 확장되었다.

임화는 「세태 소설론」에서 소설가의 심리가 '말하려는 것'과 '그리려는 것'으로 분열됨에 따라 소설 작품에서도 분열이 발생하게 되었다는 것을 주장함으로써 소설의 형식적 균열 문제를 제기했다.

중일 전쟁 발발 이후 당대 비평가들은 이 시기를 새로운 시기로 인식하는데 카프 해산 직후의 시기가 소비에트 연방과 코민테른의 그림자에 속해 있었다면 1930년 후반에는 이 그림자에 대한 '환멸'과 '반성'이라는 자기의식을 갖게 된 것이다.

이 시기 소설 장르 논의에서 초점은 조선 사회에 관한 '적절한' 인식을 제공해 줄 수 있는 방법을 찾는 데 있었다. 나아가 플롯이나 인물 형상화 방법뿐만 아니라 소설 장르의 운명에 이르기까지 매우 광범위하였다. 무엇보다 1930년대 후반이라는 특정한 시기의 문학에서 '주체'가 중요한 의제가 된 것은 임화의 경우 '자기의식'은 '자기 자신'만을 의미하지 않고 '조선의 정신'을 뜻하는 것이었기 때문이다.

참고문헌

〈기본 자료〉

임화, 『문학의 논리』, 학예사, 1937.

中外日報, 『1930年代 韓國文藝比評資料集 18권』, 韓一文化社, 1940年 10~1941 年 4月.

조선일보, 「낭만적 정신의 현실적 구조 – 신창작 이론의 정당한 이해를 위하여」, 1934.

조선일보, 「낭만적 정신의 현실적 구조」, 1934.

동아일보, 「사실주의의 재인식」, 1937.

〈단행본〉

임화, 『문학의 논리』, 소명출판, 2009.

김윤식, 『韓國近代文藝批評史研究史』, 一志社, 1978.

이선영·박태상, 『문학비평론』, 한국방송대학교출판부, 1993.

김지형, 『식민지 이성과 마르크스의 방법』, 소명출판, 2013.

임화문학연구회, 『임화 문학연구2』, 소명출판, 2011.

이진형, 『1930년대 후반 식민지 조선의 소설 이론』, 소명출판, 2013.

선주원, 『1930년대 후반기 소설론』, 한국학술정보(주), 2008.

문학과 사상연구회, 『임화 문학의 재인식』, 소명출판, 2004.

상허문학회, 『1930년대 후반문학의 근대성과 자기성찰』, 깊은샘, 1998.

김외곤, 『임화 문학의 근대성 비판』, 새물결, 2009.

정호웅, 『문학의 이해와 감상, 임화―세계 개진의 열정』, 건국대학교출판부, 1996.

임화문화연구회, 『임화 문학연구』, 소명출판, 2009.

임화문학연구회, 『임화 문학연구3』, 소명출판, 2009.

문학과 사상연구회, 『임화문학의 재인식』, 소명출판, 2004.

이훈, 『임화의 문학론』, 제이앤씨, 2009.

박선애, 『1930년대 후반 문학과 신세대 작가』, 한국문화사, 2004.

〈학위논문 및 소논문〉

김동식, 「리얼리즘의 승리와 텍스트의 무의식」, 『임화 문학연구 3』, 임화문학 연구회, 2009.

김동식, 「1930년대 비평과 주체의 수사학」, 『한국현대문학연구 24』, 2008.

류보선, 「이식의 발명과 또 다른 근대―1930년대 후반기 임화 비평의 경우」, 국제비교한국학회 (comparative studies 19권 2호), 2011.

하정일, 「일제 말기 임화의 생산문학론과 근대극복론」, 민족문학사회학·민족 문학사연구소 『민족문학사연구』 31권, 2006.

최병구, 「임화문화론 연구」, 성균관대학교 대학원, 2008.

조순형, 「임화의 시론 연구」, 문예 시학회, 문예시학20권, 2009.

신명경, 「일제 강점기 로만주의 문학론 연구」, 동아대학교 대학원, 1999.

송재일, 「임화의 시론 연구」, 문예시학회(구 충남시문학회) 문예시학 30권, 2014.

최은혜, 「카프시기(1925~1935) 임화의 문화 평론 연구」, 고려대학교 대학원, 2013.

신명경, 「임화의 낭만정신론 연구」, 동아어문 논집, 1991.

유승미, 「식민지 조선 사회주의 청년의 우울―임화의 30년대 후반 문건들을 중심으로」, 민족어문학회 『어문논집』 67권, 2013.

삼대의 인물형상화와 담론구조

1. 머리말

　일생 26편의 장편 소설과 150여 편의 중·단편 소설을 썼고, 100여 편의 문학비평을 쓴 염상섭은(1897~1963)은 1920년대『폐허』를 창간 하면서 문학 활동을 시작하였다. 한국 리얼리즘 작가로서 누구보다 당 대 사회의 모순과 갈등에 민감하였지만 전면적인 이데올로기의 묘사 로 작품을 기술한 것은 아니다. 근대 부르주아 자유주의 원리가 식민 지 조선에서 문학이라는 제도를 통해 발현되는 가운데 그 역시 민족현 실 인식을 그대로 반영하는 방식의 글쓰기를 전개했다.

　민족 차원의 자아 인식과 각성의 전망이 불투명해진 시점에서 염상 섭은 당시의 현실을 조망함으로써 새로운 방향성을 탐색하였다. 그러 한 당대의 현실을 리얼리즘의 세계 인식과 창작방법론을 통해 그 시대 의 실상을 총체적으로 드러낸 작품들 중에 하나가『삼대』이다.

　사회주의 정치 세력의 부상과 동시에 민족주의 세력의 주도권 상실 의 과정을 드러내는『삼대』에서 김병화로 대표되는 사회주의 세력과 조상훈으로 대표되는 근대주의 세력으로 식민지 사회 구조를 엿볼 수 있게 된다. 봉건 사회와 개화기 그리고 식민지 사회가『삼대』라는 한 가족 안에서 펼쳐지는데 이 때는 봉건적 윤리주의나 개화사상, 혹은 혁명적 사회주의 사상 등의 절대적 가치는 융통성을 발휘하지 못한다.

지주 세력의 헤게모니가 약화되는 시기에 작가가 작중 인물을 통해 다양한 문제들을 제시할 수 있었던 것은 제국과 식민지, 보편과 특수 사이의 유동적으로 사유할 수밖에 없는 식민지 작가 주체의 상황들 때문이었다.

게오르그 루카치는 리얼리즘 작가의 수준이란 객관적 현실을 전체적 관련 아래 파악하고 문학적으로 형상화해야 한다고 주장한다. 문학을 포함한 예술 행위를 일종의 '현실 반영'으로 이해한 그는 특히 문학 원리를 총체성 개념과 전형성의 이론으로 심화 확대한다.[1] 그는 또한 대상에 대한 원근법의 의식 없이 현실을 직접적으로 대면하는 것은 자연주의 수법으로 이와는 변별되는 리얼리즘, 즉 인간의 총체성과 존엄성에 대한 폭넓고 깊이 있는 표현을 요구한다.[2]

루카치에게 영향을 입은 엥겔스 역시 현실주의 소설에서 리얼리즘이란 "디테일의 성실성 외에도 전형적인 환경에서 전형적인 성격을 충실하게 재현"하는 것을 의미한다고 설명한다. 이처럼 소설은 그것이 쓰여 지는 시기의 사회·문화적 담론들을 반영함으로써 형성된다.

하나의 규범적 가치관으로 환원할 수 없는 삼대의 작중 인물들은 복잡한 가치관을 지닌 조직체에 가깝다. 그렇기에 1930년대 조의관과 조

---

1) G.H.R. 파킨슨.「루카치 미학의 중심 범주」,『변증법적 미학이론』, 김대웅 역, 문예출판사, 1986, 168쪽.
2) B. 키랄리 활비.『루카치 미학 비평』, 김태경 역, 한밭출판사, 1984, 169쪽.

상훈, 그의 아들 조덕기, 이들 조씨 일가를 다룬『삼대』는 사회·정치·문화 전반에 걸쳐 혼란한 시기에 처해 있던 당시의 시대적 배경을 드러낸다. 시간과 공간의 융합과 교차가 소설을 구성하는 양축이라면 독자는 1920~30년대 서울의 한 유산계급 조의관 가문을 통하여 식민지 한국 사회구조의 모순과 세대 사이의 근본적 갈등을 통찰할 수 있다.

2. 삼대의 시 공간의 두 지표

1) 한말과 식민지 시대 사이의 과도기 인물들

1930년대 식민지 조선에 자본주의적 생산관계가 정착됨에 따라 신문을 통한 연재소설이 활발하게 생산되었다. 염상섭의『삼대』를 비롯하여, 이기영의『고향』, 강경애의『인간문제』, 한설야의『황혼』, 박태원의『천변풍경』, 채만식의『천하태평춘』등 근대문학의 대표적 장편소설들이 이 시기 발표되었다.

신문사들이 상업적 이윤을 목적으로 독자확보 경쟁을 벌여나가던 이때 임화는 통속소설을 "현상을 있는 그대로 믿어버리는 엄청난 긍정 의식"의 소산이라고 규정하였는데 이는 제국주의 지배 이데올로기를 상식으로 수용하는 태도를 우려한 것이다.[3] 임화의 역설은 소설가들의 속(俗) 된 상식이 아니라 이성적 사유에 의한 역사적 성찰을 이끄는 주장이었다.

1931년 1월에서 9월까지『조선일보』에 연재된 염상섭의『삼대』는

---

3) 임화,「통속소설론」,『동아일보』, 1938, 11. 17~11. 27.

당시의 시대의식을 뚜렷이 읽을 수 있는 사회학적 텍스트가 된다. 『삼대』의 시공간적 배경은 1927년 겨울에서부터 1928년 1월 사이의 서울이다. 염상섭이 조부에서 손자까지 한 가족 내의 내적 상황과 외적 상황을 목록으로 하여 인물의 삶과 갈등을 묘사한 것은 이 시대 민족적 정체성 회복의 욕망을 드러내는데 있다고 볼 수 있다.

최연장 조의관이 조상을 사오고 관직을 사 온 당시 조선의 상황은 일본의 점령으로 봉건 질서의 현실적 영향력이 거의 사라져 버린 시기였다. 대 지주이며 재산가이지만 상민 출신 조의관은 을사조약이라는 신분 계급의 붕괴 현상이 일어나는 혼란기를 틈타 조씨 가문의 권력 창출을 꿈꾼다.

국가의 절대적인 행정력이 미치지 않는 일제 치하 조선 암흑기에 그 강압적인 분위기에서도 신분의 변화가 이루어진 조선의 상황은, 절대 권력 앞에 숨죽이던 프랑스 부르봉 왕가의 당시 상황과 비견된다.

"짐은 국가다"라고 말하며 왕권신수설을 지지한 루이 14세는 국가권력을 장악하여 강력한 중앙집권화를 이루었고 프랑스 지방의 끝까지 남아있던 봉건제도의 잔재를 청소하였다. 그에 대항하는 전통 귀족을 누르기 위해 법복 귀족을 등용하였는데 이들은 당시 사법 관계의 관직을 사서 귀족의 신분으로 오르고, 신흥 귀족으로서 부를 소유했던 이들이다.

18세기 서구에서 이성의 무제한적 사용을 공표한 계몽주의 활동시기가 정치적으로는 절대주의 왕정 시기였다는 것과 법복귀족들이 프랑스의 사회 혼란을 틈타 매관매직을 했다는 점은 염상섭의 『삼대』에 나오는 조의관의 행위를 연상시키는 대목이기도 하다.

봉건적 권력에 대립하는 조상훈이나, 운동자금으로 많은 재산을 털어놓은 홍경애의 아버지 같은 당시 지식인들이 대중 교육을 통해 세상을 계몽하려 한 점은 '부르주아적 근대성의 원리'가 그 핵심이라 할 수 있다. 조선사회가 비록 타율적인 의지에 의해서일지라도 근대라는 톱니바퀴 속에 진입하고 반봉건적 지향을 보이는 현상은 이렇듯 조선의 급속한 자본주의화에 있었다고 볼 수 있다.

조의관이 수단과 방법을 가리지 않고 취득한 양반 가문의 족보는 그에게 어떤 정신적 긍지를 심어주지 못했다. 천원의 돈을 들여 조씨 대동보소의 문패를 대문에 달고 조씨 문중 장손 행세를 하는 아버지에 대해 아들 조상훈은 지금 시대에 가당치 않은 일이라 반발을 한다. 그는 봉건적 생활 방식을 거부하고 하느님 앞에서는 누구나 형제자매라고 가르치는 평등한 종교인 예수교에 투신하여 아버지 조의관과 대립한다.

> 내가 죽은 뒤에 기도를 어떤 놈이 하면 내가 황천으로 가다 말고 돌아와서 그놈의 헛바닥을 빼놓겠다고 노염감은 미리미리 유언을 해둔 터이다. 아들이 예수교 식으로 장사를 지내줄까 보아 그것이 큰 걱정인 것이다, 그러기 때문에 자기가 죽으면 호상(護喪)은 사랑에 있는 주사로 정하고 모든 초종범절(初終凡節)은 지금 사랑 건년방에서 상훈이와 말다툼을 하고 있는 당질 창훈이더러 서로 의논해 하라는 것이 벌써부터의 유언이다, 아들더러는 프록코트나 입고 마차나 자동차를 타고 따르든지 기생집에서 콧노래를 부르고 누워 있든지 너 알아 하라고 일러두었다[4]

1930년대 현실 속에서 봉건적 가족주의는 점차 퇴조하는 사상이었

---

4) 염상섭, 『삼대』, 창비, 2007, 99쪽.

지만 그를 대신할 가족 관념은 아직 수립되지 못한 상황이었다. 조상훈이 타락자의 전형이지만 그는 봉건사회를 타파하겠다고 2년 동안이나 미국 유학을 다녀온 신청년 출신으로 교육과 사업에 종사하는 개화기 지식인이었다. 예수교에 뛰어든 이유가 봉건적 생활 방식을 거부하고 새로운 삶을 모색하기 위한 것이었지만 식민지의 상황 속에서 사회 변혁이 한계에 부딪히고 조직적으로 활약할 희망을 잃어버리자 방탕한 일상인으로 전락해 버릴 수밖에 없었던 것이다.

그가 홍경애와 만난 것도 애국지사였고 교역자였던 홍경애의 부친을 도와주는 것으로부터 비롯된다. 친구의 여식이요 아들의 동기인 홍경애를 취함으로써 그 사실이 세상에 알려질까 봐 그는 그녀와 그녀에게서 낳은 자신의 자식을 모른 척 한다. 한말 세대와 식민지 시대 사이의 과도기 인물인 조상훈이 이렇게 이중성을 내 보이는 것은 개화기적인 인간상의 전형이라 할 수 있다.

루카치는 인간이 자신을 알 수 있는 것은 오직 그가 그를 둘러싼 세계를 있는 그대로 인식할 수 있는 능력을 지닐 때에만 가능하다고 주장한다. 그런데 전통사회의 혼란과 정치적 봉쇄기에 속한 조상훈이 지사로 자처하고 사회사업에 뛰어들었지만 정작 그는 민족 현실에 대한 이념 체계를 확립하지 못한 인물이었다. 당면한 현실이 적응만을 허용하던 시기인데, 그 때마다의 유동적 사유로 인하여 결과적으로 그는 기독교를 앞세워 개인적인 안일을 추구하는 이중인격자로 타락하게 된 것이다.

　　자기 부친에게 잘못이 없다는 것은 아니나 그렇다고 남의 없는
　　위선자거나 악인은 아니다. 이 세상 사람을 저울에 달아본다면 한돈

(一錢)도 못 되는 한푼 (一分)내외의 차이밖에 없건만 부친이 어떤 동기로였든지 − 어떤 동기라느니보다도 이삼십 년 전 시대의 신 청년이 봉건사회를 뒷발길로 차버리고 나서려고 허비적거릴 때에 누구나 그러하였던 것과 같이, 그도 젊은 지사(志士)로 나섰던 것이요, 또 그러노라면 정치적으로는 길이 막힌 그들이 모여드는 교단(敎壇) 아래 밀려가서 무릎을 꿇었던 것이 오늘날의 종교 생활에 첫 발새였던 것이다. 그것도 만일 그가 요샛말로 자기청산을 하고 어떤 시기에 거기서 발을 뺏더라면 그가 사상적으로도 더 새로운 시대에 나오게 되었을 것이요 실생활에 있어서도 자기의 성격대로 순조로운 길을 나가는 동시에 그러한 위선적 이중생활이나 이중성격 속에서 헤매지 않았을 것이다.[5]

보통 소설 속의 인물은 독특한 개성을 가지고 현실과 이상 사이의 분열 및 괴리 현상이 빚어낸 틈에 대해 날카로운 인식을 드러낸다. 또 행위의 주체, 사건의 담당자이며 현실 세계를 인식하고 거기에 나름대로의 의미를 부여하는 인물이기도 하다.

삼대의 저자 염상섭은 이 작품에서 대다수 무개성, 무성격의 인물들을 선보인다. 개화기에 공부를 한 조상훈을 예로 든다면 처음에는 비전을 가지고 종교와 교육 사업에 뛰어들었으나 그 후 한계에 직면하여 구축했던 종교적 사상으로부터 일탈하는 행위를 한다. 또한 방탕한 일상인이 되었으면서도 여전히 겉으로는 신앙인이요 교육자로 자처하기도 한다. 밤이 되면 술상 앞에서 전혀 다른 모습으로 변하는 모습에서 그 어떤 그만의 속성을 발견할 수 없다.

조상훈의 인간적 파멸과 함께 그 존재 의미의 무정형성도 20세기 전

---

5) 위의 글, 40쪽.

반 한국 사회를 살아가는 사람들이 겪는 과도기적 영향이라 할 수 있다. 지배적 가치관이 전환되는 시기에 정신과 경제력 어느 하나도 철저하게 지키지 못하는 개인의 몰락은 같은 환경의 유산계급인의 공통된 자괴지심(自愧之心)이 아닐 수 없는 것이다.6)

조상훈이 구시대와 새 시대를 연결하는 교량적 역할을 담당할 수 없게 하는 문제들은 이 소설에서 그 해결의 방향을 드러내지 않는다. 다만 작가는 신앙을 버리고 방탕한 일상인이 되어 겉과 속이 다른 생활을 하는 조상훈이라는 부정적 인물을 객관적 시점으로 묘사함으로써 독자들로 하여금 타락과 위선으로 갈 수 밖에 없었던 당시 시대상의 일면을 내면화된 문맥 속에서 읽게 한다. 등장인물에 무개성적인 성격을 부여하여 자기 모순적 삶을 드러냄으로써 독자 스스로 사회문화적 전형성과 상징성을 읽게 한 것이다.

조상훈의 아들 조덕기 역시 조부의 뜻을 받들어 금고지기가 되는 것에는 찬동하나 조상의 묘역을 받드는 봉제사를 지키는 일에는 회의감을 드러내는 이중의 모습을 보인다. 유교를 숭상하는 조부와 예수교를 믿는 아버지의 충돌 사이에서 자신은 아무런 교량 역할을 하지 않고 특별히 자신의 세계관을 드러낼 만한 어떤 역할도 하지 않는다. 그는 사회주의 이데올로기를 실천하는 김병화를 심정적으로 따르고 약간의 물질적 도움을 주기는 하지만 그렇다고 전적으로 프로레타리아 운동에 가담하여 혁명을 모의하는 일도 하지 않는다.

---

6) 윤관식, 「토마스 만의 『부덴브로크가의 사람들』과 염상섭의 『삼대』 비교」, 독일어문화연구 18권, 2009, 168쪽.

어쨌든 덕기는 무산 운동에 대하여 무관심으로 냉담히 방관할 수 없고 그렇다고 제일선에 나서서 싸울 성격도 아니요 처지도 아니니까 차라리 일 간호졸 격으로 변호사나 되어서 뒷일이나 보면 좋겠다는 생각이었다. 덮어놓고 크게 되겠다는 공상도 가지고 있지 않으나 책상물림의 뒷방 서방님으로 일생을 마치기도 싫었다. 제 분수대로는 무어나 하고 싶었다.[7]

가정에서나 사회, 어떤 집단의 이데올로기에 의거한 '전망'이란 것을 제시하지 않고 작가는 조상훈, 조덕기 같은 온건한 인물을 내세워 '지금 여기'의 현실을 충실하게 그리고 있을 뿐이다.

루카치는 문학이란 객관적 현실을 전체적 관련 아래 파악하고 다루어야 한다고 주장한다. 리얼리즘에 관한 여러 글에서도 그는 이 총체성의 원리를 적용하고 있다. 단지 하나의 특정한 정물을 그리는 것인데 그 속에 이미 사람들의 인식과 가치관, 사고방식이나 작가의 세계관과 그 시대에 속한 계급의 일반적 의식 등이 직접, 간접으로 녹아 있다면 이 점이 다른 반영 양식들과 구별되는 예술 작품의 독특한 성격이라고 할 수 있는 것이다.[8]

2) 20세기 전반 가치중립적 삶의 원리

시간과 공간은 소설을 구성하는 양축이다. 벤야민이 소개하는 니콜라이 레쓰코프는 『얘기꾼과 소설가』에서 이야기꾼의 두 가지 유형을 농부와 선원에 비유하고 있다.[9] 이 두 원조는 수세기가 지난 오늘 날에

---

7) 염상섭, 앞의 글, 125쪽.
8) 이선영, 박태상, 『문학비평론』, 한국방송대학교출판부, 1993, 71쪽.

도 본래부터 그들이 지녔던 몇 가지의 특성을 그대로 보존하고 있는데, 한곳에 정착하고 있는 사람이 익히 알고 있는 과거의 이야기와 여행경험이 풍부한 뱃사람들의 먼 곳의 이야기가 바로 그것이다. 시간적으로 멀리 떨어진 곳의 일 뿐만 아니라 공간적으로도 널리 퍼져있는 일을 잘 알고 상호 결합하여 씌어지는 '소설이 과연 어떤 일을 하는가'라는 물음에 대하여 염상섭의 『삼대』는 여러 가지 관점에서 답을 할 수 있을 것이다.

조의관, 조상훈, 조덕기 삼대를 수직축으로 하는 가족사적 의미는 당시의 이상과 현실의 격차를 멸시, 분노, 증오의 여러 정서상태로 드러내고 있음을 보았다. 그런데 소설에서의 공간이 차지하는 의미는 경험의 본질 탐색과 사건 재현을 가능케 하는 일에 있다. 정보가 아닌 형상으로 드러날 수 있게 하는 핵심적 요소는 구체적 윤곽을 가진 공간이라 할 수 있다.

삼대의 수직적 시간축이 풍속 가치의 변화를 포착하기 적절한 범위라면, 삼대의 수평적 공간축은 근대 문화를 식민지라는 형식으로 경험할 수밖에 없었던 1930년대 민족의 특수성이 부각된 공간이 된다. 그 공간에서 조의관 가족과 나란히 김병화, 홍경애, 필순, 피혁과 장훈, 수원집과 매당 그리고 의경과 같은 인물들이 다양한 목소리로 대립한다. 그러한 공간은 삼대의 인물들이 가치갈등을 일으키며 다성적으로 공존하는 곳이요, 그 인물들과 사건이 형상화 되는 곳이기도 하다.

가문의 윤리에 결부된 장소인 조덕기의 집과 유흥의 장소인 '바커스'와 '매당집', 사상의 공간인 '산해진'과 피혁이 숨어있던 곳이며 경애와

---

9) 발터 벤야민, 「얘기꾼과 소설가」, 『발터벤야민의 문예이론』, 반성완 편역, 민음사, 1983, 167쪽.

조상훈의 아이가 자라는 '경애의 집'과 병화가 하숙하는 '필순의 집'은 1930년대 보편적 삶의 축도(縮圖)로서, 전형성의 인물들이 관계를 맺는 장소이다.

작품 속에서 각기 다른 인물들은 그들 나름대로의 독립된 주체들로 형상화되기도 하지만 일방적인 독백에 머물지 않고 서로의 의식에 자신을 비추기도 한다. 또한 다양한 단계들을 동시적으로 인식하도록 병렬적으로 존재한다. 이런 대화적 방법은 중심인물들이 서로 '공존'하고 '상호작용'할 수 있도록 동일한 위치에 배치하는 것을 의미한다.10)

『삼대』의 발단은 덕기와 병화의 만남으로부터 시작되는데 이 두 친구의 만남은 조롱과 비꼼으로부터 시작된다. 이들의 멸시와 냉소적인 어투는 모순적인 현실을 비평적 태도로 바라보는 작가의 현실에 대한 예리한 풍자의식에서 우러나온 것이라 볼 수 있다.

> "이왕이면 음식 맛 좋은 데로 가세그려." "그런 귀족 취미는 넣어두게, 양식 한 접시면 이 사람아, 쌀 한 되가 넘네. 그런 넉넉한 돈이 있거든 나 같은 유위(有爲)한 청년의 사업에 보태게." "구렝이 제 몸 추듯 잘도 추네마는 좀 더 유위해지면 삼 년 동안은 고무공장 계집애의 밥을 먹고 들어앉을 셈일세그려." 덕기도 지지는 않았다. "우리 집주인 딸이 무척 마음에 키이나 보이그려." "자네 신세도 딱하고 그 계집애도 가엾으니까 말일세." "내 신세가 왜 딱한가?"하고 병화는 약간 불쾌한 기색을 보이다가 "그러기에 자네 같은 무위의 '프티 부르'는 크게 반성하여야 한다는 말일세."하는 어조가 지금까지의 농담과는 다르다. "이건 무슨 딴전인가. 그러나 대관절 어딘가?" "다 왔네." 하고 병화는 상점이 쭉 붙은 틈바구니에 눈에 잘 띄지도 않는

---

10) 바흐찐, 『도스토예프스키의 詩學』, 김근식 역, 정음사, 1989, 43쪽.

조그만 쪽문을 밀친다. 무심코 지나칠 만한 덕기는 의외라는 듯이
문 위를 쳐다보았다. '바커스(酒神)'라고 영서로 간판이 붙었다.11)

작가 염상섭은 『삼대』에서 중도 보수주의적 이념을 지닌 덕기와 식
민지 해방투쟁의욕을 갖고 사회주의 운동을 하는 김병화의 대화에서
다성적 목소리를 엮어 간다. 그 두 인물이 가진 이상과 현실의 격차는
비꼼이라는 대화적 관계로 확인된다. 그들이 찾아간 술집 '바커스'는
덕기의 아버지로부터 농락을 당한 여성 홍경애가 근무하는 곳이기도
하다. 경애를 모른 척 하던 상훈이 경애가 병화와 가까워진 것을 질투
하면서 다가오자 상훈에 대한 그녀의 냉소적 태도는 이렇게 이어진다.

　　사오 년 전에 처음 볼 때는 그렇게도 무섭고 훌륭하고 점잖아 보
　이던 '조 선생님'이 이런 줄이야 꿈에나 생각하였으랴 싶었다. "왜
　그러세요. 화롯가에 엿을 붙이고 오셨소? 남잣골 샌님은 뒤지하고
　담뱃대만 들면 나막신을 신고도 동대문까지 간다는데 모자 안 썼기
　로 누가 시비를 걸 테니 걱정이시오……12)

재산을 사회사업자금으로 모두 기부한 독립 운동가 아버지가 병이
들어 세상을 뜨자 홍경애는 가솔을 돕던 조상훈에게 유린을 당한 뒤 술
집 접대부가 된다. 그 뒤 사회주의자 병화를 돕는 일에 적극적으로 동
참하는 등 주체적인 여성으로 변신한다. 한 가정의 가장이기도 한 그녀
는 조상훈의 그늘로부터 미련 없이 벗어난다.

---

11) 염상성, 앞의 책, 11쪽.
12) 위의 책, 270쪽.

경애는 고개를 떡 젖히고 들어오는 두 여자를 내려다보듯이 똑바로 쏘아본다. 사십 넘은 이드를한 아낙네의 웃는 이빨에서는 금빛이 번쩍하였다. 그러나 들어오는 사람의 얼굴에서는 금시로 웃음이 스러지고 주춤선다. 경애는 이것이 그 유명한 매당이로구나! 하며 우선 초벌간선만 하고 급히 시선을 그 뒤에 따른 젊은 여학생에게로 옮겼다. 살갗과 눈이 인형을 연상케하는 경애의 눈에도 귀여운 아가씨로 비쳤다. (중략) 매당은 이 젊은 계집애에게 한 수 넘어간 것도 분하고 누가 자동차를 보냈든지 간에 자기가 쫓아온다는 것보다 자동차를 다시 돌려보내서 상훈이를 데려가지 못한 것이 수에 접힌 것이지만 그렇다고 여기서 노해 보이거나 하는 것은 점잖지 않다고 생각하였다. 그래도 여걸이 동난 이 시대에서는 내가 여걸의 서리 (署理)로 보는 터인데 희로애락을 얼굴에 나타내서야 체통이 되겠는가? 하는 자존심이 어떠한 때든지 한 구석에 계신 것이다. 그러나 그것만이 아니다. 경애의 작인을 잠깐 보니 한 모 쓸데가 넉넉히 있는지라 공연히 덧들여서는 잇속이 없다고 눈썰미 좋게 벌써 타점을 해놓은 때문도 있는 것이다. 원래 큰물은 청탁을 가리지 않는 법이니 우리의 서울이 가진 여걸의 여걸다운 점도 여기에 있다 할 것이다.[13]

염상섭은 일원론을 배격하고 상대성과 다원성의 문학이론을 중시한다.[14] 경애나 매당, 의경은 모두 여염집의 정숙한 여인이 아니다. 그런데 이들에 대한 소설 속에서의 이미지를 크게 저평가 하지 않고 나름대로의 개성과 인격을 부여한다. 그는 술집인 바커스에서 일을 하고 사회주의 운동에 가담하는 경애나, 가세의 기울어짐으로 낮에는 유치원 교

---

13) 위의 책, 271~273쪽.
14) 김욱동, 『대화적 상상력』, 문학과 지성사, 1994, 271쪽.

사를 하고 밤에는 매당의 일을 거두는 의경이나 이들 인물들의 동일한 배치를 통해 서로 공존하고 상호작용을 하게 한다.

이런 방식은 필순의 교육 문제를 놓고 덕기와 병화가 동의하는 부분에서도 잘 드러난다. "남의 생활에 간섭하지 말아야 한다. 자기 생활을 타인에게 강제해서는 안 된다. 그러한 간섭은 남의 생명의 존재를 무시하는 것이요, 이기적인 충동이다."라고 강조하는 덕기의 말은 개인의 개성과 자아를 최우선적으로 고려해야 한다는 작가 인식이 배여 있는 부분이기도 하다.

'이것이냐, 저것이냐'의 선택이 아니라 대화주의적 다성성과 연관됨을 말해 주는 이 부분은 작가 염상섭의 근대주의적 생존방식이 작품 속에 드러난 예가 된다. 이는 부르주아 삶의 양상과 그 원리로서 가치중립적 태도라 할 것이다.[15] 개량주의적인 이 같은 생활태도와 세계관이 그에 작품에서 '왜' 드러나는가 하는 문제를 놓고 본다면 그것은 바로 돈의 문제 때문이라고도 할 수 있을 것이다.

3. 피할 수 없는 '돈'과 '운명'의 아이러니

작가 염상섭은 『삼대』에서 긴장과 충돌이라는 수사학적 논리를 펼치는데 이들 사이의 갈등을 완화하기 위해 설치한 표현 형식의 하나가 바로 아이러니이다. 이 원리는 기대와 충족 사이의 대조되는 내면적 구조의 모순을 드러낸다. 독자는 작가의 신념이 무엇인가를 알지만 주인

---

15) 김승환, 「부르주아 리얼리즘과 가치중립성」, 『염상섭 소설 연구』, 국학자료원, 295쪽.

공이 모를 때 야기되는 이 아이러니 방식은 이를테면 영웅이 자신의 참패를 모르면서 영웅적인 행동을 하는 것에 비유할 수 있다.

상민 출신 조의관이 막대한 돈을 들여 양반 벼슬을 사서 신분 상승을 꾀한 점이나 아버지로부터 신임을 얻지 못해 아들에게 유산 상속의 자리를 빼앗긴 조상훈이 점점 더 타락의 길로 빠지는 일은 모두 '돈'이라는 동력에 의한 것임을 알 수 있다. 또한 사회사업에 재산을 헌납한 아버지로 인해 가난해진 경애를 조상훈과 다시 결합시켜 경제적 도움을 기대하는 경애 어머니의 바람 역시 같은 맥락으로 볼 수 있다.

삼대의 조의관을 비롯한 그 일행이 모두 돈을 향해 달려드는 현상은 봉건질서가 무너지고 있다는 사실을 알려주고 있으며 그 돈의 출처가 실질적으로 자본주의적 운영에 있었던 것을 증명한다.

돈을 생활의 필수적인 수단으로 생각하는 근대사회에서 조의관은 관직을 돈으로 사는데 이만 냥, 아들 생산을 위해 수원집을 들이는데 이 만냥, '대동보소'를 맡으면서 이십만 냥'을 쓴다. 조의관과 조상훈의 돈에 대한 관념이나 돈쓰기에 대한 태도는 서로 다르게 나타난다. "돈 주고 양반을 사!" 하고 반감을 드러내는 조상훈의 돈쓰기는 사회성에 관한 관심에서 비롯된 것이고 조의관은 가세의 과시를 위한 것이었다.

> "어떻게 유리하게 쓰란 말이냐? 너같이 오류천 원씩 학교에 디밀고 제 손으로 가르친 남의 딸 자식 유인하는 것이 유리하게 쓰는 방법이냐?"[16]

미국 유학을 다녀온 상훈은 돈을 들여 학교를 세우고 기독교 사상을

---

16) 염상섭, 앞의 책, 107쪽.

설교하는 사람답게 돈쓰기의 사회적 책임을 주장하였다. 공공선을 위한 공동체적 사업을 추진하였지만 경애 아버지의 예와 같이 그 또한 일본에 의한 합방으로 자립적 자본의 발전이 막힌 상황에서 이타적인 돈쓰기는 계속될 수 없었던 것이다. 그리하여 선구자적 사회운동이 가로막힌 현실에서 상훈은 처지가 어려워진 경애의 가족을 돕는 것처럼 공동선에서 개인적인 동정으로 돈 쓰기에 대한 태도를 변경한 것이다.

한편 조덕기의 친구 김병화는 재산의 공유관념을 지니고 있다. 그는 생활비와 사업자금을 처음에는 덕기에게 대어서 썼지만 '산해진'이라는 가게를 내어 사회주의 운동을 함께하는 동지들과 공동으로 일하고 분배하는 곳으로 만든다. 이에 비해 덕기는 무산운동에 적극적으로 가담하지는 않지만 심퍼다이저(좌익의 동조자)가 되어 돈을 가족과 가문의 테두리 안에서 써야 한다는 조의관의 생각에서 벗어난다.

부잣집 딸인 의경이 낮에는 유치원 교사를 하고 밤에는 술집인 매당집을 드나들다 조상훈을 만나 어린 첩이 되는 일이나, 자신의 며느리보다 어린 수원집이 돈에 눈이 멀어 남편을 독살하고 조씨 일가를 빠져나가는 일, 아버지의 병구환으로 가세가 기울어진 경애가 바커스에 나가 세상의 남자들과 농을 하며 점점 더 기가 센 여걸이 되어가는 점등은 모두 돈과 연관된 운명의 아이러니한 사건들이다.

> "무어라던?" 시어머니가 위층으로 올라가며 당장 묻는다. "용돈 들여다 쓰래요."여기까지만 대답을 하고 말려다가 만일 시치미를 떼버린다면 더구나 자기 입으로만은 못 할 것 같기도 해서. "지금 그 이 남편 입원료를 보내주래요?…… 하고 일러바치고 말았다."17)

---

17) 위의 책, 522쪽.

비슷한 상황은 필순을 둘러싼 덕기 댁 고부 사이의 대화에서도 엿보인다. 필순 부친의 병원비를 대어주라는 덕기의 전언을 며느리인 덕기댁이 시어머니에게 고하자 히스테리(Hysterie)한 태도를 보이는 덕기모친 역시 위악적인 모습으로 돈과 관련된 상황에서 자유롭지 못하다.

공공의 자선 사업을 위하여, 사회주의 운동을 하기 위하여, 쾌락을 위하여… 이 작품에서 돈쓰기에 관한 관심은 가치갈등을 일으키며 치열하게 사건화 된다. 그 중에 국수 한 그릇 사 주었을 때 부모를 떠올리는 필순이는 돈 없이 사는 인생의 노역을 실감나게 보여준다. 이 소설을 빈부 갈등의 동기에서 짜여진 신역사주의적 관점[18]에서 본다면 크고 작은 사건이 거의 돈에 의한 계층의 그물망 안에서 포착되고 있다. 이들은 모두 봉건과 자본의 사이를 헤매는 교량세대의 한 전형인 것이다.

4. 전형들의 다원론

'전형성'이란 일종의 독특한 유형의 종합으로서 그것은 인물과 상황을 연결하고, 개별자와 보편자를 유기적으로 통일하는 것이다. 어떤 것이 하나의 전형으로 되는 것은 오직 한 역사적 시기의 인간적·사회적으로 본질적인 '계기'들이 그 속에 함께 어우러질 때 가능하다.[19]

루카치의 미학 체계에서 보편적인과 개별적인 것의 통일은 특수성의 범주를 통해 이루어진다. 그에 의하면 미적 반영은 인식적인 반영과 함께 풍부한 현실의 총체성을 파악하고 발견한다. 이 과정에서 보편성

---

18) 유시욱, 「염상섭의 역사주의와 신역사주의적 관점」, 『염상섭의 三代論』, 서강어문 15권, 1999, 139~158쪽.
19) 이선영, 박태상, 앞의 책, 72쪽.

과 개별성이라는 양극단은 특수성으로 지양된다. 작가의 주관을 직접적으로 드러내기 위한 것이 아니라 궁극적으로 현실에 바탕을 두고 있으면서도 현실을 기계적으로 복사하지 않고 변형시킨다는 점에서 전형은 비일상적 존재를 드러낸다.

부르주아 시대로 접어들면서 인류 발전의 원시적 단계인 영웅들은 소멸하는데 전형을 올바로 이해하기 위해서는 "개인화된 보편성, 보편화된 개인성의 변증법"을 정당한 위치에서 이해하는 것이 무엇보다 필요하다.20)

『삼대』역시 개인과 전체가 유리되어 오직 자신만을 위해 행동하는 인물형이 나온다. 염상섭은 당시 상황이 봉건적 속박에서 해방된 자유로운 개인이, 사회적 존재로서의 자신을 자각하는 역사적 개인으로 성장하기에는 역사적·사회적 한계가 있다고 보았다. 조상훈으로 대표되는 자본가 계급의 세계관은 이전 봉건제 사회의 지배적 관념을 부정하기는 하지만, 아직 자신의 새로운 형식은 갖추지 못한 상태였다. 따라서 『삼대』는 시민적 세계관과 봉건적인 세계관상의 충돌을 보여준다. 이것은 평민계급 지배권의 확립과정에서 우여곡절한 반영의 일부분을 보여주는 것이라고도 할 수 있다.

이런 토대의 조건 속에서 개인의 노력은 성공을 거두지 못한 채 수포로 돌아간다. 임화는 이러한 근대문학의 역사적 한계에 대한 분석을 통해서 이후의 문학적 과제를 '개성적인 것과 사회적인 것의 통일'로 설정했다. 그는 개성의 사회성을 무시하지 않았고, 개별화된 개성이야말로 사회적 본질을 체현하는 '전형적 인물'로 나타난다고 보았다.21) 조

---

20) 임화, 「문예이론으로서의 신휴머니즘」, 『문학의 논리』, 학예사, 1937, 198쪽.
21) 위의 책, 103~112쪽.

상훈의 예를 들면 '의지'만을 내세우고 이 '의지'를 역사적 조건하에서 보편화시키지 못하고 있으며 성격의 개조 과정이나 운명이 변화하는 때의 미묘하고 깊은 내용을 이해하지 못하고 있다. 그 결과 의지와 현실 사이에 괴리를 보여주는 것이다.

인류의 역사적 발전이 부르주아 단계에 접어들면 과거 서사시의 주인공이 가졌던 총체적인 세계관의 획득에 실패한다는 헤겔의 이론에서 루카치는 주체와 객체의 총체성의 개념을 수용한다. 그는 소설을 "타락한 세계에서 타락한 방법으로 진정한 가치를 추구하는 이야기"로 정의한다. "인간의 특성화 능력은 더 이상 개인의 유기적 통일성으로 결합하는 것이 아니라 외적 세계의 다양한 대상들처럼 인간이 '소유하고' '양도하는' 사물을 통해 나타나게 된다.[22]

『삼대』의 전형은 단 하나의 전형으로 집약되지 않고 서로 대등한 가치를 지닌다. 보편적인 전통 유교 사상을 지닌 조의관과, 변화하는 세계에서 개별적인 개인의 사고와 행동으로 새로운 성격을 창조하는 조덕기와 같은 인물이 작품 속에서 서로를 보완하며 역동적 상호작용을 한다. 이를 통해 특수한 구성의 기반을 이루는 전형들의 위계 체계를 만들어가는 것이다.[23] 이 다양한 전형들이 나란히, 혹은 위 아래로 서로 영향을 주고받을 때 하나의 총체성이 고양되기에 이른다.[24]

미시권력의 작용에 길들여지는 조의관이 그토록 중시한 조상숭배는 그가 죽음으로써 기독교 주의에 빠진 아들에게는 무의미한 것이 된다. 윤리적인 모습과 황폐한 모습을 드러내는 조상훈은 다른 존재들에게

---

22) 하버마스, 『소통, 행위, 이론1』, 서규환 외 공역, 의암출판문화사, 1995, 402쪽.
23) 루카치, 『미학 서설』, 홍승용 역, 실천문학사, 1987, 248~249쪽.
24) 김외곤, 「새로운 소설로의 모색을 위하여」, 『한국현대문학연구』, 1997, 178쪽.

기생하는 창훈과 최참봉과 나름의 욕망을 생산하고 소비하려는 조덕기 같은 인물들과 함께 인간이란 무엇인가? 라는 질문 앞에서 더 이상 한 가문의 장으로서 주체적 계급의식을 발휘할 자격을 상실하는 것이다.

> 문학적 형상이란 것을 예로 든다 해도 그것이 황당한 주관의 산 물이 아니라 객관적으로 실재한 인간을 보편화하였을 때 비로소 독 자가 공감하는 대상이 될 수 있지 않은가? 요컨대 예술적 인물이 되 는 것이다. 그러므로 모든 대문학이 전부 작가의 상상을 통한 주관 의 피조물임에 불구하고 예술이 된 것은 작가가 실존한 인간 생활에 서 출발하여 雜然한 세부를 정리하고 중요하고 중요치 않은 것을 나 누어 실제 있는 것보다 한층 정교한 전형으로 재현시켰기 때문에 예 술이 된 것이다[25]

헤겔과 루카치는 주체를 자본주의 사회의 모순 구조로 파악하고 그 것을 넘어서는 존재로 자리매김 하고 있다. 그렇기 때문에 위의 예문에 서처럼 주체는 객관적 진리를 인식함으로써 자기 감각의 우연성, 모호 성, 혼돈성을 극복하고 현실의 모순 관계를 파악할 수 있게 된다. 이와 같은 주체 개념은 소설 내의 인물 형상화에서 '문제적 개인' 또는 '완결 된 인물' 개념을 설명하는 데에도 영향을 미치고 있다. 즉 루카치에 따 르면 교환 가치가 주도적인 위치를 차지하면서도 광범위한 사물화가 전개된 자본주의 사회에서는 '스스로 의식적으로 행동하는 완결된 인물 이 결코 주인공으로 등장할 수 없다는 것이다. 만약 등장한다면 그것은 거의 예외없이 저열성의 표현에 지나지 않는 것으로 평가하고 있다.[26]

---

25) 임화, 「주체 재건과 문학의 세계」, 『문학의 논리』, 학예사, 1937, 59쪽.
26) 루카치, 『변혁기 러시아의 리얼리즘 문학』, 조정환 역, 동녘, 1986, 305쪽.

『삼대』의 조상훈이 자신의 계몽의식을 제대로 펼치지도 못하고 타락의 길로 빠져드는 현상 역시 작품 속에서는 드러나지 않았지만 끝까지 자신의 의지를 펼칠만한 자본주의의 생산적인 권력을 갖지 못한 연유에서 비롯된다. 서구에서 유입된 개화기 계몽사상은 일제의 통치하에 있는 지식인들이 실천에 옮길 만큼 굳건한 토대가 마련되어 있던 것이 아니었기 때문이다. 이렇게 정치적으로 배제당한 사람들은 푸코적 의미에서 타자들이다. 역사가 바뀌면 동일자가 바뀌고 자기 동일성은 타자들의 타자들에 의해서 규정된다.

5. 삼대의 인물 형상화와 그 기법

작품 속에서 인물(people)은 성격(character)이란 말과 거의 동의어로 쓰인다. 인물은 외부 세계에서의 관찰의 대상이고 성격은 그 인물의 내적 속성이다. 소설이 인간의 탐구이며 인물의 재창조라고 말하는 것은 소설 속에서 인물의 기능이 그만큼 크다는 것을 의미한다. 그러므로 소설을 창작한다는 것은 새로운 성격을 창조하는 행위라는 말로 대치될 수 있다.

플롯과의 관련 속에서 무엇을 할 수 있는 인물은 기능적 측면이고 환경과 관련하여 어떤 인물인가 하는데 핵심을 두는 것은 주제적 측면이다. 인물을 언어화된 텍스트의 한 구조물로 보려는 구조주의자들은 인물이 어떤 역할을 수행하는가와 같이 수단으로 간주하는 경향이 있고 모방론 자들은 인물을 독립시켜 의미를 부여하는 경향이 있다.

『삼대』에서 결말을 명쾌하게 처리하지 않은 점이나 선악의 이분법이 사라진 인물 관계, 서술자의 불분명한 태도등 가치체계의 애매성은 전자에 해당되고 사회적·경제적 조건에 따라 변해가는 인물들의 삶과 갈등을 그린 것은 후자에 해당된다. 따라서 이 둘 모두를 포괄하는『삼대』의 인물들은 현실을 암시하고 반영하며 현실을 매개하는, 상징적으로 허구화된 존재들이다.

무개성 무성격의 조덕기를 다른 면에서 본다면 현실에 따라서 그 자신의 태도를 적절히 취할 줄 아는 현실주의자이다. 이상주의자 병화와 친형제처럼 가까이 지내면서도 사상적으로 중립을 지키는 것이 조덕기가 지향하는 삶의 방향이었다

> 덕기는 부친의 이러한 의견에 반대하고 싶지 않은 것은 아니었으나, 역시 구습상 부친에게 반대할 수도 없고 또 제 주제에 길게 논란할 수도 없는 터여서 그만 두었다. 그 뿐 아니라 부친이 생각하였던 것보다는 현대사상 경향이나 사회 현상에 대하여 아주 어둡고 무관심한 것이 아닌 것을 발견한 것이 반갑기도 하고, 부자간에 이런 토론은 처음이었으나 그로 말미암아 부친과 자기 사이가 좀 가까워진 것 같은 기쁜 생각이 들어서 그대로 웃고는 말았지만, 어쨌든 부친은 봉건시대에서 지금 시대로 건너오는 외나무다리의 중턱에 선 것 같다고 생각하였다. 마치 집안에서도 조부와 덕기 자신의 중간에 끼여서 조부 편이 될 수도 없고 아들인 덕기 자신의 편도 못 되는 것과 같은 어지중간에 선 사람이라고 새삼스러이 생각하였다. 따라서 그만치 사회적으로나 가정적으로나 또는 자기의 사상 내용으로나 가장 불안정한 번민기에 있는 처지인 것이 사실이다.
> 덕기는 부친에게 대하여 다소 이러한 이해가 있으므로 가다가다 반감이 불끈 치밀다가도 한편으로는 가엾은 생각, 동정하는 마음이 나는 것이었다.[27]

---

27) 염상섭, 앞의 책, 41쪽.

조덕기는 자신이 담당해야 할 사회 속의 구실을 찾지 못한다. 작가의 의도는 당위론적인 가치 구현보다도 한 인물에 고정되어 있는 초점화의 주체를 탈피함으로써 인물들을 한 작품 안에서 포괄한다. 서술 기법상의 의도는 『삼대』의 작품 전반에서 일관되게 유지되는데 한 인물의 시각으로 세계와 인물을 바라보던 '고정 초점화'에서 벗어나 전지적 개입을 최소화함으로써 균형 있는 심리적 거리를 배분한다. 초점화의 주체를 배치하고 조정하는 서술자의 역할을 통해 관찰과 평가의 주체가 다른 주체로 언제든지 자리바꿈 할 수 있는 것이다.[28]

한 편의 작품에 드러나는 화자의 특정한 태도를 어조라고 할 때, 어조는 화자의 '심리' 상태에서 발생하는 것이 아니라 주체와 대상의 '관계'에서 파생된다.

『삼대』의 작가는 조의관과 조상훈의 대화에서 서로에 대한 비판적 어조를, 조덕기와 김병화가 주고받는 말에서 조롱과 비꼼이 섞인 어조를, 홍경애와 조상훈의 이야기에서는 애증의 감정이 묻어나는 어조를 드러낸다. 이렇듯 『삼대』의 등장인물들이 드러내고 있는 어조를 통해서 당대 현실의 객관적인 지표를 살필 수 있다.

> "애, 애, 그게 뭐냐? 그게 무슨 이불이냐?" 하며 가서 만져보다가 "당치않! 상동주 이불이 다 뭐냐? 주속(紬屬)이란 내 나쎄나 되어야 몸에 걸치는 거야, 가외(加外) 저런 것을 공부하는 애가 외국으로 끌고 나가서 더럽혀버릴테란 말이냐? 사람이 지각머리가……" 하며 부엌 속에 쪽치고 섰는 손주 며느리를 쏘아본다

---

28) 장두영, 『염상섭 소설의 내적 형식과 탈식민성』, 태학사, 2013, 264쪽.

"잔소리 말고 어서 가거라! 도덕이니 박애니 구원이니 하면서 제 자식 하나 못 가르치는 놈이 입으로만 허울좋은 소리를 떠들면 세상이 잘 될 듯 싶으냐!"

A가 B를 비웃는 형식인 위의 예문에서 냉소는 대상에 대한 공격적인 반응으로서 대상을 비판의 중심에 놓는다. 위의 예시문 에서는 주체가 대상의 결점을 비웃으면서 공격하는 풍자의 문체로 쓰여졌다. 어조는 화자의 감정을 드러내는 주관적인 태도가 아니라 대상과의 관계를 반영하는 객관적인 지표가 된다. 곧 내가 어떤 태도로 세상을 보는가가 어조를 낳는다기보다는 세상이 어떤 방식으로 나와 연계되는가가 어조를 낳는 것이다[29]

『삼대』의 서술자는 작품 전반에서 '～모양이다', '～싶다', '～한다', '～모른다' 등의 표현을 빈번히 사용함으로써 성급히 결론내기보다 의식적인 판단유보라는 방식을 사용한다. 이 역시 한 인물에게 쏠리는 초점화에 근거하여, 일방적으로 편들지 않겠다는 작가의 의도로 이해된다. 이는 작가가 1930년대의 사회에서 발생한 공시적인 현상의 조망에 중점을 두는데서 비롯된다.

근대적 전통이 수립되지 않은 이 시기에 본격소설이 완성된 것이라기보다 완성에의 지향을 하고 있는 것으로 본다면 서술의 모든 국면을 총괄하는 어조 연구를 통해서도 이런 상황 전반을 이해할 수 있다.

---

29) 권혁웅, 『시론』, 문학동네, 2010, 167쪽.

6. 맺음말

담론이 특정한 시간과 공간, 특정한 상황에서 창조되는 언어라는 점을 전제한다면 소설은 그것이 써지는 시기의 횡적이고 사회·문화적 담론(discourse)을 반영한다. 동시에 문화적 전통이나 관습 혹은 현상과 양식을 나타내며 종적인 범위를 드러낸다. 인물과 환경의 역동적 상호작용을 통해 인간의 모순과 한계를 나타내고 이를 극복하려는 동력을 밝혀내는 것이다.

작가 염상섭은 가족주의를 둘러싼 민중의 삶을 묘사함으로써 민족적 정체성과 식민지 사회 구조의 맥락을 살핀 작가이다. 그는 산만한 역사적 상황에 놓인 구체적 인간들의 양상을 포괄적으로 전개하였다. 세대관의 문제나 인물의 성격, 신분계급 문제, 돈과 사랑의 문제 등이 이에 포함된다.

염상섭은 19세기 말 톨스토이와 거의 동시대에 활동한 작가 레스코브(Nikolai lesskow, 1831~1895)를 떠올리게 하는데 레스코브는 진정한 이야기의 본질이 무엇인가를 밝혀준 위대한 소설가이자 얘기꾼이다. 30)소설가를 민중에 뿌리를 두는 수공업적 장인(匠人) 계층으로 여기는 그와 동일하게, 염상섭 역시 실제로 중일전쟁 이후 일본의 파시즘적 억압이 심해지던 당시 조선인의 삶을 생생하게 보여준 작가라고 할 수 있다.

『삼대』의 인물들은 각자의 고유성을 지키면서도 서로 무관하지 않은 통합적 관계를 이루었다. 조의관, 조상훈, 조덕기 등 그 외 인물들이 내세운 입장 중에서 작가는 어느 하나를 일방적으로 강조하지 않았다.

---

30) 발터벤야민, 『발터 벤야민의 문예이론』, 민음사, 1983, 169~186쪽.

그것이 단일한 가치관계에 환원된다면 개인 생활의 자유를 부인하는 결과를 가져올 수 있다는 작가적 회의를 표시한 때문이다.

조의관은 가족을 위한다는 명분으로 가족 구성원의 자유를 구속하는 극단적 보수형에 속하는 인물이다. 반면 김병화는 봉건적 가족주의 관념에 맞서 자기 생활을 내세우며 가족 관계의 해체를 몸으로 실천한 인물이다. 작가는 이들을 통해 가족의 형태가 경제적 사회적 조건에 따라 변화해 왔다는 것을 알게 한다. 따라서 독자는 전체 사회의 이데올로기적 특성과 무관한 가족 가치관을 독자적으로 재생할 수 없다는 것을 확인하게 된다.

『삼대』에서 조상훈의 타락과 조덕기의 봉건적 가족주의로의 회귀는 작가 주체의 주관적인 의지와는 상관없이 식민지적 무의식이 관철되던 당시의 상황을 형상화한 것이라 할 수 있다. 새로운 사유 운동을 형성하기엔 역부족이었던 시기에 작가는 가치 중립적 세계관을 추구하며 그들의 존재 양상을 있는 그대로 구체화 하였다. 지금까지의 연속성이 분절되는, 당대의 불가피한 문제 상황에 직면하여 새로운 사유의 기점을 갖게 된 것이다.

문학이 현실을 형상화 할 때 작가는 '인간적 표상'에 중점을 두게 된다. 인물과 인물의 관계로 인해 생활이 지속되고 이 생활 속에 드러나는 성격이 운명소설의 기본 구조가 된다. 사회와의 관계 속에서 인간의 생애가 형성된다면 소설의 플롯이란 인물과 환경이 함께 어우러져 만들어지는 것으로 인물의 운명적 발전 과정을 보여주는 동력이 된다.

참고문헌

〈기본자료〉

염상섭, 『삼대』, 창비, 2007.
발터벤야민, 『발터 벤야민의 문예이론』, 민음사, 1983.
G.H.R. 파킨슨, 『변증법적 미학이론』, 김대웅 역, 문예출판사, 1986.
B. 키랄리 활비. 『루카치 미학 비평』, 김태경 역, 한밭출판사, 1984.
루카치, 『미학 서설』, 홍승용 역, 실천문학사, 1987.
바흐찐, 『도스토예프스키의 詩學』, 김근식 역, 정음사, 1989,
하버마스, 『소통, 행위, 이론1』, 서규환 외 공역, 의암출판문화사, 1995.
문학평론, 『우리시대의 한국문학35』, 계몽사, 1994.
임화, 「통속소설론」, 『동아일보』, 1938, 11. 17.~11. 27.

〈단행본〉

김윤식, 『염상섭 연구』, 서울대학교출판부, 1987.
김종균, 『염상섭 소설연구』, 국학자료원, 1999.
장두영, 『염상섭 소설의 내적 형식과 탈식민성』, 태학사, 2013.
김욱동, 『대화적 상상력』, 문학과 지성상, 1994.
김학균, 『염상섭 소설 다시 읽기』, 한국학술정보, 2009.

상허문학회,『1930년대 후반문학의 근대성과 자기성찰』, 깊은샘, 1998.

선주원,『1930년대 후반기 소설론』, 한국학술정보, 2008.

이보영,『염상섭 문학론』, 금문서적, 2003.

박선애,『1930년대 후반 문학과 신세대 작가』, 한국문화사, 2004.

〈논문〉

우한용, 우신용,「소설의 담론구조와 윤리의 교육적 상관성에 대한 고찰」, 서
　　　　울대학교 국어 교육연구소,『국어교육연구』29권, 2012.

최종길,「염상섭의『삼대』와 아이러니, 민족어문학회『어문논집』42권, 2000.

강경구,「가족, 돈과 권력과 성의 삼중주 － 巴金의『家』와 염상섭『삼대』의
　　　　비교연구－」,『中國學報』Vol.40 No.1, 한국중국학회, 1999.

윤순식,「토마스 만의『부덴브로크가의 사람들』과 염상섭의『삼대』비교」,
　　　　『독일어문화권 연구』18권, 2009.

김외곤,「새로운 소설론의 모색을 위하여」,『한국현대문학연구』, 1997.

현순영,「염상섭의『삼대』, ‘주의자에 대한 담론’의 반영과 해부」, 2003.

유시욱,「염상섭의「삼대」論 － 역사주의와 신역사주의적 관점」, 서강어문15
　　　　권, 1999.

김성연,「가족 개념의 해체와 재형성－염상섭 장편소설『삼대』,『무화과』,
　　　　『불연속선』을 중심으로－」, 성균관대학교 인문과학연구소『인문과
　　　　학』44권, 2009.

강영상,「염상섭 소설의 女性 人物 硏究－장편『삼대』·『白鳩』·『驟雨』를 중
　　　　심으로－」, 사림어문학회『사림어문연구』13권, 2000.

김병구,「염상섭 소설의 탈식민성－『만세전』과『삼대』를 중심으로－」, 한국
　　　　현대소설학회,『현대소설연구』18권, 2013.

장문석,「전통지식과 사회주의의 접변－염상섭의『현대인과 문학』에 관한
　　　　몇 개의 주석」, 성균관 대학교 대동문화연구원『대동문화연구』82권,
　　　　2013.

이철호, 「염상섭 장편소설의 동정자(sympathizer) 형상과 다이쇼(大正) 생명주의－『사랑과 죄』, 『삼대』를 중심으로」, 한국비교문학회, 『비교문학』 53권, 2011.

조미숙, 「1920년대 중반 염상섭 작품에 나타난 프로의식의 성격」, 『한국문예비평연구』 제37집, 2012.

최애순, 「1950년대 서울 종로 중산층 풍경 속 염상섭의 위치－『젊은 세대』와 『대를 물려서』를 중심으로」, 『현대소설연구』 52, 2013.

진정석, 「염상섭 문학에 나타난 서사적 정체성 연구」, 서울대학교 대학원, 2006.

장두영, 「염상섭 소설의 서사 시학과 현실 인식의 관련 양상 연구」, 서울 대학교대학원, 2010.

신수진, 「한국의 가족주의 전통과 그 변화」, 이화여자대학교대학원, 1997.

4부

상수를 깨는 변수

(장 · 단 서평)

반어적 언어 혹은 세포 쪼개기

박성현의 시집 『내가 먼저 빙하가 되겠습니다』

박성현의 두 번째 시집 『내가 먼저 빙하가 되겠습니다』(시인수첩, 2020)에서는 평소 비시적인 사물의 영역에 속해 있던 '시청'이 시적인 요소로 쓰여지고 있다. 박성현의 시「시청이 있다ー사물의 영역 17」이 한 편을 통해 이 시집 전편에 나와 있는 시의 수사법이나 시적 특징을 대략 축약해 볼 수가 있다. 특히「시청이 있다ー사물의 영역·17」에 나오는 풍경에는 경쾌한 움직임이 있고 행복한 표정이 있음에도 역설적 느낌이 배어있다. 비둘기가 날고 일광을 즐기는 관광객들은 순수한 웃음으로 가득한데 동시에 "모두가 모두를 피하고 있다"는 이 전언에서 어떤 존재에도 머물지 않는 공허, 어딘가에 귀속되지 않는 부재의식이 느껴진다.

박성현이 가져오는 감각적이고 직접적인 경험 요소인 '시청'은 세계가 제시하는 정합(整合)적인 구획이면서 그 안에 정처하지 못한 뭇 인간들의 표정이 어른거린다. '시청'이란 공간이 시인 일상의 중심에 자리잡고 있지만 시인이 시청을 향해 걸어가면서 마주하는 세계는 뒤바뀌어 있다. '뾰족한 옥탑에 수직으로 꽂힌 구름', '아이스크림처럼 녹아

흐르는 날씨', '플라타너스를 삼킨 태양', '늙은 개를 집어삼킨 목줄'이
라는 역설적이고도 파편화된 이미지들이 바로 그것이다.

이들은 결국 일상 너머의 사실을 재구성할 수 있는 요소들이 된다.
시인이 우리에게 부딪혀 오는 문제를 타자화 하는 방식은 "시청이란 상
자를 구멍과 얼룩으로 분해하는 화학공장"으로 보는 시선과 일치한다.
이는 시인의 세계관과 불일치하는 삶을 마주함으로써 정면 돌파하는
시적 차원의 알레고리적인 의미를 지닌다.

＊

> 　중앙역에서 애인을 기다린다 그는 나의 유일한 목록 나의 모든
> 이름이자 색깔이고 봄이다 애인을 기억할 때마다 옛날이 다시 펴졌
> 다 다르게 읽혀지는 장면에는 다르게 배치된 기억―발자국이 찍혀
> 있다 나는 마임을 하는 손처럼 목소리를 지우고 애인에게 히아신스
> 를 선물한다 이 장면도 언젠가는 삭제되거나 바뀔 것이 분명하다 낡
> 은 라디오는 흘러간 노래를 움켜쥐고 잠들었지만 그 노래를 매 순간
> 듣고 있다(고, 나는 상상한다)
>
> 　　　　　　　　　　― 「시청이 있다―사물의 영역 · 17」 부분

시인은 지루한 현실에서 현대인의 모럴을 반어적인 방식으로 표현
하는데 가령 지금 기다리는 애인은 나의 유일한 목록이고 이름이고 색
깔이자 봄, 다시 말해 애인은 곧 내가 된다. 하지만 현재의 애인은 옛날
의 애인이 아니고 옛날의 애인을 떠올리면 '다른 기억' '다른 발자국'이
찍힌다. 또 지금 애인에게 내가 히아신스를 선물해도 이 장면은 언젠가
는 삭제되거나 바뀔 수 있다. 곧 그 때에 나는 지금의 내가 아닐 수도 있
는 것이다. 이러한 자아 탐구는 '가변적인' 혹은 '통일성 속에 존재하지

않는' 세계를 암시한다.

＊

　　시청이 발송한 문서에는 유효기간이 없다 나는 침착하게 전화를
걸어 위치를 물었다 '그곳'이 있다는 듯 물음표를 베낀 유리벽 너머
사람들은 떠오르고 난파되길 반복했다 시청은 정교하게 설계된 폐
쇄회로, 시간이 사라진

　　혹은
　　시간이 압축된

ㅡ「시청이 있다ㅡ사물의 영역 · 17」 부분

　　우리의 삶은 예외없이 구성된 배치에서 시작한다. '시청'은 "여러 사
람이 다 같이 지키기로 작정한 질서이며 규약, 법칙이 실행되는 주체적
공간을 의미하기도 한다. 하지만 시인의 시적 자각에는 현실을 맹목적
으로 수용하려는 친숙함에 대한 저항의식이 깔려 있다. 이는 질서 파괴
적이라기보다는 기존 삶의 규칙을 대상화함으로써 우리가 맹목적으로
따르는 일상을 해소하거나 뛰어넘는 행위를 만든다.
　　그는 이 시집에서 '시청'을 '거대한 숲'이라고 표현했는데 이 은유에서
들뢰즈의 『천개의 고원』에 나오는 나무(tree)의 이미지와 리좀(rhizome)
의 이미지를 떠올리게 한다. 하나의 뿌리에서 줄기와 가지가 자라나 잎
이 피어나는 나무는 한마디로 '하나의 주체'를 위해 번성하고 완성되는
존재를 의미한다. 하나의 왕이나 왕국처럼 수직으로 성장하는 나무는
시립 미술관 내부의 채도처럼 우아하고 많은 사람들을 그 품안에 품을
수 있을 만큼 관대하기도 하다. 그 반대로 '리좀'(뿌리 식물)은 다른 뿌

리줄기와 연결되어 부단히 증식하는데 들뢰즈는 이를 수평적으로 이동하면서 타자와의 조우를 상징하는 이미지로 보았다.

들뢰즈의 사유에 기대어 박성현의 「시청이 있다—사물의 영역·17」을 읽어보면 시인의 역설적인 의도가 드러난다. "잡티 하나 없는 사과처럼 깨끗한 시청"이란 아무 걸림돌이 없지만 미끄러운 빙판길을 걸을 때의 느낌을 준다. 거칠거칠한 질감을 주는 흙길을 걸을 때보다 아주 매끄럽고 깨끗한 길에서 낙상하기가 더 쉽다. 그러므로 "귓속을 울리는 시청의// 리듬, 시청의 리듬, 시청의 리듬"은 구문의 반복으로 리드미컬한 리듬으로 읽혀지고 있지만 그 내부의 '시청'이라는 시어와 대조하면 참으로 낯선 느낌이 든다.

또한 반어적인 효과를 나타내기도 하는데 '시청'은 시의 행정 사무를 맡아보는 기관으로 관행과 법적 확신에 따라 움직이는 규범적인 조직체이다. 그런데 시인은 '시청의 리듬'이라는 시구를 반복함으로써 리듬감을 획득하고 그 경쾌하고 발랄한 리듬 앞에 정형화된 이미지를 지닌 '시청'이라는 어휘를 결합함으로써 낯설고 이질적인 시구를 창조하였다. 이미 정해진 프레임 안에 배치된 '시청'은 마르셀 뒤샹의 변기처럼 시인의 선택에 의해 예술적 가치가 부여된 레디메이드 '기적의 방'이 되었다. 따라서 '시청이 있다'라는 전제는 시인이 기존 삶의 양상이나 규칙에 대한 자아 동일성을 부여하기 위한 장치가 아니라 개체들의 고유한 삶이 아닌 것에 반대하는 '반어적 메커니즘'으로 작용한다.

이 시집에서 시인은 계속해서 시청을 중심으로 맴돌고 있고 시청을 향해 걸어가고 있지만 그와는 정반대로 불일치의 사유를 하거나 전혀 다른 이야기를 떠올린다. 이 때 시인이 시적 전환을 하는 방식은 한 장면에서 꼬리를 물고 이어지는 연쇄법이다. 가령 「시청이 있다—사물의 영역 17」중 ✳로 나눈 여섯 번째 연에서 "시청은 정교하게 설계된 폐쇄회로, 시간이 사라진// 혹은/ 시간이 압축된" 이라는 내용이 나온다. 그 다음 일곱 번째 연에서 루이스 캐럴의 『이상한 나라의 앨리스』가 연결되는데 시인이 말한 '시청'과 동일하게 앨리스가 떨어진 '토끼굴' 역시 시간이 사라지거나 압축된, 정교하게 설계된 폐쇄회로가 된다.

✳

　　1865년 어느 저녁이다 캐럴은 웃음을 먼저 그리고 얼굴을 가장
　나중에 그렸다 체서는 웃을 때마다 몸의 바깥쪽부터 차츰 사라졌다
　엘리스가 문을 열었을 때는 이미 지워지고 없었다
　　　　　　　　　　　　　　　　　ー「시청이 있다ー사물의 영역·17」부분

　한 편의 시 치고는 장시에 해당하는 이 시(「시청이 있다ー사물의 영역·17」에는 이처럼 루이스 캐럴의 『이상한 나라의 앨리스』 이야기가 삽입되고 있다. 이 동화는 1865년 영국에서 루이스 캐럴이 앨리스와 그의 자매들에게 즉석에서 들려주는 이야기로 꾸며졌다. 단순히 아이들에게 현실 원리나 훈육의 목적으로 만들어진 여타의 동화들과 달리 넌센스에 가까운 말장난과 패러디, 환상적인 장면 등으로 각각의 에피소드들을 흥미롭게 다루고 있다.

　사실 루이스 캐럴이 『이상한 나라의 앨리스』를 지어낼 때 주된 에피소드들은 플롯과 주제가 고정되어 있지 않고 예기치 못한 방식으로 연결되고 있다. 현실 세계의 법칙에서 낯선 세계로 떨어진 앨리스는 지금까지 자신의 삶의 방식이 적용되지 않는 곳에서 저항을 하지만 곧 낯설고 신기한 세계에 적응한다. 하지만 그 때쯤이면 또 다른 사건에 직면

하고 이전 삶의 어떤 고유한 규칙과도 멀어진 낯선 상황에 처하게 된다. 이것은 이상한 나라의 앨리스에서 **나타났다 사라지는** 캐셔 고양이를 연상시키는데 박성현의 이번 시집에도 리얼리즘과 환상성이 교차하는 이런 장면이 여러 번 등장한다.

그의 시에는 유독 '걸어가다(나타나다)'와 '사라지다'라는 시어가 많이 나온다. 제 4부 전체를 대표하는 제목 또한 "나다와 저녁이 걸어간다"인데 '걸어가다(나타나다)와 '사라지다'의 시어가 드러나 있는 시편을 정리해 보면 다음과 같다.

번호	걸어가다	제목	사라지다	제목
1	"말랑말랑은 발목과 의지가 없는데도 계속 **걸었다**"	「발목과 의지」	"체셔는 웃을 때마다 몸의 바깥쪽부터 차츰 **사라졌다**"	「시청이 있다—사물의 영역·17」
2	"당신은 **걸어가거나** 멈춰 있었다." "벗겨진 신발이 발목을 향해 **걸어가다가** 자꾸 뒤를 돌아봤다."	「혼해빠진 유령—사물의 영역·2」	"시청 광장이 걸어 간다 걸어가면서 **사라진다**"	「아직 희미하게 보인다—사물의 영역·5」
3	"누군가 **걸어간다** 몸을 둥글게 말고 공처럼 **걸어간다**"	「아직 희미하게 보인다 — 사물의 영역·5」	"죽은 쥐처럼 검은 달이 뜨던 그날에 사람들은 소리 없이 **사라졌더군**"	「1976년 검은 달—사물의 영역·9」
4	"당신과 함께 걷던 여행자들은 모호한 웃음과 모호한 그림자와 모호한 불안을 숨기고 폭염 속을 거침없이 **걸어갔다**"	「사마르칸트—사물의 영역·14」	"무당이 가고 동네 개 몇 마리도 **사라졌다**"	「개미가 끓었다—사물의 영역·10」
5	"내일 당신은 수염이 덥수룩한 애인과 함께 서울의 골목과 시장과 사원을 **지난다**"	「사마르칸트—사물의 영역·14」	"중앙박물관이 통째로 **사라져 버린** 검은 폭염 같은 그때"·13」)	「왕국의 우물과 시계 태엽—사물의 영역」

6	6. "가파르게 깎인 계단과 복도를 **지난다**"	「시청이 있다—사물의 영역·17」	—	—
7	"나다와 저녁이 **걸어간다**"	제 4부	—	—

'걸어가다'가 지금 여기에서의 시인의 '현존'을 의미한다면 **'사라지다'**는 존재나 사물자체의 가변성에 대한 시인의 공허한 세계인식을 드러낸다. 그것은 '구멍'과 '얼룩'(「물방울을 뜯어내면」,「시청이 있다」외)이라는 이미지의 파편들로 변용되어 드러나기도 한다. 박성현 시인의 다양한 언어의 변형은 폐쇄된 세계의 모호성과 파편성을 드러내는데 이러한 서사 안에 자리잡은 구성요소들은 '오리지널리티의 파괴와 아우라의 붕괴'를 가져온다.

*

시청의 시계탑에서 정오를 알리는
종소리가 울렸다 옛날 복장을 한 젊은 청년들이
깃발과 창을 들고 2열 종대로 걸어간다
목젖까지 내려온 가짜 수염이
철사처럼 단단했다, 나와 애인도 옛날 사람처럼

북과 호각에 맞춰
북과 호각에 맞춰
북과 호각에 맞춰

―「시청이 있다―사물의 영역·17」 부분

박성현의 이번 시집에서는 원본과 복제의 구별을 사라지게 하고 시어의 분절과 결합, 언어의 재배치를 통해 '하이퍼리얼리티(hyperreality)'

가 무엇인지를 보여주는 시들이 종종 눈에 띈다. 위 시의 내용은 조선 시대에 광화문 일원에서 근무하던 수문장의 교대의식을 2000년대(정확히는 2002년 5월부터 시작) 고궁 관광 콘텐츠 개발이라는 차원에서 재현하는 모습을 담았다. "행사의 고증부분만 강조"하지 않고 사실에 재미를 더한 이야기는 매뉴얼대로 작동하는 '시청'의 이미지를 바꿔 놓는다. 그것은 '총체성'이라는 단선적인 의미에서 멀어지게 하면서 낯설고 이질적인 풍경을 묘사하는 것이다. 그렇게 해서 얻는 것은 새로운 시대에 마주치는 수많은 타자들(국내외 관광객)이다.

복제물이 원본보다 더 진짜 같아서 원본과 복제물을 구별하는 것의 어려움을 '하이퍼리얼리티(hyperreality)'라고 명명한 사람은 장 보드리야르(Jean Baudrillard)이다. 벤야민 역시 "시뮬라크르는 그릇된 복사물이 아니"라고 하면서 원본의 복제에 대한 우위를 부정한다. 가령 우리나라 안동의 '헛제사밥' 같은 것을 말하는데 안동을 찾는 사람들에게 내놓는 지방관광상품의 일종인 '헛제사밥'은 평소 제사밥을 차리듯 좋은 재료를 가지고 온갖 정성을 차려서 내놓기 때문에 인기가 많다. 이 또한 원본을 복사한 시뮐라크르(simulacre)에 해당한다.

『내가 먼저 빙하가 되겠습니다』 3부와 4부에서 시인은 규범과 질서를 표상하는 즉물적인 장소나 사물(시청이나 국가기록물보관소 등)에 선뜻 다가서는데 이것은 이러한 비시적인 요소가 어떻게 이 시집에서 '문학적인 것' 혹은 '시적인 것'으로 변용되어 가는지 독자에게 보여주기 위한 시인 특유의 장치임을 알게 된다.

또한 박성현은 언어유희(편PUN)와 인유, 패러디, 반어와 역설, 그리고 다양한 유형의 시뮬라시옹을 동원하여 시라는 장르와 시 이외 서브컬처와의 경계를 넘나든다. 서브컬처(subculture)의 사전적 의미는 자신의 욕망을 제어하는 방어기제"로서 어떤 사회의 지배적 문화와는 달리, 특정 사회 집단에서 생겨나는 독특한 문화를 가리킨다.

하위문화에 속하는 '서브컬처'라는 용어는 생물학 실험실에서는 '일정 기간마다 새로운 플레이트(plate)로 세포를 옮겨 주는 것'을 말하기도 한다. 세포가 자라고 증식하여 많아지면 한 공간 안에서 적절한 '서브컬처가 필요해 지는데 새로운 배지에 세포를 조금씩 옮겨주는 서브컬처 행위는 전체와 부분, 안쪽과 바깥쪽을 향한 경계선 넘기를 의미한다. 이 때 서브컬처와 동일하게 사용되는 언어가 페세지(passage, 통로' 혹은 '길'이라는 의미)인데 이는 '두 개의 길을 이어준다'는 뜻을 가지면서 '경계를 넘나드는 것'을 의미한다. 박성현의 이번 시집에서 드러나는 시쓰기 특징 역시 바로 이러한 서브컬처 용법으로 표출되고 있다. 걸어가다 사라지고 다시 나타나 걸어가는 그의 시쓰기 방식은 '셀(cell)을 스플릿(split)'하듯 기존의 텍스트를 변형하고 다시 쓰기 하면서 자신의 언어를 새로운 배대(培臺)로 옮겨주고 있다.

상수를 깨는 변수

인간 같은 AI 인가? AI 같은 인간인가?
정우신의 시집, 『홍콩정원』

끊긴 꿈으로부터
재생되는 살점

∗

날개를 가지런히 접어놓고
결정하지 못했지

육교보단 모텔이
모텔보단 강물이 낫겠지

거기 예술가
너를 뭐라 불러야 하지?
장화 속 거머리들, 대형 비닐봉지, 라벤더 비누

중력을 두려워 마
시간과 속도의 문제일 뿐이야

음악이 잊게 해줄 거야

＊

네가 피어난 자리
나는 약간 휘청거렸다

살을 만져봤다

분장을 하고
객실에 얌전히 있었는데
따뜻한 나라로 이동 중이었는데
진통제, 염주, 플렛슈즈, 기차표, 미술관 입장권
나를 찾는 데 도움이 될까요?

살아버렸습니다
빠르게 다 살아버렸어요

해부하고 마시는 것은 나의 취미
아무것도 하지 않는 것이 안전한 날이 있어요

＊

옷깃을 잡거나 사과를 떨어뜨려도
나는 알 수가 없는데
이슈가 필요한데
크리스마스트리와 폐전선
가죽표지 메모장과 보온병

좋은 꿈이 될까요?

*

네가 보고 싶다면
사람을 데리고 와요

　　　　　　　　　　　　　　　　　　　　　　　　- 정우신, 「홍콩정원」, 전문.

*

　정우신의 『홍콩정원』(『현대문학 2021)은 2016년 첫 시집 『비금속
소년』에 이은 그의 두 번째 시집이다. 이번 시집에는 1번에서 6번까지
번호를 단 연작시 「러닝머신」과 무당, 비구니, 청소부, 가축, 소년, 연
인, 예술가에 해당되는 리플리컨트(기계 인간)를 소재로 한 연작시, 그
리고 그 외 '네온사인'이나 '액화질소탱크'처럼 '리플리컨트'의 부제(副
題)를 달지 않았지만 리플리컨트의 목소리로 전하는 시. 이렇게 세 가
지 요소로 구성된다.
　리플리컨트는 미국의 영화감독 리들리 스콧이 연출한 SF 영화 <블
레이드 러너 1982>에서도 나왔던 AI이기도 하다. 영화에서 스콧 감독
이 인간과 기계를 바라보는 관점을 다루었다면 정우신 시인은 이번 시
집에서 기계 인간의 입장에서 삶과 사랑 그리고 비애나 우울을 다루고
있다. 인간이면서 인간이지 못하고 AI 이면서 AI 스럽지 못한 처지는
불안과 슬픔을 동반한다.
　<블레이드 러너 1982>에 등장하는 렉서스6 리플리컨트들은 애초
에 수명이 3년으로 제한되어 탄생하였다. 인간의 기술에 대한 제한은

'기술의 역습'에 대비하기 위한 이성적 인간의 고심에서 발생한다. 이 과정에서 기계와 사람의 인간성이 역전되는 상황이 벌어지기도 한다. 사람들의 어려운 일을 대신하면서 그 경험의 데이터가 쌓이게 된 기계 인간들은 점차 사랑이나 슬픔까지도 느낄 수 있게 진화되는데 그것은 지구 과학자들이 제일 경계하는 일이다. 영화에서 기계인간들이 자신의 수명을 늘려달라고 반란을 일으키자 그에 맞서는 인간들은 그럴 수 없다고 답하며 그들을 제거하는 수순을 밟는다. 이때 냉혹해진 인간들은 오히려 기계 인간보다 더 비인간적인 모습을 드러낸다.

기술의 기하급수적인 성장 속도를 예견한 학자 중 1년 6개월에 컴퓨터의 성능이 2배씩 성장한다는 고든 무어(Gordon Moore)가 있다. '무어의 법칙'은 이미 폐기되었지만 2045년에는 AI가 인류를 넘어서 '특이점'을 맞는 해라고 주장하는 '레이 커즈와일'(『특이점이 온다』의 저자) 같은 사람은 기술 혁명을 통한 인류와 우주의 대변화를 예견한다. 인간의 역사는 진보와 진화의 역사였으나 인공지능(AI)의 자율성이 인간의 지능을 넘어서게 되고 급기야 AI 지적 능력이 인류 지능의 종합을 수억배 이상 뛰어넘는다면 어찌 불안하지 않을까?

기계와 사람의 인간성이 역전되는 상황이 벌어지는 영화 <블레이드 러너 1982>에서 리플리컨트를 바라보는 인간의 차별적 시각을 확인하고 인간과 기계의 관계를 재정립하는 차원에서의 사유를 다루었다면 정우신 시인은 이 시집 『홍콩 정원』에서 기계화된 현실 세계에서 살아가는 사람들 혹은 시인을 포함한 예술가들에 대한 어려움이나 불안감을 형상화 한다. 기계와 인간의 전도된 상황을 설정하고 이러한 시점에서도 시인은 "진화처럼 앞에/ 있는 척/ 뭔가 할 일이/ 남아 있는 척" 버티면서 배회하고 도망하기도 하지만 결국 "알 수 없는 바람이 불고//

사랑이라는 말은 미래를 속이기 좋았네"라는 '덧없는 세상'을 노래하기에 이른다.

이처럼 정우신의 이 시집에서 리플리컨트화된 인간을 묘사하는 장면은 많은데 그중에 구슬 모양을 그대로 시 제목으로 삼은 그의 시에서는 내면화된 리플리컨트가 잘 형상화 되고 있다. 시의 전문은 아니지만 가령 그러한 시구가 드러난 부분을 인용하면 다음과 같다. "작고 물컹한 구슬/ 머리부터 발끝까지/ 굴러다니며 뼈를 부식시키는데/ 편편하게/ 지름을 넓히는데/ 이러다간 터져버릴 것 같아// 스스로 죽어가는 것들을 떠올려 보는데// 구슬이 지나간 자리/ 거름 냄새가 나고/ 천천히 지푸라기가 식어가고/ 터전을 잃은 가금들은 밤새 울부짖고// 투명하게 질긴/ 그 눈망울/ 장대비로 찔러봐도 슬픔의 깊이를 알 수 없다"

그리하여 이 시집 끝머리 정우신 에세이 「관류 실험」에서 시인은 이렇게 적고 있다. "나는 내 육체에서 흘러내리는 진액이 금속성인지 생물성인지 알 수가 없었다."

하지만 정우신은 끝내 그의 시 「변전소」에서 "우주에서/사랑으로 위치 변경"이라고 적고 있다. 이것은 '우주에서/ 사람으로 위치 변경'으로 바꿔 읽을 수도 있다. 영화에서는 '인간 같은 리플리컨트'가 나오고 정우신의 시에서는 '리플리컨트 같은 인간'이 나오는데 공통점도 있다. 그것은 바로 종말에는 모두 '리플리컨트'의 폐기를 의미하는 '사랑의 유전'을 언급하고 있다는 점이다. 이로써 시인은 "나는 어디서든 느낄 수 있"고 이런 나를 "네가 보고 싶다면" 기계 인간이 아닌 "사람을 데리고" 오라고 화룡정점 같은 기대와 제안을 한다.

가족의 기의, 한 무정부주의자의 기억

박완호의 시 「도돌이표 엄마」

엄마를 떠올릴 때마다
자꾸 뒷걸음질을 쳐요

한 발짝만 뒤로 가도
바로 열다섯,
열 걸음 스무 걸음을 가도
또 그 자리,

엄마는

첫 소절만 부르다 마는 노래처럼
도돌이표로 떠오르고

엄마보다 늙은 나는
날마다 무럭무럭 자라나요

— 박완호, 「도돌이표 엄마」, 전문.

＊

가족 이야기는 주로 현대인이 맺는 가족의 '관계'와 '사건'에 초점을 맞춘다. 그런데 박완호의 가족 이야기는 가족의 기원과 그에 대한 상혼, 그리고 그 후일담을 담고 있다. '어머니' 혹은 '엄마'라는 기표는 대체로 '헌신'과 '사랑'의 기의(記意)를 포함하고 있지만 박완호 시인의 이번 시집 『누군가 나를 검은 토마토라고 불렀다』에서 드러나는 '엄마'는 대개 '부재'의 의미로 '가족 해체'나 그로 인한 결핍된 자아를 드러내는 기제로서 작용한다. 가령 「乙」이라는 시를 살펴보면 다음과 같다.

> 사랑의 판에서 나는 언제나 을이었네/ 사랑한다는, 안녕이라는/ 첫 마디는 한 번도 내 몫은 아니었네// 나는 다만/ 사랑이라는 말의 무한생산자이거나/ 낯선 기도문 앞에서 머뭇거리는 순례자였을 뿐,// 그러니 사랑이여,/ 또 너를 위한 노래를 부르게 해 다오// 깨물린 허로 불빛을 스치는 바람 소리처럼,/ 영원의 어깨를 짚고 저물어가는 고요처럼,// 창백한 글자들로 애인의 아침을 일으키기까지는// 사랑에 눈먼 청맹과니가 되어/ 홀로 밤길을 헤매어도 좋으리―
>
> ― 박완호 「乙」 전문

헤르만 헤세는 "시는 생명을 가진 영혼이 스스로를 보호하고 감정과 경험을 깨닫기 위해 표출하는 방출, 외침, 울부짖음, 한숨, 몸짓, 반응"이라고 했다. 사랑의 판에서 자신은 언제나 乙이었다는 시인의 고백은 세계와 존재에 대한 상실과 상처에 대한 이야기가 된다. 그의 시 「별책 부록―K」에서도 "신이 인간을 만든 까닭은 외로움을 견디기 싫어서였을 거야/ 텅 빈 우주. 저 혼자 밖에 없는/ 공허를 감당하기 버거웠던 탓

일 거야"라고 표출한 바 이 부분에서도 이 시 「乙」의 2연 3행에 묘사된 "낯선 기도문 앞에서 머뭇거리는 순례자, 곧 시인의 모습이 엿보인다.

　단편적으로 드러나지만 그의 외로움과 슬픔의 연원이 가족이라는 사실은 「모르는 쪽으로 고개가 돈다」, 「엄마를 버리다」, 「도돌이표 엄마」, 「몸빛 아버지」, 「쑥꽃」 등에서 찾아 볼 수 있는데 시인은 자신 안에 폐칩(閉蟄)하고 있는 가족들을 꺼내 놓으며 내면화된 아비투스(habitus)를 조정하고 있다.

　현대에 새롭게 상용되는 언어 중에 '키덜트'가 있다. 아이[kid]와 어른[adult]를 합한 '키덜트'는 "몸은 어른이지만 아이의 심상을 간직한"이란 의미를 지닌다. 순수한 아이의 이미지와 이성적 어른의 이미지를 동시에 표출하는 것이 '키덜트 문학'이라고 한다면 박완호의 이번 시집에도 그런 요소들이 엿보인다.

　"피톨처럼 묻은 알갱이들, 엄마, 라고 하면 상투적인 것 같아 다른 발음으로 부르고 싶어지는"(「토마토 베끼기」), "보육원을 막 빠져나온 열아홉 살이 끝인지 시작인지 모를 걸음을 길 위에 얹다 말고 엄마, 사전에 없는 단어를 발음하듯"(「모르는 쪽으로 고개가 돈다」), "저만치 엄마가 혼자 흔들리는 게 보이나요. 난 아직 멀었다는 말이지요. 내일도 오늘처럼, 난 엄마를 버리러 또 어디든 가야만 하는걸요."(「엄마를 버리다」)… 이렇게 '상처받기 쉬운 섬세한 관계'를 지시하는 언어로 '엄마'라는 시어가 시집 곳곳에서 보이지만 이것은 책임져야할 성인으로서 자신의 삶에서 도피하려는 행위로는 보이지 않는다. 다시 말해 성숙의 여부를 가늠하는 차원에서 '키덜트'라고 명명할 수 있는 것이 아니다. '엄마'라는 기의는 그동안 자신 안에 박힌 채 빠져 나오지 못해 마찰하고 충돌을 일으켜온 근원적인 상처를 가리킨다. 존재론적 층위의 바

같에서 '엄마'를 호명하는 행위, 이것은 아픔의 싹을 제거하거나 상처를 해소하려는 적극적인 행위로 볼 수 있다. 이러한 행위를 통해 시인은 새로운 소통의 관계를 모색할 수도, 성숙의 계기를 가질 수도 있는 것이다. 이 시집 전체를 통해 그는 원초적인 외로움을 술회하고 있지만 시인 자신의 내면에서 뛰쳐나오는 이러한 감성적 언어는 역설적으로 '치유'라는 새로운 가능성의 공간을 만든다.

장자는 '수영 이야기'에서 "물이 소용돌이쳐서 빨아드리면 저도 같이 들어가고 물이 자기를 물속에서 밀어내면 저도 같이 그 물길을 따라" 밖으로 나온다고 하였다. 박완호 시인 역시 "좋은 타자는 공의 결을 거스르지 않"고 "투수가 던진 공의 결을 따라/ 그대로 당겨 치거나 밀어" 친다고 하였다. 아나키즘은 국가주의(모든 근거나 근원의 토대)에 반항하는 자가 아니고 '자유' 다시 말해 자신을 가두는 모든 국경을 지우는 행위라 할 수 있다. 마치 영국의 시인 예이츠가 비록 자신은 쓰레기나 고물상 같은 현실의 삶을 좋아하지 않지만 '고철'이나 '낡은 뼈'와 '찌그러진 캔' 같은 경험의 그늘 안에 감춰진 언어들을 사랑한다는 것과 같은 것이다. 그것들이 절묘하게 성찰과 창조적인 삶의 일부가 된 것처럼 박완호 시인의 역설적 경험 그 자체는 치유적 글쓰기의 본보기가 된다.

"풀잎의 결을 따라 바람은 불고/ 바람이 부는 결을 따라 풀들도/ 싱싱해진 어깨를 연신 우줄거리지/ 세상 살아가는 일이 뭐가 다를까"(「결」)… 따라서 시인이 자신의 외부적 현실을 새로운 현실로 변주하는 방식을 알아보는 일은 "좌초할수록 아름다운 혁명의 뒤안길을 걸어가는/ 한 무정부주의자의 엇박자 섞인 발소리"(「한 무정부주의자의 기억—W)를 듣는 일과 같다.

기관 없는 신체, 변이와 생성을 추구하는

정우신의 시 「비금속 소년」

여름이 소년의 꿈을 꾸는 중에는 풀벌레 소리가 들리곤 했다 우리는 장작을 쌓으며 여름과 함께 증발하는 것들에 대해 생각했다

화산은 시력을 다한 신의 빈 눈동자 깜박이면 죽은 그림자가 흘러나와 눈먼 동물들의 밤이 되었다 스스로 녹이 된 소년, 꿈이 아니었으면 싶어 흐늘거리는 뼈를 만지며 줄기였으면 싶어 물의 텅 빈 눈을 들여다보았다 멀리,

숲이 호수로 걸어가고 있다 버드나무가 물의 눈동자를 찌르고 있다 지워진 얼굴 위로 돋아나는 여름, 신은 태양의 가면을 쓰고 용접을 했다 소년이 나의 꿈속으로 들어와 팔을 휘두르면

나는 나무에 가만히 기댄 채 넝쿨과 담장과 벌레를 그렸다 소년은 내가 그린 것에 명암을 넣었다 거대한 어둠이 필요해 우리는 불을 쬐면서 서로의 그림자를 바꿔 입었다 달궈진 돌을 쥐고 순례를 결심하곤 했다

소년은 그림자를 돌에 가둬 놓고 잠에서 깨어나지 않는다 나의

무릎에 이어진 소년, 이음새를 교환할 때마다 새소리를 냈다

— 정우신, 「비금속 소년」 전문

＊

2019년 연말 파리 퐁피두센터 현대 미술관에 전시된 프랑시스 베이컨(Francis Vacon)의 작품은 인간 내면의 불안과 고통을 그로테스크하게 표현한다. 베이컨은 "보이는 것을 보여주는 것이 아니라 보이지 않는 것을 보이도록 한다"는 들뢰즈의 '감각론'을 부각시킨다.

들뢰즈는 시공간을 초월한 '유목민적 예술'과 '리좀' 모델을 제시하는데 단순한 인간의 실체가 아닌 어떤 고정된 질서로부터 벗어나 무한한 변이와 생성을 추구하는 '기관없는 신체' 이미지를 그린다. 이를 통해 인간의 본질을 표현하는 것이다. 이것은 베이컨 회화의 이론적 예술론이 되는 바, 정우신 시인의 이번 시집 『비금속 소년』을 읽는 방법적 도구가 되기도 한다.

「비금속 소년」에 나오는 '소년'은 하나의 동일성이 부여된 인격적 주체가 아니라 '기관없는 신체' 혹은 '배아 상태의 알'로 치환하여 생각해볼 수 있다. 소년은 그림자를 돌에 가둬 놓고 잠에서 깨어나지 않는다. '유기체화 되기 이전의 신체'를 가리키는 그 그림자는 시적 화자가 소년과 바꿔 입은 그림자이다. "나(화자)의 무릎에 이어진 소년은 이음새를 교환할 때마다 새소리를"낸다. 이 시구에서 "나(화자)의 무릎에 이어진 소년"은 접속이라는 '리좀'의 방식으로 읽어볼 수 있다. '리좀'은 땅속 줄기 식물을 가리키는 식물학에서 온 개념이다. 땅콩이나 고구마 줄기처럼 수평으로 자라면서 덩굴을 뻗는데 그것은 새로운 식물로 자라

나고 다시 새로운 줄기를 뻗는 방식으로 '접속', '이질성', '다양성' 등의 의미를 갖는다. 그렇다면 소년이 "이음새를 교환할 때마다 새소리를 냈다"는 시구는 정말로 이 리좀의 의미부여와 동일한 것이 된다. 여기서 '새소리'는 날아다니는 새의 지저귐, 곧 '자유로움'이 연상되는 '새소리' 일 수 있고 이전과는 다른 '새로운 소리'의 준말인 '새 소리'로 읽을 수 있다.

지배적인 패턴에 갇힌 채로 글을 쓰는 것은 생명력을 좀 먹는 일이다. 이것을 지양하는 새로운 방법으로 프랙탈 인식 기법이 있다. 프랙탈 (fractal)이라는 용어는 '쪼개다'라는 의미를 가진 라틴어 '프랙투수(fractus)' 에서 따온 것이다. 부분이 전체를 닮는 자기 유사성(self- similarity)과 소수 차원을 특징으로 갖는 형상을 일컫는다. 작은 구조가 전체 구조와 비슷한 형태로 끝없이 되풀이 되는 구조인데 인형 안에서 인형이 계속 나오는 러시아의 목재 인형 마트료시카(Matryoshka doll)를 떠올리면 쉽게 이해된다. 우리 주방에서 흔히 보는 주방 도구인 채반이나 찬합, 냄비도 일상생활에서 쉽게 발견할 수 있는 프랙탈 구조이다.

정우신의 시 「비금속 소년」 역시 그런 구조를 갖고 있다. 여름은 소년의 꿈을 꾸고 소년은 다시 이 시를 쓰는 화자의 꿈속에 들어와 있다. 혹은 소년은 소년의 꿈을 꾸는 여름 안에 있고, 여름과 함께 증발하는 것들을 생각하는, 우리 안에 존재한다. 여기서 '우리'는 물론 화자를 포함한 '우리'이다. 그것을 점층적 크기를 나타내는 반각기호 '〈'를 사용하여 표시하면 소년〈 여름〈 화자〈 우리가 된다. 자신의 작은 부분에 자신과 닮은 모습이 나타나고 그 안의 작은 부분에 또 자신과 닮은 모습이 반복되는 현상이 드러난다.

자연의 모습 대부분은 대체로 프랙탈 구조를 지니는데 '나무껍질'이나 '눈송이', '고사리', '공작의 깃털무늬', '구름', '산'은 모두 작은 부분의 모습이 전체 모습과 비슷하다. 이 시에서는 비유적으로 '화산'이라는 전체 구조를 '신의 빈 눈동자', '죽은 그림자', '눈먼 동물들의 밤'이라는 작은 구조로 쪼개고 '소년'을 '비금속', '흐늘거리는 뼈', '넝쿨과 담장과 벌레를 그리는 나'로 쪼개어 묘사하고 있다. 실재로 시인은 이 시집 62쪽에서 「프랙탈」이라는 제목으로 시를 상재하기도 했다.

그렇다면 시인은 왜 이런 시를 쓰는 것일까? 그것은 폐쇄된 공간 속에 매몰된 화자가 스스로 프랙탈 인식을 시화함으로써 억압 속에 매몰되지 않고 전환의 계기를 모색할 수 있기 때문이다. 들뢰즈의 감각론이나 베이컨의 예술론에서 제시하는 '리좀'이나 '기관없는 신체'나 '유목민적 예술'도 마찬가지다. 정우신이 쓴 「프랙탈」에서 "원하는 것을 선택"하고 "새끼를 던지"고 "연못을 넘나들"고 "자신을 먹는 생물이 어떻게 변이하는지 보는" 일은 모두 자신의 몸으로 세계를 품는 일이 된다.

이 자기상사(相似)의 무한한 연쇄라 할 수 있는 프랙탈 방식의 시 쓰기는 시라는 기존 장르의 형식을 파괴하지만 그것을 통해 오히려 깊이 숨어있는 현실을 생생하게 전달한다. 이어지는 그의 시 「프랙탈」에서 "나는 진화를 앞두고 있다" 그것은 "곧 패턴이 되겠지만/ 일기를 쓰며/ 돋은 날개를 흔들어 본다."에서 그러한 진실이 확인된다. 실존적 한계 속에서 주체의 고통을 낮게 하고자 하는 잠재적 욕망이 작용하여 치유의 새로운 가능성을 타전한다.

'승미'라는 오브제

문계봉의 시 「가수 승미」

그녀는 불모지 위에 피어나는 들꽃

몰락하는 왕국의 마지막 사관(史官)

갇힌 새장 속에선 울지 않는 카나리아

오래된 그림의 당당한 얼룩

멈춘 시간 위를 날아가는 그리움의 화살

때로는 순명(順命)하는 꽃들의 비장함으로

때로는 저 들판의 바람 소리로

— 문계봉, 「가수 승미」, 전문

✳

　가수 '승미'가 실재하는 인물인지 가상의 인물인지는 알 수 없으나 시인은 제목을 '가수 승미'로 정하고 승미의 모습, 승미의 성향, 승미의 이미지를 명제로 시를 써내려 간다. 가수 승미는 시인이 볼 때 거칠고 메마른 땅에 피어나는 들꽃 같은 존재이고, 몰락하는 왕국에서 왕을 지키는 사관생도 같은 인물이다.

　만약 실재하는 승미가 있다면 승미를 아는 모든 사람이 시인처럼 가수 승미를 이렇게 단정할 수 있을까? 있다면 그런 그녀를 시인처럼 사랑하게 되었을까. 어째서 그녀는 불모지 위에 피어나는 들꽃이고 몰락하는 왕국의 사관(史官)인지 시인은 어떤 힌트도 남기지 않는다.

　이쯤에서 독자는 독자 나름으로 상상의 시를 써내려 갈 수 밖에 없다. '가수 승미는 노래를 잘 불러 시적 화자의 아픈 마음을 위무하였을 것이다./ 화자의 사적인 애인이 되어 '왕'이라는 남성적 힘을 상징적으로 되살려 주는 역할을 하였을 것이다./ 아무려나 이 시에 등장하는 가수 승미는 시인이 사랑할 수밖에 없는 존재임에 틀림없었을 것이다.…

　단일하게 실체가 드러나지 않는 그녀이지만 승미를 열 수 있는 키를 시인이 갖고 있으므로 독자는 '승미'라는 수수께끼를 스스로 찾아 나설 수밖에 없다. 자신의 경험을 뒤져보거나 가수 승미 같은 캐릭터의 인물을 연상하면서 독자는 시인이 이런 정의를 내릴 수 있는 계기를 공유하고자 할 것이다.

　갇힌 새장 속에서 울지 않는(카나리아 같은) 승미, 오래된 그림의 얼룩이지만 당당한 승미, 멈춘 시간 위를 날아가는(그리움의 화살 같은) 승미를 연상하고 느끼고자 할 것이다. 시인이 가까운데서 '가수 승미'

라는 천연적인 시의 소재를 찾은 것처럼 자신의 가슴 어딘가에 접혀있는 승미를 각자 뒤적여 보기도 할 것이다.

멈춘 시간 위를 날아가는 그리움의 화살은 시적 화자의 감정을 드러내는 오브제이고 새장 속에서 울지 않는 카나리아나 오래된 그림의 당당한 얼룩은 그들이 지닌 고유한 성질이나 품성을 드러낸다. 고전적인데 당당하고, 들꽃 같은데 비장하고, 새장 속에 갇힌 새인데 자유로운…… 시인 같은 승미, 들꽃 같은 승미…

혹시 시인은 지상에 존재하지 않는 승미를 노래한 것은 아닐까? 사실 가수 승미가 실재로 어떤 존재인지는 중요하지 않다. 시인은 그런 시적 대상을 통해 자신이 바라는 이상향을 노래한 것인지도 모른다. 시인은 오래된 그림의 얼룩에서 대대로 내려오는 우리네 어머니의 모습을 발견한다. 인내하면서 당면한 환경이나 현실을 의연하게 받아 안는 존재. 열악한 환경 속에서 꿋꿋하게 순명하는 존재. 오늘을 사는 가수 승미의 모습에서 이런 존재들을 발견할 수 있다면 그녀야말로 시인이 찾아 헤매는 오래된 시적 오브제가 아닐까.

벼랑 위를 걷는 사랑

박남희의 시 「어름사니」

위험한 노래 위를 걷다 보면 너를 만날까
네 뒤에 숨어 출렁이는 기억을 만날까
너의 그림자를 만날까

반짝이는 아침 햇살을 타고 오르는 거미처럼
바람이 두고 온 길을 걷다 보면
뜻밖에도 지워진 기억을 만날까

노을 위를 걷다 보면 나를 만날까
얽히고설킨 노을 밖의 길을 만날까
길이 놓친 달빛을 만날까
달빛이 버린 꽃을 만날까

기다리고 기다려도 아무도 오지 않는데
기억의 들판이 자꾸 낯선 길을 새로 만들고
기억이 버린 것들이 무심히 너를 기다리는데
네가 떠나보낸 나를 기다리는데

구름아
바람 위를 걷다 보면 너를 만날까
너와 함께 무심히 흘러온 나를 만날까
출렁이는 밧줄이 붙잡고 있는 바람을 따라
아득한 벼랑 위를 걷다 보면,

— 박남희, 「어름사니」, 전문

* 남사당패에서 줄을 타는 사람 가운데 우두머리

*

어름(줄타기), 버나(대접 돌리기), 살판(땅재주) 덧뵈기(탈놀이) 덜미(꼭두각시놀음)으로 구성된 남사당놀이는 많은 기예를 자랑하는 종합예술이라 할 수 있다. 남사당은 사당·거사·굿중패와 함께 조선 후기 연희자들의 후예이다. 우리나라 신라 원효의 무애희가 연희자에 의해 고려를 거쳐 조선 전기까지 전승되었고 그 후 조선 후기까지 계승되었다. 유랑예인들은 일정한 주거없이 돌아다니면서 자신들의 기예를 파는 천민들이었지만 우리 한국 전통 연희 수준을 한층 끌어올린 주인공들이다. 하지만 이들은 서구문명이 들어오는 개화기를 기점으로 차츰 인기 있는 판소리나 악기 잡이로 직업을 전환하여 지금은 유네스코 인류 무형유산으로 소수의 사람들이 그 맥을 잇고 있다.

어름사니는 줄 타는 사람이다. 그는 떨어지지 않으려고 몸에 균형을 잡으며 외줄을 탄다. 줄타기를 하다가 발을 잘못 딛으면 어찌될까? 직접 보지는 못했지만 TV나 영화에서 어름사니의 공연을 볼 때마다 가슴을 졸인다. 어름사니는 줄 타는 사람이니까 대체로 줄 위에서 떨어지지 않는다. 하지만 그 어름사니도 처음부터 줄을 잘 타지는 못 하였을 터이다. 많은 사람들 앞에서 떨어지지 않고 유연하게 줄을 타기까지 얼마나 미끄러지는 일을 반복하였을까. 그럴 때마다 제 스스로의 고독에 직면했을 어름사니. 자신의 몸과 체화된 외줄에서 마음대로 걷고, 마음대로 돌아서고, 마음대로 텅텅 튕기는 모습은 승화된 외로움의 실체가 아닐까.

어름사니를 투영하여 이 시를 읽어보면 더 공감이 간다 "위험한 노래 위를 걷다 보면 너를 만날까/ 네 뒤에 숨어 출렁이는 기억을 만날까/ 너의 그림자를 만날까." 자조적인 질문으로 시작해서 이 시가 끝나도록 '만날까'라고 반복되는 시구는 외줄타기의 외양과 닮아있다. 외줄타기는 아슬아슬 건너가는 과정이 전부이다. 바람이 두고 온 길처럼, 얽히고설킨 노을 밖의 길처럼, 줄 위에서 걷고, 걷고, 또 걷는다.

아무래도 화자는 외줄타기와 같은 짝사랑을 하는 건 아닐까. "길이 놓친 달빛을 만날까/ 달빛이 버린 꽃을 만날까"와 같은 시행에서 그 단서를 유추해 볼 수 있다. 어름사니가 외줄을 탈 때 떨어지지 않고 가느다란 줄을 건너는 모습은 지켜보는 관객의 손에 땀을 쥐게 한다. 그의 공중 묘기는 너른 하늘을 찰나적으로 끌어오고, 흘러가는 구름을 정지화면으로 가져오기도 한다. 인간과 자연의 몰아일체를 어름사니에서 감지한 시인은 자신의 짝사랑을 "반짝이는 아침 햇살을 타고 오르는 거미처럼" 어름사니에 투영시킨다.

섬세하게 줄(시행)을 타는 시인을 읽으면 독자는 마음이 설렌다. 그리움이 아득한 벼랑 위를 걸어가는 모습에 저절로 응원하는 마음이 생긴다. "기다리고 기다려도" 오지 않는 사랑이 능숙하게 줄을 타는 지경으로 시의 화자를 따라가는 독자는 누구라도 격려의 마음이 드는 것이다.

한 여자의 아이덴티티를 찾아가는 과정

손현숙의 시 「디졸브」

매니큐어는
도마 위에서 지워야 한다는
뉴스가 한 줄 떴다

내가 한 일이라곤
한 스푼의 설탕을 휘젓다
솥에 안친 곰국을 태워버린 것,

꽃,
불의 성질로 태어나는 바람이다

　　　　　　　　　　　　　　　　　— 손현숙, 「디졸브」, 전문.

＊

　디졸브란 두 화면이 교차하면서 앞의 화면이 점차 사라지는 연출 기법을 말한다. 화자는 문득 "매니큐어는 도마 위에서 지워야 한다"라는 티비 뉴스를 보게 된다. 언뜻 음식을 만들 때 손의 모양새에 대해 말하고 있는 것 같지만 더 깊이 들여다보면 좀 다른 의미를 지니고 있다.

가족의 건강과 맛의 즐거움을 갖게 하는 음식은 주방에서 만들어진다. 매니큐어를 칠했다고 해서 음식을 못 하는 것은 아니다. 하지만 우리가 일반적으로 생각할 때 매니큐어를 칠한 하얗고 긴 손가락을 가진 사람은 음식을 만드는 사람보다 피아노를 치는 예술가나 부잣집의 공주 같은 이미지를 떠올리게 한다.

대개의 어머니 손은 그와 반대다. 시대가 바뀌었지만 여전히 음식의 맛을 내기 위해 요리하는 손은 반짝이는 매니큐어를 칠한 날렵하고 세련된 손이 아니라 투박하고 동글동글한 손이다. 어떤 재료를 가지고도 "탁탁탁탁" 자르고 "조물졸물" 묻혀서 가족들 앞에 턱 내놓는 음식은 다 그렇게 두툼하고 복스러운 손으로 만들어진 어머니표 음식들이었다.

그래서 굳이 이런 뉴스가 떴을까? "매니큐어는 도마 위에서 지워야 한다"…. 하지만 시인은 티비 뉴스를 보다가 마음속으로부터 새로운 장면을 페이드인(fade-in)한다. "내가 한 일이라곤/ 한 스푼의 설탕을 휘젓다/솥에 안친 곰국을 태워버린 것"…… 솔직한 자기 성찰이지만 자기 정체성에 대해서 부정적인 것 같지는 않다.

얼마 전까지만 해도 우리나라 여성들은 자신이 갖는 정체성에 대해 혼란을 겪는 경우가 많았다. 특히 여성의 사회적 진출이 늘어나고 성적 역할이 바뀌는 경계의 시간에서는 더 많이 그러했다. 그래서 한 여자의 아이덴티티를 찾아가는 과정을 실화로 그린 영화도 나오고 책으로 출판되는 상황이 많아지게 된 것이다.

대개의 경우 한 사람은 하나의 정체성만을 갖지 않는다. 여성은 집안에서는 어머니이자 아내이고 누나이자 고모이고 또한 조카일 수 있다.

밖에서는 회사의 과장일 수 있고 교회의 집사일 수 있고 어떤 모임을 주도하는 그 단체의 수장일 수도 있다. 여러 정체성에 걸쳐있는 여성은 그 어느 하나에만 충실할 수 없다. 그러므로 "매니큐어는/ 도마 위에서 지워야 한다"는 여성을 향한 이 정언명령은 이 시대에 적합하지 않다.

우리는 시시각각 변화하는 시대를 살고 있다. 일자리와 임금이 넉넉하지 않은 불확실한 현실에서 젊은 남성들은 여성들이 함께 경제활동을 하길 바라고, 한두 명의 형제자매로 태어나 똑같은 교육을 받은 여성들 역시 결혼을 한 후 평등한 사회 활동을 하는 것을 당연하게 생각한다. 여성은 한 가정의 엄마가 되고 아내가 되지만 그녀는 남성과 똑같이 사회로 진출한다. 일을 하는 그녀는 매니큐어를 바르고 정장을 하고 밖으로 나가지만 퇴근하여 돌아오면 부엌에 들어가 칼을 드는 주부가 된다. 단일한 정체성을 갖지 못하는 것이 이 시대 여성들의 모습이다.

그런 여성들에 대해 아직도 가부장적인 생각을 강요하는 사람들에게 시인은 일침을 놓는다. "내가 한 일이라곤/ 한 스푼의 설탕을 휘젓다/ 솥에 안친 곰국을 태워버린"일이라고. 매니큐어를 지우는 대신 솔직하고 당당하게 그녀는 살아있는 꽃을 내미는 것이다.

키스와 독서, 인화성이 강한 두 개의 연료통

조정인의 시 「키스」

그 때, 나는 황홀이라는 집 한 채였다

램프를 들어 붉은 반점이 어룽거리는 문장을 비췄다 인화성이 강한 두 개의 연료통이 엎어지고 하나의 기술이 탄생했다 두 점, 퍼들대는 얼룩은 일치된 의지로 서로에게 스미었다 무풍지대에서도 불꽃은 기류를 탔다 불꽃은 불꽃을 집어삼키며 합체됐다 불꽃 형상을 한 혀에 관한 속설이 꿈속에서 이루어졌다 한 줄, 문장이 타올랐다 나는 심연처럼 깊게 타르처럼 고요하게 끓을 것이다

　＊

조정인 시인은 나이와 상관없이 어떤 사물이나 장면을 보고 전율할 수 있는 사람이다. 시인을 읽게 된 독자는 '키스'의 황홀한 순간을 함께 공감할 수 있게 되었다. 이 시에서 키워드는 '키스'와 '독서'이다. 원초적 순결함을 지닌 시인은 '키스'와 '독서'를 모두 인화성이 강한 두 개의 연료통으로 보고 있다. 연료통이 엎어지면 대개 불꽃으로 화르르 타버

린다. 하지만 시인은 그런 허무한 이야기를 하지 않는다. 그 순간에 탄생하는 절묘한 기술에 대해 말한다. 시인은 "퍼들대는 두 얼룩이 서로에게 스"며 "무풍지대에도 기류를 타는 불꽃"을 감지한다. '키스'와 '독서'라는 상이한 두 개의 사실적 경험 세계에서 심금(心琴)의 교류는 시작된다. 시인은 그것을 문맥의 이중화로 풀어 놓는다.

'키스'와 '독서'의 교집합은 '황홀'이다. '키스'란 상대방의 입에 자기 입을 맞추며 전율하는 동작이다. '독서' 또한 작가가 써 놓은 문맥을 독자가 따라가며 감정이입하거나 공감을 넘어 감동을 느끼는 행위이다. 일상적 언어를 벌여 그 벌어진 틈으로 새로운 세계를 보여주는 시인의 이러한 행위는 대상에 대한 자세한 관찰과 활달한 상상에서 비롯된다.

20세기 스페인의 최고 시인이었던 페데리코 가르시아 로르카(pederico Garcia Lorca, 1898~1936)는 "예술 작품이 진정한 힘을 발휘하기 위해서는 세련되고 잘 다듬어진 기법 뿐 아니라 영감이라는 거대하고도 신비로운 불꽃이 필요하다"고 말했다. 그가 말하는 '거대하고도 신비로운 불꽃'이 무엇인지 아직 해독할 수 없는 독자라도 미지의 실체에 대한 직관적 파악이 시인의 세계를 창조하는 일이라는 것쯤은 눈치챘을 것이다.

인공눈물을 넣는 척 우는 이유

이화은의 시 「여자가 달린다 빙빙」

여자가 쉐타를 푼다
남자의 뺨을 때리던 오른쪽 팔이 없어졌다
구경하던 왼쪽 팔이 없어졌다

잠시 여자가 손을 멈추고 인공 눈물을 넣는다
다시 목을 푼다 목을 꺾듯

아직도 붉은 꽃을 가슴에서 풀어낸다
꽃이 사라지자 가슴도 사라졌다

마라톤 선수처럼
여자가 달린다 여자를 따라 빙빙 털실이 달린다

트랙을 수백 바퀴 돌아도
여자의 눈물을 훔쳐간 도둑을 잡을 수가 없다
털실 뭉치가 자꾸 커진다

쉐타를 다 풀어낸 여자가 고개를 뒤로 젖히고 다시 눈물을 넣는다

아무도 여자가 운다고 말하지 않는다

― 이화은, 「여자가 달린다 빙빙」, 전문

＊

　시인은 여자가 쉐타를 푸는 행위와 그 사이사이 인공눈물을 투입하는 장면을 지그재그로 마치 다시 옷감을 짜듯 시를 쓰고 있다. 쉐타를 풀기 시작하면 당연히 원래 형태를 가졌던 옷의 모양이 사라진다. 시인은 그 모습에서 과거에 있었던 (혹은 과거에 보았던) 어떤 기억을 중첩시킨다.

　쉐타의 오른 팔이 사라질 때 "남자의 뺨을 때리던 오른 팔이 없어졌다." 하고 쉐타의 왼팔이 사라질 때 "구경하던 왼쪽 팔이 없어졌다"라고 한다. 이 때 화자는 자신의 눈에 인공눈물을 넣는데 이러한 행동 역시 이 시의 상상적인 장면과 어울리는 적절한 타이밍이 된다. 다시 여자는 쉐타를 푸는데 이번에는 목이다. 그런데 "목을 꺾듯" 목을 푼다. 이 대목에서는 어떤 격렬한 싸움이 연상된다.

　시민의식이 발달한 21세기가 되었지만 세상은 아직도 성평등이나 젠더 문제가 해결되지 않아 종종 뜨거운 화두로 떠오르곤 한다. 성평등을 선도하던 전 정당대표의 성 추행사건을 공개하던 젠더 인권본부장의 울먹이던 목소리가 이 시의 잔상처럼 맴돈다. 동등한 위치의 사회 현장에서도 "모든 사람이 평등하게 존엄하다"는 원칙이 지켜지지 않는 것이다.

　여자가 왜 자꾸만 고개를 뒤로 젖히고 눈물을 넣는 척 우는지, 마라톤 선수처럼 자꾸만 빙빙 트랙을 도는지. 여성들이 "붉은 꽃을 가슴에서" 다 풀어내기 전에. 서로를 비추는 아름다운 꽃이 모두 사라지기 전에. 여성들의 영원한 동지인 남성들은 이제 눈치를 채야만 한다.

아버지를 가진다는 것의 의미

조영옥의 시, 「아버지」

적산가옥 이층집에서
외조부모와 팔남매 열 두식구가 북적이며 살았다
일본식 안 마당에는 커다란 전나무 두 구루 있고
긴 복도로 이어진 욕실에는 뜨거운 김이 올라오던
커다란 나무목욕통도 있었다

활자가 가득 쌓인 사무실에서
조판을 짜고 인쇄기계를 돌리던 아버지
구부정한 어깨로 나무틀에 도장을 끼워 넣고
뾰족한 칼로 누군가의 이름을 새기고 있었다
나는 상아도장이 비싼 줄도 모르고
친구에게 갖다 주고 혼이 나기도 했다

다다미가 깔린 넓은 사무실 한 쪽에
아버지는 부풀어 오른 배가 힘이 들어
비스듬히 등을 기대고 책을 보았다
아버지 친구들이 하나 둘 모여들며 마작 판이 벌어지면
"뻥 이야" 큰 소리를 낸 아저씨가

건빵 같이 생긴 마작 돌을 드르륵 긁어모아
다시 벽돌처럼 쌓는 것을 보았다

"뼁이야" 소리가 재미나서 고개를 기웃거리면
지전인지, 엽전인지를 쥐어 주는 맛에 옆에서 빙빙 맴 돌았다

초등학교 들어가기 전 신작로 바닥에다
하얀 돌 붓으로 식구들 이름을 쓰고 온 동네를 돌아다닐 때
아버지는 연필과 공책을 주시며 머리를 쓰다듬고 빙긋 웃으셨다
얼굴이 검어져서 그런지, 이만 하얗게 눈부셨다
머리는 멋진 곱슬머리였지만
아버지의 배가 산 같이 불러오고 발등이 수북이 부었을 때
손으로 꾹 누르면 들어가서 나오지를 않았다

육이오 전쟁 때 고향인 충청도로 피난을 간 아버지
깊은 밤이 되면 알 수 없는 사람들이 죽창을 쳐들고 와서
여러 번 끌고 갔다고 했다
얼굴이 하얗게 질려서 끌려 나간 아버지는

아침이 되어야 허깨비가 되어 돌아왔다고
그 때 놀란 것이 병이 돼 '간경화'가 된 것이라고…
그 때는 그게 무슨 말인지 몰랐다

바람이 몹시 불고 추운 날,
아버지는 몸에 부기가 빠지면서 가벼운 몸이 되었다
갈 길을 준비하는 죽음의 신호인 줄도 모르고,
어린 우리들은 병이 나은 줄 알았다

여러 사람 모여들어 장례를 치를 때
제상에 차려놓은 음식을 달라고 남동생이 떼를 썼다
엄마 눈가에 눈물이 고이고 옆 사람들이 코를 훌쩍였다

— 조영옥, 「아버지」 전문

＊

　　조영옥의 아버지에 대한 기억은 통상적으로 떠올리는 단어인 '금지'
와 '권위'와는 거리가 멀다. 이른바 프로이드가 분석한 '초자아'로서의
아버지나 라캉의 '대타자'로서의 아버지와 그 주체의 기원이 다르게 드
러난다. 시인은 일찍이 돌아가신 아버지를 그리워하면서 이 시를 쓰고
있다. '전나무 두 그루', '커다란 나무 목욕통'이 있는 '적산가옥 이층집'
이 그려지고 "조판을 짜고 인쇄기계를 돌리는 아버지가 떠오른다. '다
다미'라든가 '마작판', '피란'이라는 어휘에서 미루어 그 시대적 배경은
해방이 되고 한국 전쟁이 끝난 50년대 전경이라는 것을 알 수 있다.
　　시인은 인쇄기계를 돌리는 아버지, 친구와 마작을 즐기시는 아버지,
시인에게 문고용품을 사주면서 특별히 애정을 표현하는 아버지를 추
억하고 있다. 그것은 시인이 초등학교 입학하기 전, 생애 최초의 기억
이다. 그 이후의 기억은 아버지가 일찍 돌아가셨기 때문에 남아있지 않
다. 아버지가 돌아가신 날, 동생이 차려놓은 음식을 달라고 떼를 썼던
일, 엄마 눈가에 고이는 눈물, 그것을 보면서 훌쩍이는 사람들의 모습
이 시인이 담고 있는 아버지에 관한 기억 전부이다.
　　어제는 TV 세계테마기행에서 매를 길들여 늑대 사냥을 하는 몽골 처
녀를 보았다. 그녀의 볼은 몽골 대초원의 바람과 맞서 붉게 물들었는데
아버지를 따라 드넓은 들판으로 매사냥을 나가는 모습에서 원초적인

야생미가 느껴졌다. 그녀는 아버지에게 매를 길들이는 법, 사냥을 하는 법, 이동하는 법 등을 배우면서 전적으로 아버지를 믿고 따르는 돈독한 부녀 상을 보여 주었다.

　한편, 같은 날 다른 채널에서 <보좌관 시즌 2>라는 드라마 방송을 보았다. 거기서는 딸의 공천권을 얻기 위해 장관의 비자금 세탁에 공조하는 아버지를 보았다. 최근에는 아버지가 자녀 양육에 참여하는 등 아버지의 역할 수행이 달라지고 있지만 이렇게 욕망의 출발점으로서 아버지가 등장하기도 하는 것이다. "남들이 하는 건 나도 해야 한다는 그 '남'이 라캉이 말하는 '대타자'인 것이다. 이러한 대타자는 우리 욕망이 사회가 공인하는 가치 체계에 영향을 받는다는 것을 말해준다. 드라마에서 은행장인 아버지는 그 명성으로 딸이 의원이 될 수 있다고 믿고 있다. 이것은 자녀의 무의식에 올바른 가치관을 형성하는 것보다 '돈', '명성' '사회적 지위' 등 물적 지원이나 자신의 후광에 무게를 둔 '아버지의 기능'만을 말하는 것이 된다.

　몽골 처녀의 모습에서 부녀 관계에서 표출되는 건강한 삶이 느껴진다. 이것은 '금지'와 '권위'라는 유교적 전통에서 유례하는 아버지의 위상과는 거리가 멀다. '아버지'라는 존재 자체가 딸의 주체 의식에 생기를 나눠 주고 있기 때문이다. 이 시에서 아버지의 부재가 결코 마음의 결핍으로 드러나지 않는 것은 조영옥 작가의 무의식에 자리잡고 있는 부녀의 건강하고 돈독한 사랑 때문이다.

시민의 휴식처로 돌아온 월미도

유정임의 시「항구」

월미산 정상에서 시 낭독회가 있었네
밀물처럼 어둠을 몰고
어스름이 출렁출렁
時속으로 번져 들었네
뱃고동 소리가 들려왔네

그 소리
어둠 속 허공에 시인들의 시소리를 실은
배 한 척 띄워놓고
표류중이네

산 아래 항구를 내려다보니
언제 들어와 머물렀던 밴지 지금 막 떠나고 있네
水域 불빛들, 젊은 날 웃음 같이 반짝 거리네
멀리 정박해 있는 배들의 불빛이 추억처럼 아득하네
잔뜩 부려져 있는 컨테이너 야적장은 먼 불빛이 무겁네

받아드려야 하는 것들

떠나보내야 하는 것들
내 몸도 항구였네
나도 아직 항구에 머물고 있네

ㅡ 유정임,「항구」전문

＊

　월미산은 6.25 전쟁 당시 인천 상륙작전이 행해진 격전지이기도 했
다. 해발 108m의 낮은 산으로 50년간 군부대가 주둔해 있어 시민들의
출입이 제한되었다가 2001년 시민들에게 개방되었다. 2019년 봄, 월미
산 중턱에 굳게 닫혔던 탄약고의 문이 활짝 열리기도 했다. 시민들에게
이 장소를 어떻게 활용할지 묻는 설문조사를 하기도 하였다. 월미산에
주둔했던 군부대가 평택으로 옮겨간 지 꽤 시간이 지났고 그 사이 시민
들은 이곳을 음식을 숙성시키는 효소방으로 사용하기도 했다.

　책상 위에 놓은 싸인판에 '역사 박물관', ' 시민 휴식처', ' 자연카페'등
시민들의 다양한 의견들이 적혀 있었다. 나의 개인적인 의견은 이곳을
작은 갤러리로 활용해도 좋을 듯 싶다. 크지 않은 공간이지만 지나는
길에 잠시 들러 월미산의 사계를 소재로 한 화가나 사진가들의 작품을
감상한다면 자연의 맑은 공기와 더불어 건강한 시간이 될 것이라는 생
각이 들었기 때문이다.

　월미산은 둘레길이 형성되어 있는데 사계절 수목이 아름답다. 또한
많은 종류의 새들이 지저귀고 있어 인천 시민들이 발길이 많아진 곳이
기도 하다. 주말에 사람들이 가족과 월미도 어귀에 차를 세워놓고 월미
산 둘레길을 걸으면 길 한가운데 귀여운 청솔모가 나타나 사람들을 두
려워하지 않고 한참 재롱을 부리기도 한다. 가을에 비가 올 때는 도랑

을 타고 단풍잎이 떠내려가는 모습도 아름답다. 나뭇잎이 수북이 떨어진 둘레길을 밟으면 폭신폭신한 단풍잎의 감촉이 온 몸으로 느껴진다.

월미산이 개방되자 그동안 인천작가회의 회원들과 다른 문인 단체에서 시를 써서 시화전을 하기도 했고, 월미산 정상에서 시 낭독회를 열기도 했다. 맑은 공기를 쏘이면서 좋은 시를 낭독하노라면 산에서 내려다보이는 인천 내항, 차이나타운, 개항장, 월미도가 더욱 아름답게 빛난다.

개인이든 기관이든 성찰의 시간은 필요하다. 월미도에서 내려다보이는 내항 8부두와 북성포구 일대는 2019년 인천시에서 항만 재생 사업을 추진하였다. 3만 톤급 선박이 북항에 입항하기 위해서는 만조 때까지 기다려야 하는데 준설 작업이 완료되어 물때와 상관없이 큰 선박들이 입항할 수 있게 되었다.

이 곳에서 열리는 시낭독회는 뱃고동 소리와 어우러져 바다의 밀물과 한 몸으로 녹아든다. 배 한 척 띄워놓고 시인들의 시는 표류 중이지만 이 주변을 둘러싸고 있는 세계는 멀리 정박한 물빛을 불러들이면서 반짝인다. "젊은 날 웃음같이" 항구에 머물렀다 떠나는 배를 바라보는 시 속의 화자는 자신의 몸을 '항구'로 비유한다. '받아들여야 하는 것'과 '떠나보내야 하는 것'을 살피면서 자신을 성찰하는 것이다.

심도 깊은 사유는 스마트한 항구 도시를 만들고 마음이 경쾌하고 말쑥한 시인들을 머물게 한다.

생명과 사물의 순환원리

정상하의 시, 「해피 버쓰데이」

막 태어난 아기가 힘차게 울었다

아기 뒤를 따라 엄마가 태어났다

멋쩍게 웃는 아빠가 태어났다

여름이 아기를 따라 태어났다

똥싸고 하품하고 쭉쭉 자랐다

침대와 기저귀와 우유병이 자랐다

엄마와 아빠가 자랐다

— 정상하, 「해피버스데이」, 전문

＊

아침에 '인구재앙 고속도로에 올라탄 대한민국'이라는 인터넷 기사가 올라왔다. 젊은이들의 저출산으로 40년 후에는 5천만 우리 인구가 절반으로 줄어든다는 이야기였다. 출산율은 작년 12월 말을 기준으로 하여 전년도 보다 2만 명이 감소했다. 요즘 코로나로 인해 고용문제가 심각해지자 만족스럽지 않은 환경에서 출산을 꺼리는 여성들이 늘어났기 때문이다.

저출산으로 인한 인구 과소 사회도 심각한데 아동학대 사건으로 경악을 금치 못하는 일도 발생했다. 얼마 전 영아 학대 사망 사건으로 양엄마가 구속되는 일을 지켜보면서 황폐해지는 세상인심에 참으로 암담하고 슬픈 마음마저 들었다.

이렇게 어두운 사회의 일면은 우리를 한없이 우울하게 하지만 또 한편 올해도 어김없이 제야의 종소리가 끝나자 이 땅에서 아기의 첫 울음소리가 들렸다. 아이는 희망의 전령처럼 섣달 그믐날 밤 12시 서울 보신각 종이 울리자 어김없이 등장하였다. 엄마 아빠의 환한 미소 속에서 축복을 받는 아이는 티비를 보는 시청자 모두를 기쁘게 했다.

"막 태어난 아기가 힘차게 울었다/ 아기 뒤를 따라 엄마가 태어났다/ 멋쩍게 웃는 아빠가 태어났다" 새 생명을 잉태하고 생산하고 그 첫 자신의 작품을 받아 안는 엄마와 아빠 역시 새롭게 태어난다. 소멸하는 것이 아니라 생성되는 것. 봄에 새싹이 움트듯 꿈틀거리고, 살랑거리는 것.

인간의 역사는 성장의 역사였다. 똥싸고 하품하면서 아기는 쑥쑥 자라고 "침대와 기저귀와 우유병이 자"란다. 시인은 생명과 사물의 순환원리를 간략히 축약하였지만 이처럼 인간과 천지만물의 운행을 생생하게 보여주고 있다. 아기가 태어난 후 엄마와 아빠도 성장하고 엄마 아빠의 건강한 관계 속에서 사회도 나라도 성장하는 것이니 어찌 크나큰 해피버스데이가 아닐까.

비혼모의 불안

손음 시집 『누가 밤의 머릿결을 빗질하고 있나』

　　손음(본명 손순미)의 『누가 밤의 머릿결을 빗질하고 있나』는 2021년 1월에 출간된 그의 두 번째 시집이다. 먼저 시인의 시집 앞장에서 평범한 채소밭 하나가 눈에 들어오는데 제목이 「거대한 밭」이다. 웬 일인지 예사롭지 않는 분위기가 감지된다.

> 깡마른 손 하나가
> 채소밭 하나를 밀고 간다
> 불구덩이 땡볕을 이고
> 오직 밭고랑을 밀고 간다
> 내리 딸자식만 일곱을 둔
> 거북 등짝 같은 할머니가
> 한여름 찢어대는 매미 소리를 이고
> 시퍼렇게 돋아나는 잡초를 밀고 간다
>
> 　　　　　　　　　　　　　　　－「거대한 밭」 부분

　　한여름 잡초를 호미질 하는 할머니야 흔히 보는 광경인데 시인은 그런 할머니를 의미심장하게 그리고 있다. 그것은 작은 채소밭이 '거대한 밭'으로 변모하는 요인이 된다. 광기를 뿜어내는 잡초와 진저리치는 할머니의 팽팽한 대결, 열무와 고추와 잡초와 할머니가 서로가 서로를 저항하면서 자라는 시인의 시집을 독자는 앵글을 당겨 들여다보지 않을 수 없다. 이른바 '불안'이 만들어내는 의미심장한 풍경이 호기심을 갖게 한다.

불안이란 감각은 손음 시집 전체에서 '공간'과 '사물', '가족이나 여타 인물'을 통해 드러난다. 시집 속에는 남자가 싸움 끝에 던진 옥상의 구두 한 짝에도 불안이 묻어있다. 지붕을 뚫고 올라온 남자의 욕(「지붕 위의 고양이 역」)처럼 불안은 도처에서 자라고 있다. 시 속의 화자는 햇볕이 지글지글 타오르는 해변에 앉아 놀이를 하듯 불안의 심연을 응시한다. 이것은 마치 '고통스러운 자유'와 같다.

시인은 어여쁜 꽃이 피어있는 화단에 식칼 한 자루가 처박혀 있는 풍경(「낙원빌라」)을 그리거나 무사처럼 칼을 들고 든 할머니를 묘사하기도 한다. 부엌에서 눈알이 돌아간 닭 모가지를 그러모아 나오는 할머니의 모습(「만화경」)은 생경하게 드러난다.

나는 어디든 떠나고 있다/ 해변으로 떠밀려 온 파래와 미역 쪼가리들/ 파도와 모래의 장난/ 죽은 생선의 어두운 눈"(「송정 블루스」)⋯ "창고에 비가 새고 책들이 젖었다. (중략) 시집들이 손수레로 리어카로 어딘가로 실려 나갔다"(「문학」)⋯ 목련이 지고 있다 문을 닫은 지 오래인 카페 앞에서 자목자목 목련이 지고 있다 (중략) 그 많던 사람들은 어디로 갔나 (중략) 화양연화의 시절이 간다"(「몰래 예뻤던 목련」)⋯⋯. 시인은 불안이 만들어내는 풍경의 언저리에서 끊임없이 불안의 정체들을 응시한다.

시인은 자신의 삶과 화해할 수 없는 타자를 발견하거나 타자들의 삶과 융합할 수 없는 자신을 시 속 화자를 통해 똑바로 바라보고 있다. 주체와 타자의 삶이 무한히 평행을 그리며 한 잎의 적막으로 떨어져 내리는 것을 발견하기도 한다. 「몰래 예뻤던 목련」에서 "화양연화의 시절이 간다"는 구절이 나오는데 영화 <화양연화>의 남녀 주인공이 배우자로부터 당한 배신감에서 비롯한, 이를테면 '자기 소외'에 저항하기 위해 일종의 방어기제로 '불안한 만남'을 선택했다면 손음의 시 '비혼모'에서의 화자는 자발적으로 비혼모를 선택함으로써 불안한 주체적 삶을 살기로 결정한다.

> 나는 불안이다 총체적인 불안이다 불안은 나를 자고 나를 산다
> 나는 불안 없이 살 수가 없다 불안은 가방이고 옷이다 내가 요리한
> 국이고 밥이다 불안이 제일 만만하다 불안 때문에 영화를 보고 불안
> 때문에 꽃을 사고 불안 때문에 버스를 탄다 이 모든 알리바이는 불
> 안을 안심시키기 위해서다 나는 불안을 지켜야 한다 나는 불안을 선
> 택하는 삶을 선택했다 나는 불안 때문에 아이를 만들었다 불안 때문
> 에 사랑했고 불안 때문에 행복할 것이다 불안은 누가 만든 변증법인
> 지 나는 불안이 마음에 든다 나는 불안한 아이를 낳을 것이다 불안
> 은 불안이 아니다 불안은 건강하다 불안은 내가 가진 비밀이다 나는
> 불안이라는 통장을 가지고 있다 불안은 이자처럼 불어난다
>
> ─「비혼모」 전문

이 시에서 불안은 일상적 사건처럼 발생하기도 하고, 화자의 행위로 암시되기도 한다. 얼마 전 모 여성 방송인이 비혼모가 되어 돌아와서 화제가 되었다. 결혼을 하지 않은 그녀는 나이가 들기 전에 자신을 닮은 2세를 만들고 싶어 용감하게 정자은행을 이용하여 귀여운 아기를 출산했다. 아직 그런 예가 없는 우리나라 많은 사람들은 놀라워했다.

그런데 의외로 그녀의 행동에 사람들이 관심을 갖고 심지어 응원하는 이들도 생겨났다.

여성이 자유의지로 단독 출산하는 행위는 이 사회에서 아직 불안전한 미래를 떠올리게 한다. 자신의 선택으로 비혼모가 되는 것은 용기이며 모험임에 틀림없다. 사회적 편견이나 양육의 어려움이 여전히 남아 있기도 하거니와 (티비에 나온 배우는 혼자 아기를 돌보느라 인대가 늘어나 손목에 붕대를 감고 있었고 보채는 아이를 안아주고 업어주고 밥도 제대로 못 먹고 지쳐 보이는 모습도 보였다.) 아이가 자라면서 자신의 출생 비밀을 알았을 때 겪게 될 정체성의 문제도 있다.

이건 시작에 불과한 일인지도 모른다. 이런 고난을 자처하면서 출산이라는 생명수용을 선택한 그녀의 삶을 바라보는 시청자들은 양가적인 감정을 가질 수 있다. 먼저 자기 삶의 주인공으로서 명료한 목표의식이 있기에 가능한 일이라고 대견하게 보는 견해가 있을 것이다. 혹은 비혼모와 그 아이의 정체성과 연관된 염려스러운 심정으로 보는 부정적인 시선 또한 적지 않을 것이다. 마치 화양연화의 남녀 주인공이 겪는 불안처럼 모든 '정당화의 부정'은 이율배반적인 감정이 발생한다. 시인은 「비혼모」에서 "불안 때문에 영화를 보고 불안 때문에 꽃을 사고 불안 때문에 버스를 탄다"고 하였다. "이 모든 알리바이는 불안을 안심시키기 위해서"라고 고백한다. 비혼모들이 크게 혹은 작게 어쩔 수 없이 겪게 될 혼란은 불안의 감정을 초래한다.

사람들은 보통 보편적이지 않은 개체들의 향방에 대해 의문점을 갖고 우려의 마음을 가진다. "이 세상의 감정은 다 옳은 것이다. 틀린 감정은 없다." 고 오은영 박사는 말한다. 요즘 한창 인기있는 국민 멘토 (mentor)이자 심리학자인 그녀는 "아이에게 향하는 모든 부정적인 감정을 부모가 막아줄 수 없다. 불쾌나 화, 분노 같은 감정이 아이에게 생겨나더라도 그것은 그 아이의 감정이고 그 감정은 누구도 대신할 수 없는 것"이라고 말한다. 이 세상에 어쩔 수 없는 것은 어쩔 수 없다는 것을 아이가 스스로 분명히 알아야 한다는 것이다. 사람은 욕을 얻어먹을 수 있고 부정적 감정을 겪을 수 있지만 이것을 조절하는 것은 스스로 하는 것이지 누가 대신할 수 없다는 것이다.

불안은 모호하고 불확실한 상태에서 느끼는 편치 않은 감정이지만 불안을 느낄 때 우리는 뭔가 행동한다. 불완전체 인간이지만 오설할! 잡초를 뽑아들고 일어서는 할머니처럼, "거북등짝 같은 할머니"가 시퍼렇게 돋아나는 잡초를 밀고가 비로소 완성하는 여름처럼, 검은 밤의 머릿결을 빗질하는 시인도 있는 법이다.

시인 손음은 이 시집에서 자신의 욕구에 맞서는 미지의 삶에 대한 불안을 그린다. 그는 불안을 느끼지만 불안과 함께 공존한다. 인간은 타인과의 관계에서 성격이나 외향, 입장이 달라 이질감을 느끼기도 하고 그 과정에서 갈등이 일어나기도 한다. 모가지를 비틀어 무자비하게 닭을 잡는 할머니의 모습을 본 가족들이 하나같이 핑계를 대면서 닭고기를 안 먹더라도 "그래봤자 가족이다." 그렇게 꼬인 감정을 처리하고 해결해 나가는 것이 또한 인간의 일이라고 시인 손음은 말하는 것이다. 그녀는 문제를 직면할 때마다 피해버리지 않고 불안을 에너지로 만드는 사람들을 세밀하게 그려나간다.

시인, 내안의 검은 악기를 타면서 능금을 파는 사람

조정인, 『사과 얼마예요』에 부쳐

조정인의 시집 『사과 얼마예요』에서 '사과'의 의미는 시인의 삶을 이야기하는 하나의 오브제(object)로 나타나지만 '사과'라는 본래의 의미는 시인의 작품에서 확장되어 독자들에게 새로운 느낌을 준다.

시인의 삶을 의미하는 이 한 권의 '사과 매장'에는 '명랑한' 사과, '근면한' 사과, '행복한' 사과', '근엄한' 사과, '희미한' 사과, '어리둥절한' 사과, '상심한' 사과, '고독한' 사과, '사라진' 사과, '고요한' 사과가 진열되어 있어 이 곳은 깊고, 넓고, 향긋한 과수원 같은 장소가 된다.

평소 가까이 하던 것과 다른 '사과'가 진열되어도, 시인은 자신의 취향이 아니지만 그 사과들을 마다하지 않는다. '시인'이라는 이름으로 '자식'이라는 이름으로, '아내'라는 이름으로, '인간', '천사', '우리'라는 이름으로 그것들을 기꺼이 받아들인다. 독자들은 『사과 얼마예요』라는 시집에서 "온 몸으로 구강"인 사과들을 만날 수 있다.

총 4부로 구성된 이 시집의 1부는 스스로 "질서를 세우고 연합"하는 말과 사과처럼 새롭게 "태어나는 문장들"에 대해 시인 특유의 이미지와 사유를 동원하여 시화하고 있다. 2부에서는 "흙을 쥐고 걸었다"라는 주제 아래 "당신의 불쑥 솟은 외곬을 향해 힘껏" 내던지는 '상심한 사과'를 그리고 있다. 3부에서는 아픈 시간 속에서 사과를 깎던 시인이 홀연 "검은 홑이불은 치워요, 캄캄해"라고 단호하게 말하면서 급선회하는 장면으로 돌입하고 4부에서는 "세계의 재배열이 이루어지는" 순간에 지상에 먼저 발을 디딘 사과의 도움을 받으며 다시 태어나는 사과를 표출한다.

그러면 각 부에서 드러나는 인상적인 대목이나 시인의 깊은 사유가 이 시집의 주제를 어떻게 형상화하는지 내용들을 짚어가며 살펴보도록 하겠다.

1부의 주제는 "페이지"이다. 그 부제로―"고독의 흰 목을 드러내는 방식으로 신은 말을 발명했다."가 적혀있다. 그 한 장을 넘기면 "그 때 나는 황홀이라는 집 한 채였다."라는 강렬한 문장이 나온다. 시집의 첫 페이지에 「키스」라는 제목으로 상재된 이 시는 램프의 불꽃과 그 불꽃이 스미는 문장의 합체 즉 '독서'의 행위를 이미지화하여 드러내고 있다.

사실 이 시집의 첫 시 「키스」에서 시인은 말을 발명하는 '신'이면서 '사람'이 곧 시인이라는 사실을 화두처럼 던진다. 단순히 던지기만 하지 않고 그것을 생생하게 증명해 보이고 있다. 시인이 발명한 말들은 타오르는 문장처럼 뜨겁고 새로 진열한 사과처럼 신선하다.

사과를 한 잎 베어 물었다. 온몸으로 구강인 사과가 몰려온다. 사과들의 식욕을 누가 다 감당하랴. 일만 헥타르의 초원과 석양, 일만 톤의 편서풍과 폭설, 일만 톤의 우기와 건기를 먹어 치우는, 일만 파운드의 산책자의 뇌를, 일만 페이지의 구약에서 신약을 곧장 먹어치

운 사과의 소화 기관은 얼마나 유구한가. 그중에 하느님의 물병이
흘린 새벽이슬을 선호한 사과의 취향을 나는 경배한다. 이슬 속엔
그해, 실과의 단맛을 결정하는 별의 성분이 있다.

— 조정인, 「입들」 부분

"일만 헥타르의 초원과 석양, 일만 톤의 편서풍과 폭설, 일만 톤의 우
기와 건기"가 한 개의 사과 속에 다 들어 있고, 그 사과는 시인의 시집
속에 온전한 언어로 들어와 반짝이는 별처럼 박혀있다. 하여 이 시집은
"심연처럼 깊게 타르처럼 고요하게 끓"는 시인의 한 줄 문장과도 같다.

사실 이 시집에 나오는 '페이지', '책갈피', '도서관', '우체국'은 시인
이 애호하는 언어이면서 또한 시인의 삶이 묻어나는 실체가 있는 사물
들이다. 하지만 그것들은 퍼들대는 심연처럼, 금방 녹아내릴 함박눈처
럼, 백년너머의 우체국처럼 하얗게 휘발하거나, 삶의 언저리에서 끊임
없이 배회하고 있다. 시인은 '자연'과 '일상', '일상의 일기'와 '시적인 언
어'를 벌여서 그 벌어진 틈에서 새로운 세계를 발견한다. 그리고 그것
을 독자들에게 보여준다.

그러고 보니 축사라는 이름의, 사뭇 점잖은 사과들이 몰려오는
계절이다. 어제는 두개골만 들고 나온 사과 a와 식사 자리를 가졌다.
나머지 사과들은 그의 열렸다 닫히는 구강만을 바라보았다. 그의 구
취는 너무 쉽게 그의 취향을 들키고 말았다.

— 조정인, 「입들」 부분

시인은 새로운 것을 받아들이면서 또한 자신의 삶의 자세나 방식을
끝없이 의심하는 자이기도 하다. 회의하는 시인이기에 "낱장으로 재단

해 차곡차곡 묶"어낸 것을 '책'이라 한다면 과연 "이것을 누가 책이라 했"는가 묻기도 하고 "불가능이 적힌 신의 완강한 주먹을 펴려는/ 무례한/ 불굴을" 가진 자가 '시인'이라고 적기도 한다. '축사'라는 이름을 가진 '점잖은 사과'에 대한 풍자로 세계와 대상에 대한 회의를 익살스럽게 드러내는 표현방식을 쓰기도 한다.

시인은 새로운 것을 받아들이지만 한편으론 "의상 패턴을 끝없이 바꿔가며 재배열"(「페이지들」, 18쪽)하거나, "엎질러진 밤의 검은 포도주에 다 젖어 농담처럼 뭉"(「페이지들」, 19쪽」)개 지거나, "눈 내리는 벌판이 되"어 "종일을 누워 있"(「눈의 다른 이름들」, 20쪽)거나, "기다림도 없이, 전생의 한 때 같은 꽃그늘에 묻히곤"(「나무가 오고 있다」) 한다. 끊임없이 회의하고, 의심하면서 그것이 무엇인지 근접하여 살피고 감촉하는 모습을 시인은 이 시집에서 자연스럽게 드러내고 있다.

그리하여 '불굴'을 가진 자의 얼굴로 시인은 말하는 것을 멈추지 않는다. "나무의 월식을 지나 우리는 겨울을 통과했다"고, "점차 분홍으로 접어든 시간을 벚꽃이라 했다"고 "가로수의 기억과 망각의 힘으로 계절이 발생"(「나무가 오고 있다」, 24~25쪽)했다고, "이마에서 콧날을 지나 사선으로 금이 그어지며 우주에 얼굴이 생겼다"고 "그것은 이미 시작 되고 있었던 일"(「백 년 너머, 우체국」, 26쪽)이라고…… 시인은 자신이 경험하고 깨닫게 되는 그것을 '사과'라는 실체에 담아 시의 언어로 적어 놓았다. 그러기에 우리는 사과를 발라내면서 시인이 숨겨놓은 보물찾기의 즐거움과 경이로움을 나눠 갖는다. 그의 사과는 "떨리는 성대에서 싹튼" '언어의 꽃가지'이기도 하다.

2부에서는 "재의 꽃잎들"이 출현한다. "거대한 아버지 희미한 기억으로부터 걸어온 나의 상심한 애인들"이라는 부재가 적혀있는 이 장에서는 "일제히 몸을 돌려 날아드는" 사과들을 언급한다. 시인은 아픈 시각에 사과를 깎는다.

이 때 시인은 "주검 옆에 핀 보랏빛 개양귀비"(「진흙은 아프다」, 45쪽)이거나, 자신 안에서 "검은 악기를 타"(「무성한 북쪽」, 47쪽)거나, "진흙을 통과하는 검은 혼례를 치"(「습」, 51쪽)르거나, "흐릿흐릿 지워지는 문체"(「창 밖을 내다보는 사람」, 59쪽)이거나, "어딘가에 던져"(「부서진 시간」, 74쪽)지는 존재가 된다.

이 때 그의 주변은 "서쪽이 셔츠에 번져"(「서쪽」, 67쪽)있거나, "암전, 검은 시간이 얼굴을 덮"(「검은 시간 흰 시간」, 69쪽)치거나, "시간의 광물질이 째깍째깍 숨쉬고 있"(「시간의 갱도」, 82쪽)거나, "겨울 저녁"(「거절된 꽃」, 76쪽)이 혼잣말처럼 맴돌고 있다. 하지만 시인은 "붉고 묽은 얼룩"이 묻어 있거나 "낮고 낮은 음성이 흥건하게 고이는"(「정육」, 56쪽) 이 이상한 한낮에 머물러 있기만 하지 않는다.

3부의 주제는 "화병의 둘레"이고 "내 안의 푸른 광물과 아득한 기체로 사는 사람"이라는 부재가 달려 있다. 그 동안은 "말의, 당의정을 물고" "유리병 속 알약처럼 잘그락 잘그락 흔들렸"는데 돌연 모든 방향이 사라지는 북쪽에서 시인은 "육친의 발바닥"이 질주하는 방향을 향해 "검은 홑이불"을 걷어치운다. 이 즈음에 오래 앓아오던 육친의 죽음을 암시하는 시들이 나타나고 시인은 정면으로 저의 문상을 받아들인다.

시인은 북쪽이 사라진 방향에서 "일어나 일어나" 하면서 저의 "애인들"을 깨운다. 가까운 사람의 죽음이 있기까지 함께 아파하면서 '검은 홑이불'처럼 살아온 시인 자신이었다. 이제 제 안에 고여 있던 육친(시인의 어머니인 듯한)을 "아득한 기체"로 보내 드리며 "제 고독의 전면"(「해변의 수도승」, 93쪽)과 마주선다. "내 이름은 존재, 나는 너를 사랑"(「여자도 이름이 존재라 했다」, 87쪽) 한다고 고백한다. 시인은 팽창하는 대기 속에서 불어나고, 물결치고, 범람하고 "무릎까지 차오르는/둘레 안으로 발을 들여(「화병의 둘레」, 88쪽) 놓으며 이렇듯 힘껏 폐활량을 키운다. 그리곤 「창문들이 돌아오는 시간」에서는 "이동하는 장소처럼 말이 나에게로 왔다"고 말한다. '딸'이라는 '가족'의 이름에서 '시인'이라는 '문학'의 공간으로 돌아온 것이다.

「Angel in us」로 시작되는 4부에서는 "그들 중 하나가 침상을 나간 후 돌아오지 않았다"라는 문장으로 시작된다. 침묵으로 일렁이는 'Y일병'이나 터키의 한 해변에서 익사체로 발견된 '알란 쿠르디'라는 어린 아이나 모든 방향이 사라지는 시간의 검은 해먹에서 질주하는 '육친'은 모두 '죽음'이라는 서사를 끌어들이는 인물들이다.

인간의 '추한 점', '부정적인 점', '혐오스러운 점', '왜소한 점'이 세상의 질곡으로 스며들때 시인은 그것들을 피하지 않고 받아들인다. 그리하여 인간 본성의 자리를 찾아가는 과정에서 대면하는 '비굴함', '비겁함', '쓸쓸함', '그리움', '성스러움'등을 침묵의 언어로 받아낸다.

현대 문화를 읽어내는 핵심 어휘인 '침묵'을 손꼽은 사람으로 우리나라 김수영 시인이 있다면 시인 조정인 역시 이 시집에서 '침묵'을 의미화 하거나 '침묵의 공간'을 펼쳐 보이면서 '침묵의 미학'을 활발히 전개한다.

침묵이 '말함'의 한 방식이라면 말의 그림자인 이미지적 언어에 침묵을 부과하는 조정인 시인의 시쓰기는 그래서 깊숙하고 아득하면서 유니크한 면이 있다. 시인들은 '고독'에 직면했을 때 시를 쓴다. '고독'은 고독한 짐승에게서 오기도 하고 고독에 투사된 '영혼의 그림자'에서도 온다. 그것은 신비한 느낌을 주기도 한다.

조정인 시에서 전반적으로 새어나오는 것이 있다면 침묵의 언어에 배여 있는 '쓸쓸함'이나 생명의 외경심에서 비롯된 '성스러움' 들이다. 그런 면에서 '영혼'과 '정신', '신앙'의 세계를 표출하는 시인의 시는 막스 피카르트의 '침묵의 세계'와 닿아 있기도 하다.

피카르트가 '침묵이 작용하는 세계'를 서술하는 방식으로 표현했다면 조정인 시인은 '침묵의 의미'를 이미지화하는 방식으로 드러낸다. 단 4부, 11번까지 번호를 매긴 장시 중에서 9번'알란 쿠르디'라는 어린 아이를 통한 비유가 입체적인 형상화를 이루었다면 그 나머지 침묵의 단상들은 다소 관념적으로 그려지고 있다. 그런 아쉬움을 제한다면 이 시집에서 조정인 시인의 시들은 전반적으로 관념이나 사유를 이미지화 하여 '서정'과 '서사', '주체'와 '객체', '사실계'와 '상상계'의 경계를 자유롭게 넘나든다. 가령 이런 문장들이다.

천사들의 서쪽 성곽에서 안개를 뚫고 당신이 왔다

— 조정인, 「그 많은 흰」에서

중력이 사과를 떨어뜨릴 때, 당신은 가슴에 고요한 구(球)를 품는다

— 조정인, 「들판을 지나는 사람」에서

당신의 둘레에서 흰 빛을 가져와 화분에 묻었지만 나는 빙하 속
사계를 건너는 사람

　　　　　　　　　　　　　　　－ 조정인, 「비망의 다른 형식」에서

　　꽃의 정점으로 죽음의 커브를 그리는 일종의 꽃나무인간들, 흰
　수의들 고요한 움직임이 시야를 흘러간다.

　　　　　　　　　　　　　　　－ 조정인, 「폐허라는 찬란」에서

　　조정인 시인의 시를 다 읽고 나니 '시인이란 누구인가?', '시란 무엇인
가'를 다시 한 번 떠올리게 한다. 「무성한 북쪽」이란 시에서 시인은 이
세상에 "염료를 구하러 온 눈 먼 염색공"이 시인이고 시인은 '색과 소
리', '모든 몸짓'과 '말의 바탕'에 대해 말하는 자라고 밝힌다. 그것은 가
수가 피아노 앞에서 실제 노래를 부르는 것보다 머릿속으로 그것을 느
끼는 일이거나 작곡가가 상상 속에서 구조를 바꾸거나 작동을 해 보는
것과 같은 행위일 것이다.

　　시인은 세계의 메시지와 질문을 떠올리면서 그것으로 무수한 이미
지를 만들어 낸다. 광부가 금맥을 찾아서 원석을 발굴하고, 그것을 제
련해서 순금으로 만들고 또 그것을 내다 파는 일을 하는 사람이라면
'광부'에서 '시인'으로 대체하여 딱 어울릴만한 것들이 바로 조정인의
시집 『사과 얼마예요』에 실려있다. 하여 내 안의 검은 악기를 타면서
순금(잘 익은 사과―능금)을 내다 파는 사람이 시인, 조정인이라 할만
하다.

정민나

동국대 예술대학원 문예창작과와 인하대 일반대학원 한국학과를 졸업했다.
「정지용 시의 리듬양상 연구」로 문학박사 학위를 받았고 현재 인하대학교 프
런티어학부 강사로 재직 중이다.

1998년 『현대시학』으로 등단하여 지금까지 주요 저서로는 『꿈꾸는 애벌레』,
『E 입국장 12번 출구』, 『협상의 즐거움』 등의 시집과 『정지용 시의 리듬 양상』,
『파동이 신체를 주파한다』 등의 시론집이 있다. 그 밖에 『시가 있는 마을』,
『점자용 이야기가 있는 시창작 교실』 등의 저서가 있다.

유동과 생성의 문학

초판 1쇄 인쇄일	2022년 10월 25일
초판 1쇄 발행일	2022년 10월 28일

지은이	정민나
펴낸이	한선희
편집/디자인	우정민 김보선
마케팅	정찬용 정구형
영업관리	한선희 남지호
책임편집	우정민
인쇄처	으뜸사
펴낸곳	국학자료원 새미(주)

등록일 2005 03 15 제25100-2005-000008호
경기도 고양시 일산동구 중앙로 1261번길 79 하이베라스 405호
Tel 442-4623 Fax 6499-3082
www.kookhak.co.kr
kookhak2001@hanmail.net

ISBN	979-11-6797-077-0 *93810
가격	24,000원

국학 美來 학술총서